傅璇琮　学术顾问

总序

中国古代诗歌，是中华民族的瑰宝。它描述了历代人民的感情历程，从《诗经》中农奴的呼喊、弃妇的怨词，《离骚》中屈原对理想的追求探索，到盛唐人建功立业的壮心，宋人的日常生活情调。它是一幅展示艺术美的斑斓画卷。一个时代有一个时代的诗歌之美：汉魏的深婉浑成，南朝的平易清丽，唐朝的情韵丰赡、空灵蕴藉，宋朝的筋骨瘦劲、思理透辟，元明清朝诗歌也颇有特色。不同作家有各自的风格之美：曹植的词采华茂，陶渊明的自然平淡，李白的清雄奔放，杜甫的沉郁顿挫，苏轼的笔势纵横，黄庭坚的老朴峭拔。不同的诗体，也有不同诗体的美：乐府的质直朴实，古体的沉厚雅博，歌行的流丽酣畅，律体的严谨整饬。

中国古代诗歌，有数千年的发展历史。最早的是集西周早期到春秋中期三百零五篇作品的《诗经》，其中既有《雅》《颂》乐歌，又有十五《国风》即各地土风民谣。战国时期，楚辞以其精彩绝艳，郁起于楚地。汉代乐府民歌奠定了“感于哀乐，缘事而发”的传统，文人五言诗走向成熟。魏晋南北朝时诗歌大为发展，建安三曹七子风骨磊落；阮籍、嵇康，一以遥深之辞树文人咏怀传统，一以峻切诗风创清逸脱俗境界；晋世群才，以繁辞缛采自妍；陶渊明诗展田园境界；二谢之诗写山水新景。隋唐五代是诗歌的鼎盛时代，近体诗律成熟，七言诗同时大盛；李白、杜甫，如双子星座，诗情辞采并耀千古；王维、孟浩然之山水田园诗，岑参、高适、王昌龄之边塞诗，皆高标于盛唐。中唐以往，则韩愈、孟郊、李贺诗风尚怪奇，元稹、白居易诗由尚俗务尽转向写身边琐事。晚唐诗多怀古咏史，李商隐诗多爱情题材，写凄艳朦胧诗境，均各呈异采。宋人在唐诗极盛难继的情况下，仍努力开拓新的诗境。梅尧臣、欧阳修诗已初具自己的面目，苏轼、黄庭坚则蔚成大家，黄庭坚与陈师道、陈与义等更形成代表宋诗特色的江西诗派。到南宋，有陆游、杨万里、范成大、尤袤等所谓“中兴四大家”，还有永嘉四灵和江湖派诗人。元代以戏曲闻世，明清以小说擅场，但诗歌仍自有其成就。明代有茶陵诗派和前后七子、公安派及竟陵派，清代有钱谦益、吴伟业，还有宋诗派、格调派和性灵派。

这套诗歌选集，是从历代诗歌中选出部分精品，加以注释，推介给读者。我们主要选取情感真挚感人、富于艺术特色、可读性强的作品，适当兼顾不同时代、不同流派和不同作家的代表性作品。古代诗歌的数量是巨大的。唐代诗歌，据清编《全唐诗》所收，有近五万首，后来还有补编。宋代诗歌，据新编《全宋诗》收录，有二十多万首。元明清三代，数量应该更多，保守估计，应该也有数十万首。我们只能在浩瀚的诗海中拾取极少的精美贝壳，加上我们的水平有限，难免有取舍失当之处，留有遗珠之憾。

作品的编排，一般以作家生年为序，生年无考者则酌情处置。同一作家的作品，依通行本的排序。每个作家均有小传，简要介绍作家生平行事、诗歌成就特色及作品和版本存世情况。作品的注释，以语词注释为主，适当阐发诗意，必要时引述古人评语，总之以引导读者领略诗意诗境为要。注出各家，可能有未能完全统一之处。选注参阅了前人和今人的研究成果，限于体例和篇幅，不能一一标示。以上均请方家批评指正。

这套诗歌选集，本是由我们尊敬的傅璇琮先生一力倡导和费心主持下做成的。傅先生是这套诗歌选集实际上的主编。但傅先生不愿署名，而执意由我们忝列其名。傅先生提携后进之情令人感动。谨此表示对傅先生的敬意和谢意。

卢盛江　卢燕新

2015 年 3 月

前　言

先秦两汉诗歌，是中国诗歌史上最古老的诗歌，同时也是最年轻的诗歌。说它最古老，因为它的年代最久远，最早的史前短歌在文字出现之前便已在先民口中流传；其语言风格也远不似唐诗、宋词那般流丽，与今天的语言习惯更是天差地别；加之社会生活背景的不同，使我们对诗句的含义颇费琢磨。说它最年轻，因为它是中国文学的滥觞，代表着中国古典诗歌的儿童时期。从《诗经》的“饥者歌其食，劳者歌其事”（《春秋公羊传解诂》），到汉乐府的“感于哀乐，缘事而发”（《汉书·艺文志》），无不具有儿童的稚朴和率真。这一时期的诗歌作者，并未想过要成为诗人，因此绝不会像唐代的苦吟派诗人那样为吟安一个字而拈断数茎须。因为这还不是一个“文学的自觉时代”，所以也就绝少留下有主名的作品。正因如此，这一时期的诗歌绝无造作与雕饰。无论是《诗经》中火辣辣的恋歌，楚辞中上天入地的内心冲突，还是“古诗十九首”中“若秀才对朋友说家常话”的“略不作意”（明谢榛《四溟诗话》），都向我们捧出作者的一颗赤子之心，读来真切生动而感人。

先秦两汉时代，是中国诗歌左冲右突，寻找自己表现形式的时代。从原始二言诗奠定中国诗歌的双音诗节，到《诗经》四言诗对二言诗的拼合与拓展，到学习散文而又影响了赋与骈文的楚辞长句，到汉乐府的杂言，文人诗的五言，中国诗歌终于找到了以双音诗节为基础，以三字尾或三字顿调节诗句长短律的最佳句式，这便是东汉后期出现的五言古诗。这种五言句的基本结构是2+(2+1),而以后出现的七言句则是在五言句结构中再加入一个双音诗节,即2+2+(2+1)。这种五言诗形式一直延续了数百年,至唐代又进一步完善成格律诗,成为中国古典诗歌的主要形式,流沫至今。这不得不说是秦汉诗歌对中国诗坛的一大贡献。

选注先秦诗歌,选家往往是从《诗经》选起。但《诗经》的四言诗形式并不是凭空产生的,它的远祧是原始二言诗。为使读者能对中国诗歌的形成和诗歌形式的演变有一个完整的认识,本书特以古谣歌作为第一部分的内容。

先秦两汉文学,为后世文学提供了丰富的营养,我们不仅能从李白、杜甫、白居易等大诗人的作品中寻到它的伏脉,而且可为至今仍活在人们口中的"琴瑟之好""宴尔新婚""风雨飘摇""七月流火""未雨绸缪""风雨如晦""万寿无疆""一日不见,如隔三秋""他山之石,可以攻玉""切磋""琢磨""结缡""乔迁""长舌妇""千钧为轻""瓦釜雷鸣""良辰吉日""举贤授能""旌旗蔽日""鬼雄""少壮不努力,老大徒伤悲""李代桃僵""如胶似漆""咳唾成珠"等诸多成语、谚语和词汇在《诗经》、楚辞、汉代歌诗中找到出典。因此本书在注释上尽可能顾到作品对后世的影响,点明后代文学对其诗意、诗语的继承和发展。由于先秦两汉文学的重要地位,也由于先秦文学的古老和深邃,历代都有研究者在这块土地上耕耘和探测,以期有所建树和发现。研究成果,可谓汗牛充栋。这一方面为我们的注释提供了大量可供参考的宝贵材料,另一方面也因其解释上的纷纭歧说引发了注释者自去探寻究竟的好奇心。因为"往事越千年",不对当时的生活环境、历史背景有清楚的了解,便很难对诗歌做出合理的解释。所以本书对《诗经》、楚辞中的某些篇章提出了不同于前人的一管之见。

感谢丛书主编“导夫先路”，感谢审稿编辑“如切如磋，如琢如磨”，感谢黄山书社“亲结其缡，九十其仪”，才使小书有了“之子于归”的新嫁娘风采。希望这卷诗选能使读者对古老而又年轻的先秦两汉诗歌更多一分亲近，同时也希望以此就教于专家学者和同行，得到宝贵的批评和帮助。

宋红

于北京天然斋

目　录

古谣歌

诗　经

楚　辞

汉乐府

五言古诗·文人诗

古谣歌

古谣歌是秦代以前乃至远古时代的谣谚、歌诗。谣歌多是口头文学，有些古歌，早在文字出现之前便在人民中口耳相传。由于年代久远，古谣歌保存下来的极少。今天所能见到的古谣歌，都是后代文献中的追记，一定也经过了后代人的润饰。但其中仍有一些质朴的谣歌比较接近原始形态，特别是那些以二字句为基本句式的二言诗，反映了原始人的狩猎、放牧生活和他们对自然界的祝愿与希望，具有很高的史料价值和重要的文学价值。因为二言诗可视为汉语诗的雏形。尽管诗歌完成了从原始二言诗到《诗经》四言诗、汉代五言诗，及其后七言诗、长短句的转型，但双音“诗节”一直是句中的基本单元，因此诗词格律中才有了双平双仄相间的规律。

本书选古谣歌九首，其中《弹歌》《蜡辞》等篇显示了二言诗到四言诗的过渡，而《越人歌》等产生于南方的歌谣，又与楚辞血脉相通。

古谣歌九首

弹歌[1]

断竹[2]，续竹[3]。
飞土[4]，逐宍[5]。

【注释】

〔1〕弹歌：射弹之歌。

〔2〕断竹：砍断竹子。

〔3〕续竹：把竹子连接起来。意指做成弹弓之类的工具。

〔4〕飞土：联系上文，大约是射出土弹丸，因此篇题才名之曰“弹歌”。

〔5〕逐宍（ròu）：追逐野兽。宍，古“肉”字。这里指兽类。

【解说】

本篇载于汉赵晔所作《吴越春秋》，据说是黄帝时代的歌谣。从内容看，这是一首比较原始的狩猎之歌，描述了原始人制造工具、追捕野兽的劳动过程。这种两字一句的二言诗形式，浑朴、简捷，是汉民族诗歌的初始形态。

蜡辞

土，反其宅[1]；

水，归其壑[2]！

昆虫，毋作[3]；

草木，归其泽[4]！

【注释】

〔1〕反：同“返”。返回，回归。宅：所居之地。两句是命令土返回其原来所宅之处，不要流失。

〔2〕壑：山谷，沟地。两句是希望洪水不要泛滥。

〔3〕作：兴起。此指为害。两句是希望不要发生虫灾。

〔4〕泽：水草丛杂之地。

【解说】

本篇载于《礼记·郊特牲》，传说是伊耆氏时代的蜡祭之辞。伊耆氏，一说即神农氏，一说为帝尧。蜡祭是年终对百神的祭飨。《礼记·郊特牲》曰：“伊耆氏始为蜡。蜡也者，索也。岁十二月，合聚万物而索飨之也。”蜡，秦以后称“腊”。从内容看，这位做祝祷的原始人似乎是在命令大自然，使之服从自己的意愿。

古谣歌

女承筐，无实；[1]
士刲羊，无血。[2]

【注释】

〔1〕“女承”二句：言女子拿着筐，但筐里却没有重量，因为羊毛很轻。

〔2〕“士刲”二句：言男子像是在杀羊，但没有血，因为割的是羊毛。刲（kuī），割。

【解说】

本篇载于《周易·归妹》，虽然是被用来说明一种卦象的意义，但从内容和形式上看这是一首比较原始的牧歌。歌中描绘剪羊毛的情景，生动而幽默。

古谣歌

屯如，邅如。[1]
乘马，班如[2]。
匪寇，婚媾。[3]

【注释】

〔1〕屯如：艰难的样子。 邅（zhān）如：徘徊不进的样子。 后世将“屯”“邅”合为一词，喻处境之艰难。 如晋左思《咏史》：“英雄有屯邅，由来自古昔。”

〔2〕班：盘旋不进。

〔3〕匪：同“非”。 媾（gòu）：连合，结成婚姻。 两句言婚媾而点明不是敌寇，可知实行的是抢婚制。

【解说】

本篇见于《周易·屯》。 诗中反映出古代部族的族外婚情况。

古谣歌

得敌〔1〕。
或鼓〔2〕，或罢〔3〕；
或泣〔4〕，或歌〔5〕。

【注释】

〔1〕得敌：战胜敌人。 敌，当是与该部族发生冲突的另一部族。

〔2〕或鼓：有的人仍在擂鼓示勇。

〔3〕罢（pí）：同“疲”。 疲劳。

〔4〕或泣：有的人在哭泣。 言外之意是指这些人在战斗中失去了

亲人。

〔5〕或歌：有人在唱歌，庆祝胜利。

【解说】

本诗见于《周易·中孚》。诗中生动描绘出古代部族人战胜归来时的情景。

击壤歌

日出而作〔1〕，日入而息〔2〕；
凿井而饮，耕田而食。
帝力于我何有哉〔3〕！

【注释】

〔1〕作：劳作。

〔2〕息：停止，休息。

〔3〕帝：指帝尧。力：指统治者的神威。此句的直接意思是说：帝王的统治与我无干。也可解为百姓没有被统治、被束缚的感觉。形容上古帝王无为而治，不向百姓施威。此句或作“帝何力于我哉”“帝力何有于我哉”“帝何德于我哉”。清杨守知《咂嘛酒歌》曰：“含哺鼓腹忘帝力，岁岁里社如赐酺。安得龙眠白描手，画作击壤尧民图。”

【解说】

本篇相传为尧时民歌。《艺文类聚》引晋皇甫谧《帝王世纪》曰：

“（帝尧之世）天下大和，百姓无事，有五十（另说作‘八十’）老人击壤于道，观者叹曰：‘大哉！帝之德也。’”老人乃歌云云。歌中描述了唐尧时人的古朴生活，并具有陶然自乐的情调，故被后代用作歌颂太平盛世的典故。后人对“击壤”的理解似分作两歧：一以击壤为游戏，魏邯郸淳《艺经》曰：“壤，以木为之，前广后锐，长四尺，阔三寸，其形如履。将戏，先侧一壤于地，遥于三四十步，以手中壤敲之，中者为上。”《三国志》注引魏王令称其“目未睹击壤之戏”即执此说；另说以击壤为劳作，南朝宋谢灵运《初去郡》“即是羲唐化，获我击壤声”，唐柳宗元《游南亭夜还叙志七十韵》“苟伸击壤情，机事息秋毫”，以击壤代指归隐田园，当持后说。从诗歌所咏内容看，当以后一种理解为是。击壤，顾名思义是拍击土壤，这当是一种与耙地——把土块打碎、拍平——相类似的田间劳动。本歌最早见于汉王充《论衡·艺增》，文字与此有异，也有人认为此歌系后人伪托之作。从诗的四字句结构看，即便初成于尧时，流传中也经过了后世的加工和完善。诗的思想内容与《孟子》中理想的井田制社会非常相合，或即战国时人敷演孟子思想而成篇亦未可知。

楚狂接舆歌〔1〕

凤兮凤兮，何德之衰。〔2〕
往者不可谏〔3〕，来者犹可追〔4〕。
已而已而〔5〕，今之从政者殆而〔6〕。

【注释】

〔1〕接舆：“接”孔子之“舆”的人，并非实际人名。

〔2〕“凤兮”二句：讽刺孔子的话。凤，凤凰。传说中的祥瑞之

鸟，只在天下太平时才出现。孔子曾说过“凤鸟不至，河不出图，吾已矣夫”的话（见《论语·子罕》），这里以凤鸟比孔子，意思是说：“凤鸟啊，你的高尚品德都到哪里去了，你不是在政治清明时才出现吗？怎么现在政治不清明时也出现了呢？”讽刺孔子四处奔走，求为世用。

〔3〕谏（jiàn）：直言规劝。此句意为：已经过去的事情说也没用了。

〔4〕犹可追：还赶得上、来得及。意谓今后的日子还可以补救。

〔5〕已：停止。此句犹言：“罢休吧！罢休吧！”而：语气词，略同于“兮”字。

〔6〕殆（dài）：危险。句意是：如今的当政者已危乎其危，不值得再为其效力。

【解说】

本篇见于《论语·微子》。《庄子·人间世》所载与此文字有异。这是一首讽劝孔子的歌。据《论语·微子》说，孔子事齐景公，景公说：“我老了，没有什么作为了。”孔子离开了他，改事鲁季桓子。季桓子因女乐三日不朝，他又离开了鲁国。这时楚狂士接舆来到孔子车前唱了这支歌。孔子想下车与他交谈，他却赶忙避开了。后世的落拓文人亦常借此典故自谓“楚狂”。如唐李白《庐山谣寄卢侍御虚舟》：“我本楚狂人，凤歌笑孔丘。”唐韩愈《芍药歌》：“花前醉倒歌者谁？楚狂小子韩退之。”

孺子歌〔1〕

沧浪之水清兮〔2〕，可以濯我缨〔3〕；
沧浪之水浊兮，可以濯我足〔4〕。

【注释】

〔1〕孺子：小儿、儿童。

〔2〕沧浪（láng）之水：指汉水下游及其与江水连通的支脉，位于楚国云梦泽地区。

〔3〕濯：洗涤。 我:《渔父》中作“吾”；下一个“我”字亦同。缨：结冠的带子。

〔4〕濯我足：晋左思取篇中“濯足”诗意及《渔父》中“新沐者必弹冠，新浴者必振衣”之说，曾写出“振衣千仞冈，濯足万里流”（《咏史》）的高迈诗句。

【解说】

本篇见于《孟子·离娄》；又见于《楚辞·渔父》，作《渔父歌》，表达的是一种顺应自然、不违世情的思想，对后世的隐逸思想影响很大。

越人歌

今夕何夕兮，搴舟中流〔1〕。
今日何日兮，得与王子同舟。〔2〕
蒙羞被好兮〔3〕，不訾诟耻〔4〕。
心几烦而不绝兮，得知王子。
山有木兮木有枝，心说君兮君不知。〔5〕

【注释】

〔1〕搴（qiān）舟：划船。舟，原作“洲”，据《太平御览》本改。

〔2〕“今日”二句：咏叹之词。《诗经·唐风·绸缪》有句曰：“今夕何夕，见此良人。”二者句式、句意完全相同。

〔3〕蒙羞被好：言心中充满羞涩与爱慕。

〔4〕不訾诟耻：不以我鄙陋为耻。訾（zǐ），厌恶，诋毁。诟，耻辱。

〔5〕“山有”二句：借木之“有枝（知）”，说君之“不知”，这是民歌中典型的谐音手法。枝，谐音“知”。

【解说】

这是一首恋歌，见载于汉刘向《说苑·善说》。据说楚王母弟鄂君子皙渡河时，划船女子用越语唱了这支歌，以传达爱慕之情。此歌被随行人翻译成楚语后，鄂君子皙“揄修袂，行而拥之，举绣被而覆之”，当即与女子成邂逅之欢。歌的语言，与楚辞有颇多相近之处。

诗经

《诗经》是我国最早的一部诗歌总集，收有西周初年（前11世纪）至春秋中叶（前6世纪）大约五百年间的诗歌三百零五篇。编排上分“风”“雅”“颂”三个部分。“风”共分周南、召南、邶、鄘、卫、王、郑、齐、魏、唐、秦、陈、桧、曹、豳等十五国风。风诗是这些诸侯国的风土歌谣。“雅”是西周王畿地区的正声音乐，分小雅和大雅。小雅用于贵族宴享，大雅用于诸侯朝会。但小雅中也保存了一部分民歌。“颂”是统治阶级宗庙祭祀的舞曲歌辞，分周、鲁、商三颂。颂诗比较枯燥，但本书仍选录四首以备一格。

《诗经》的表现手法传统上分“赋”“比”“兴”三种。“赋”是直接叙述或抒情，如“静女其姝，俟我于城隅”（《邶风·静女》）直接唱出：“有一个美丽的姑娘，等我在城头上。”“比”是以彼物来比此物，如“桃之夭夭，灼灼其华。之子于归，宜其室家”（《周南·桃夭》），以桃花的艳丽，比“之子”的艳丽。“兴”是先言他物，以引出所咏之词，如“关关雎鸠，在河之洲。窈窕淑女，君子好逑”（《周南·关雎》），先说鸟叫，再引出人好。其中比兴手法的运用最具特色，能使诗歌形象生动，色彩鲜明，更富韵味。因此对后世的民间文学和作家文学都产生了深刻的影响。

《诗经》的形式以四字句为主，因此又被称为四言诗。而四字句又多是由两个双音单元组成，如｛关关/雎鸠｝、｛之子/于归｝，这显然是由原始型的二言诗发展而来。当然，《诗经》中也杂有三言直至八言为一句的形式，读起来错落而富于变化。

《诗经》的内容非常丰富，有反映民族成长的史诗，有进行各种劳动时唱出的劳动歌，还有文学史上最早的军旅诗、思妇诗、宴饮诗。而最有价值的是风诗中的婚姻生活诗和大量情歌。这些诗虽同写男欢女爱，但各具面目，绝不雷同。或动或静、或庄或谐、或喜或悲，都表现得淋漓尽致，使人不得不为其中跃动着的一片纯真之情所感动。从所选篇目中，读者自可管中窥豹。本书共选《诗经》六十二首。

周南五首

关雎

关关雎鸠[1]，在河之洲[2]。
窈窕淑女[3]，君子好逑[4]。

参差荇菜[5]，左右流之[6]。
窈窕淑女，寤寐求之[7]。
求之不得，寤寐思服[8]。
悠哉悠哉[9]，辗转反侧[10]。

参差荇菜，左右采之。
窈窕淑女，琴瑟友之[11]。
参差荇菜。左右芼之[12]。
窈窕淑女，钟鼓乐之[13]。

【注释】

〔1〕关关：象声词，形容雎鸠的鸣叫声。
〔2〕洲：水中小岛。
〔3〕窈窕（yǎo tiǎo）：体态美好。 可解作“苗条”。
〔4〕君子：当时对贵族男子的通称。 好逑：意即愿以之为追求的对

象。好，爱慕。逑，配偶。

〔5〕参差：杂乱，长短不齐。荇（xìng）菜：一种形似莼菜的水生植物，可采作菜蔬。

〔6〕流：朱熹《诗集传》的解释是"顺水之流而取之也"；但依字面意思解作（荇菜在水中）"左右漂荡"，似更简捷。

〔7〕寤寐：睡醒为"寤"，睡着为"寐"。

〔8〕思服：想念。服，与"思"同义。二字为骈词。

〔9〕悠哉：形容思念的深长。哉，语气词。

〔10〕辗转反侧：形容在床上翻来覆去，难以入睡。（此章写恋爱中的挫折与痛苦。）

〔11〕琴瑟：拨弦乐器。琴五弦或七弦；瑟二十五弦。友：亲爱。这句是说以琴瑟向女子表达爱恋之情。

〔12〕芼（mào）：选、摘。

〔13〕"钟鼓"句：言以钟鼓的欢悦之声迎娶女子进门。（此章写男子盼望求爱成功的美好心愿。）

【解说】

诗题关雎（jū），从诗歌首句而来。雎鸠，鱼鹰类水鸟。相传此种鸟有定偶，故以喻男女之恋。写一男子对所恋女子的追求与思念。

螽斯

螽斯羽，诜诜兮。〔1〕
宜尔子孙，振振兮。〔2〕

螽斯羽，薨薨兮〔3〕。
宜尔子孙，绳绳兮〔4〕。

螽斯羽，揖揖兮〔5〕。

宜尔子孙，蛰蛰兮〔6〕。

【注释】

〔1〕螽（zhōng）斯：在《诗经·豳风·七月》里又称“斯螽”，是蝗虫的一种。羽：翅膀。螽斯为飞虫，故举其“羽”而言之。诜（shēn）诜：同“莘莘”，形容众多。两句以虫多兴起下句。

〔2〕宜：安宜，又有“多”的意思。振（zhēn）振：繁盛的样子。两句写多子多孙，家族繁衍如螽斯之盛。

〔3〕薨（hōng）薨：象声词，犹今所言“嗡嗡”，形容虫儿群飞时发出的声响。《诗经·齐风·鸡鸣》有“虫飞薨薨”。

〔4〕绳绳：延绵不绝的样子。

〔5〕揖（jí）揖：聚集。揖，通“辑”。

〔6〕蛰（zhé）蛰：和集众多的样子。

【解说】

诗歌以螽斯这种繁殖速度极快的昆虫作比，祝颂家族繁衍，多子多孙。尽管宋代朱熹秉承汉儒的观点，把这首诗解释为“后妃不妒忌而子孙众多，故众妾以螽斯之群处和集而子孙众多比之”（朱熹《诗集传》），但清人姚际恒、方玉润都否定了朱熹的说法，认为诗歌与后妃并无关系。全诗三章，每章四句，前两句描写，后两句颂祝。采取了叠词叠句的叠唱形式，朗朗上口。

桃夭

桃之夭夭[1]，灼灼其华[2]。
之子于归[3]，宜其室家[4]。

桃之夭夭，有蕡其实[5]。
之子于归，宜其家室。

桃之夭夭，其叶蓁蓁[6]。
之子于归，宜其家人。

【注释】

〔1〕夭夭：茂盛的样子。

〔2〕灼灼：鲜艳明丽。华：花。古以花而实者为华；花而不实者为英。

〔3〕之子：犹言这个女子。于归：指女子出嫁。意为往归夫家。于，语助词。或云：于，往也。

〔4〕“宜其”句：祝愿女子能与夫家和睦相处。宜，和顺。下面两章中的“宜其家室”“宜其家人”与此句意义相同。（此章由桃花起兴而引出女子，使人产生“人面如桃花”的联想。）

〔5〕蕡（fén）：形容果实硕大。（此章以桃实起兴，祝福新娘尽早生子，使夫家后嗣兴旺。）

〔6〕蓁蓁：叶子茂盛的样子。（此章以桃叶之茂，比喻新娘“于归”，夫家昌盛。）

【解说】

这是一首贺嫁诗。借桃花的鲜艳歌颂新嫁娘的美丽与纯洁，并对她的新婚生活表示祝福。清姚际恒《诗经通论》说：“桃花色最艳，故以喻女子，开千古词赋咏美人之祖。”

芣苢

采采芣苢，薄言采之。[1]
采采芣苢，薄言有之。

采采芣苢，薄言掇之[2]。
采采芣苢，薄言捋之[3]。

采采芣苢，薄言袺之[4]。
采采芣苢，薄言襭之[5]。

【注释】

〔1〕芣苢（fú yǐ）：车前草。多年生草本植物，全草及籽可以入药，有利水通淋、清热明目的功效。古人以为车前能治妇人不孕和难产。薄言：发语词。

〔2〕掇（duō）：拾取。

〔3〕捋（luō）：从茎上成把地捋下来。可以看出妇女们所摘取的是车前子。

〔4〕袺（jié）：用手提起衣襟兜东西。

〔5〕襭（xié）：将衣襟掖在腰带上兜东西。此与上注“袺”字，皆言携带车前子的方式。

【解说】

这是一首欢快的妇女劳动歌。清人方玉润以为“今世南方妇女登山采茶，结伴讴歌，犹有此遗风云”（《诗经原始》）。

汉广〔1〕

南有乔木〔2〕，不可休息〔3〕。
汉有游女〔4〕，不可求思。
汉之广矣，不可泳思〔5〕。
江之永矣〔6〕，不可方思〔7〕。

翘翘错薪〔8〕，言刈其楚〔9〕。
之子于归〔10〕，言秣其马〔11〕。
汉之广矣，不可泳思。
江之永矣，不可方思。

翘翘错薪，言刈其蒌〔12〕。
之子于归，言秣其驹。
汉之广矣，不可泳思。
江之永矣，不可方思。

【注释】

〔1〕汉广："汉之广矣"，意思是汉水宽阔。《诗经》中诗题，多取首句，这首可以说是例外。

〔2〕乔木：高大的树木。

〔3〕休息：可按字面意思理解为休止。息，《韩诗》作"思"，与下面句末的"思"字相同，是语尾助词。一说"休"字为"庥"，即遮蔽意。一、二两句以乔木之不可休，喻游女之不可求。

〔4〕游女：旧注或认为是汉水女神；宋朱熹《诗集传》认为是汉水边出游的女子，较女神的解释更为通脱。

〔5〕泳：潜水而游。

〔6〕江：长江。因汉水汇入长江，故诗中江、汉并提。永：这里是宽广的意思。

〔7〕方：竹或木编成的筏子。这里用作动词，意即乘筏渡江。诗章最后四句以江汉之不可渡，喻游女之不可求。

〔8〕翘翘：高出的样子。错薪：错杂的薪柴。

〔9〕刈（yì）：割取。引申为砍伐。楚：牡荆。一种枝干坚劲的落叶灌木。两句以砍伐高高的荆树条起兴，喻娶妻要娶最好的女子。后世由此衍生出"翘楚"一词，喻指杰出的人才。

〔10〕之子于归：女子出嫁。见《桃夭》注〔3〕。

〔11〕秣（mò）：饲料，作动词意为饲喂。诗中意思是喂饱马匹。联系上句，诗人幻想女子能够嫁给他，他将喂饱马儿前去迎娶。下一章中的"言秣其驹"意与此同。

〔12〕蒌：蒌蒿。一种叶形似艾的水草。

【解说】

这是一首描写男子悦慕女子，却求之不得的情歌，歌中表现出男子深深的失望和叹惋。

召南四首

鹊巢

维鹊有巢，维鸠居之。〔1〕
之子于归〔2〕，百两御之〔3〕。

维鹊有巢，维鸠方之〔4〕。
之子于归，百两将之〔5〕。

维鹊有巢，维鸠盈之〔6〕。
之子于归，百两成之〔7〕。

【注释】

〔1〕“维鹊”二句：以鸠住进鹊巢喻示新嫁娘住进夫家。维，发语词，无实际意义。鹊，喜鹊。其鸟善于在树上筑巢。鸠，鸤鸠。今名布谷鸟。其鸟不善筑巢，常住在喜鹊的成巢里。后世常以“鸠占鹊巢”喻指占据他人居处或产业。

〔2〕之子于归：女子出嫁。见《桃夭》注〔3〕。

〔3〕百两：形容迎亲的车辆很多。百，在这里是表示多的虚数。两，即“辆”。朱熹的解释是：“一车两轮，故谓之两。”御：迎接。

〔4〕方：占据。

〔5〕将：奉持。这里是护送的意思。

〔6〕盈：满。指陪嫁的人非常多。

〔7〕成：指完成结婚仪式。清人马瑞辰对“御之”“将之”“成之”的解释是：“首章往迎，则曰‘御之’；二章在途，则曰‘将之’；三章既至，则曰‘成之’。此诗之次也。”（《毛诗传笺通释》）对诗中时空变化的认识是很有见地的。

【解说】

这是一首迎娶新娘的诗，反映出婚嫁时的盛大场面。

草虫

喓喓草虫[1]，趯趯阜螽[2]。
未见君子，忧心忡忡[3]。
亦既见止，亦既觏止，
我心则降[4]。

陟彼南山[5]，言采其蕨[6]。
未见君子，忧心惙惙[7]。
亦既见止，亦既觏止，
我心则说[8]。

陟彼南山，言采其薇[9]。
未见君子，我心伤悲。
亦既见止，亦既觏止，

我心则夷〔10〕。

【注释】

〔1〕喓（yāo）喓：虫的鸣叫声。 草虫：蝈蝈，善鸣叫。

〔2〕趯（tì）趯：虫蹦跳的样子。 阜螽（fù zhōng）：蚱蜢，善蹦跳。

〔3〕“未见”二句：写没有见到心上人时的焦虑和不安。 前面起笔的虫叫、虫跳，皆是其惴惴不安心情的映衬。 君子，对男子的美称。 在《诗经》女恋男的恋歌中常用作女子对心上人的称呼。

〔4〕“亦既”三句：写女子与情人相会后的心态。 止，语尾助词。 与“矣”“了”意同。 觏（gòu），遇见，相见。 降，放下。 心降，犹今之所说“安心”“放心”。

〔5〕陟：升，登高。

〔6〕蕨：蕨菜。 多年生草本植物。 幼叶可食，根状茎可供食用和药用，其纤维可制绳缆。

〔7〕惙（chuò）惙：忧愁的样子。

〔8〕说：同“悦”，欢悦。

〔9〕薇：巢菜，又名野豌豆。 蔓生，茎叶可生食或做羹。

〔10〕夷：平静愉快。

【解说】

这是一首出自女子之口的恋歌。 诗中抒情主人公的情绪是随着能否见到心上人而变化的。 质朴的诗句将热恋中女子的心态和盘托出。

摽有梅

摽有梅，其实七兮。[1]
求我庶士[2]，迨其吉兮[3]。

摽有梅，其实三兮[4]。
求我庶士，迨其今兮[5]。

摽有梅，顷筐塈之[6]，
求我庶士，迨其谓之[7]。

【注释】

〔1〕摽（biào）有梅：抛梅子。摽，古“抛”字。有，词头。实：梅实。兮：语尾助词，相当于“啊”。联系第三章“顷筐”一词来看，两句是说筐里的梅子还剩下十分之七。这种抛果传情的习俗，至晋时犹有遗风。据《世说新语·容止》载：“潘岳美姿容，每出门，老妪以果掷之满车。”

〔2〕庶：众多。士：未婚男子。

〔3〕迨（dài）：趁，及。吉：吉日。

〔4〕其实三兮：谓筐中的梅子还剩下十分之三。

〔5〕今：今日。

〔6〕顷筐塈（jì）之：意为连筐都送给他。顷筐，一种浅筐，前低后高，犹今之畚箕，《诗经》中经常出现。塈，取。

〔7〕迨其谓之：趁现在就马上开口。谓，告诉。一说，谓，读如

"会"。《诗经》时代有在仲春之月"会男女"的制度，凡男子到三十岁未娶，女子到二十岁未嫁的都可借这个会期选择对象，不必依正常的礼制而婚配。

【解说】

这是一首年轻姑娘大胆向小伙子抛果传情时唱出的歌。

野有死麕

野有死麕，白茅包之。[1]
有女怀春[2]，吉士诱之[3]。

林有朴樕，野有死鹿。[4]
白茅纯束[5]，有女如玉。

"舒而脱脱兮，无感我帨兮，
无使尨也吠。"[6]

【注释】

〔1〕"野有"二句：言以白茅草包裹着獐子向姑娘求爱。 古代多以鹿皮作为送女子的礼物。 麕（jūn）：獐子，鹿一类的兽。《文选》李善注："今江东人呼鹿为麕。"

〔2〕怀春：谓女子春情萌动，渴望得到异性的抚爱。

〔3〕吉士：好青年。 诱：挑逗，引诱。 这里无贬义。

〔4〕“林有”二句：谓野外林中灌木丛里有猎得的鹿。朴樕（sù），矮小的树木。

〔5〕纯（tún）束：包裹之意。纯，与“束”义同。

〔6〕“舒而”三句：是女子半推半就的声口。今人余冠英的翻译是：“慢慢儿来啊！轻轻地来啊！我的围裙可别动！别惹得狗儿叫起来啊！”舒而脱（tuì）脱，慢而舒缓的样子。感，同“撼”，动。帨（shuì），佩巾。女子系于腹前的方巾，又名蔽膝，犹今之围裙。尨（máng），长毛犬。

【解说】

诗中描绘了一对相爱男女从感情交流到体肤相亲的过程。男子以所猎小鹿向女子求爱，终于获得爱情。

邶风六首

柏舟

泛彼柏舟[1]，亦泛其流[2]。
耿耿不寐[3]，如有隐忧[4]。
微我无酒，以敖以游。[5]

我心匪鉴，不可以茹。[6]
亦有兄弟，不可以据。[7]
薄言往愬，逢彼之怒。[8]

我心匪石，不可转也。[9]
我心匪席，不可卷也。
威仪棣棣，不可选也。[10]

忧心悄悄[11]，愠于群小[12]。
觏闵既多[13]，受侮不少。
静言思之[14]，寤辟有摽[15]。

日居月诸，胡迭而微。[16]
心之忧矣，如匪澣衣。[17]
静言思之，不能奋飞。

【注释】

〔1〕泛：流动，漂荡。 柏舟：柏木制成的舟。

〔2〕“亦泛”句：言柏舟漂荡在河流中。 这里是借舟的漂荡喻自家身世之漂荡。

〔3〕耿耿：焦灼不安的样子。 不寐：难以入眠。

〔4〕隐忧：深重的忧愁。

〔5〕“微我”二句：言不是我没有酒用以遨游和解忧。 意即我的忧愁不是饮酒遨游就可以消除的。

〔6〕“我心”二句：我的心不是镜子，所以不是什么人都能容纳。 匪，同“非”，《诗经》中常见。 鉴，镜子。 因古时的镜子为青铜镜，故“鉴”字形符从“金”。 茹，本义是“食”的意思，引申为含茹、接纳、包容。 句中有“映照”之义。

〔7〕“亦有”二句：言自己娘家有兄弟，却无法依靠。 据，倚赖。

〔8〕“薄言”二句：是说到兄弟那里去诉苦，他们不但不体谅，反而怒气冲冲地对待她。 薄言，发语词。 这里有“心知其不可据而勉往也”（清王夫之《诗经稗疏》）的意思。 愬，同“诉”，诉说、告诉。

〔9〕“我心”二句：我的心不是石头，所以不能轻易改变。 以石取喻，后世多取其不可转，如汉乐府《孔雀东南飞》“君当作磐石……磐石无转移”。 独《诗经》取石之可转，这或与当时人的野外生活经验有关。 如以三石垒灶，灶口可因风向的改变转石调整。

〔10〕“威仪”二句：与“匪石”“匪席”之句义同，表示不肯委曲求全。 威仪，庄严的容止。 棣棣，雍容娴雅的样子。 选，通“巽”，退让。

〔11〕悄悄：忧愁的样子。

〔12〕愠：怨。 此言自己被周围的一群小人所怨恨。

〔13〕觏（gòu）：同“遘”，遇，碰到。 闵（mǐn）：忧患。

〔14〕静言思之：即静而思之。

〔15〕寤：睡醒。 辟：《韩诗》作“擗”，以手拍胸。 摽（biào）：

捶打胸脯的样子。

〔16〕“日居”二句：犹言：“太阳啊，月亮啊！ 你们轮番出现，为什么都这样黯然无光啊！”居、诸，语尾助词。 胡，何。 迭，更迭，轮流。 微，昏暗不明。

〔17〕“心之”二句：言忧郁的心情如同一件没有洗过的脏衣服。 澣（huàn），洗涤。

【解说】

诗表现了一位不遇于夫的女子的委曲与怨艾，同时也体现出她的倔犟性格。

谷风

习习谷风〔1〕，以阴以雨〔2〕。
黾勉同心〔3〕，不宜有怒。
采葑采菲，无以下体。〔4〕
德音莫违，及尔同死。〔5〕

行道迟迟，中心有违。〔6〕
不远伊迩，薄送我畿。〔7〕
谁谓荼苦，其甘如荠。〔8〕
宴尔新昏〔9〕，如兄如弟〔10〕。

泾以渭浊，湜湜其沚。
宴尔新昏，不我屑以。〔11〕

毋逝我梁，毋发我笱。[12]
我躬不阅，遑恤我后！[13]

就其深矣，方之舟之。
就其浅矣，泳之游之。[14]
何有何亡[15]，黾勉求之。
凡民有丧，匍匐救之。[16]

能不我慉[17]，反以我为仇。
既阻我德，贾用不售。[18]
昔育恐育鞫，及尔颠覆。
既生既育，比予于毒。[19]

我有旨蓄[20]，亦以御冬。
宴尔新昏，以我御穷。
有洸有溃，既诒我肄。[21]
不念昔者，伊余来塈。[22]

【注释】

〔1〕习习：拟声词，形容风吹之声，犹今所谓“飒飒”。谷风：山谷之风。

〔2〕以阴以雨：为阴作雨。此喻家庭生活中的阴雨，夫妻感情上的危机。

〔3〕黾（mǐn）勉：努力。

〔4〕葑（fēng）：蔓菁，又名“芜菁”。根可食，今人多用以腌制

咸菜。菲：萝卜。下体：指葑、菲的块根。这里以两种菜蔬的主要食用部分喻指人的美德。两句是说：丈夫只取妻子的容貌而忽略了内在品德，犹如采葑、菲只取叶子而遗漏了更主要的块根。

〔5〕“德音”二句：大意是你曾说过要与我同生共死，那些好听的话你可不要违背啊！德音，动听的话。

〔6〕“行道”二句：写女子被逐出夫家时心中留恋，迟迟不忍离去的情形。有违，内心有矛盾，欲行而不忍。

〔7〕伊：语助词，犹“维”。畿：门槛。这两句是女子希望丈夫相送的话：你不能远送我一程，难道还不能送我到大门口吗？句中透露出其夫的薄情少恩。

〔8〕“谁谓”二句：谁说荼菜味苦呢？同我内心的苦楚相比，它就和荠菜一样甜。

〔9〕宴：欢乐。新昏：同“新婚”。指丈夫娶新人。

〔10〕如兄如弟：形容丈夫的新婚之乐。兄弟，最早指兄弟姐妹，并不单指男性胞亲，故可用以形容夫妻。

〔11〕泾、渭：二水名。源出甘肃，在陕西高陵县合流。湜（shí）湜：水清貌。沚：澄净的止水。四句是说：泾水遇到渭水，才显得浑浊了（旧人遇到新人，才显得憔悴了），但泾水在一处静止下来也是很清亮的。只因你娶到新人，才对我不屑一顾了。

〔12〕逝：往，去。梁：拦鱼的石堰。发：揭开。笱（gǒu）：竹编的捕鱼器。置于“梁”的缺口处，用来兜住过往的游鱼。这两句是要求新人别动用自己用过的东西。

〔13〕躬：身。阅：容纳。恤：顾虑到。两句言：连我自身都不为夫家所容了，哪里还能顾及我走之后的事呢！

〔14〕“就其”四句：以渡水喻操持家务。方，竹或木扎成的筏子。这里用作动词，指用乘筏的方式渡水。下“舟”字意与此同。泳，潜水而游。游，浮行于水面。

〔15〕亡：同“无”。

〔16〕民：人。此指邻里。丧：凶祸之事。匍匐：伏地爬行。此喻竭尽全力。两句言自己乐于助人，竭力帮助丈夫处理好邻里关系。

〔17〕能不我慉：原作“不我能慉”，清人据《说文解字》引句校改。慉，作“爱悦”解。不我慉，即“不慉我”，对我没有好感。

〔18〕“既阻”二句：言我的好心尽被拒绝，就好像是商人售不出去的商品。阻，拒。

〔19〕昔：往昔的日子。育：长养，指经营生计。鞫（jū）：穷困。颠覆：指生活中的窘迫境地。这四句是说：过去生活穷困，常为缺这少那而忧虑，我与你同舟共济，现在生活过好了，你却容不下我了。

〔20〕旨：甘美。蓄：积藏的菜蔬，如干菜、腌菜之类。

〔21〕洸（guāng）：粗暴之意。溃：愤怒之意。诒：同“遗”，留给。肄（yì）：劳苦的工作。两句言丈夫对我态度恶劣，并总是把又苦又累的家务留给我做。

〔22〕塈（jì）：借为“炁”，古“爱”字。伊余来塈，犹言“唯我是爱”。两句言：你就不想想当初吗？当初你是只爱我一个人的啊！

【解说】

这是一首弃妇诗。诗中叙述了女主人公“三岁为妇”的种种辛劳，从而表现出故夫的无情和女主人公被弃后内心的痛苦。

燕燕

燕燕于飞，差池其羽。〔1〕
之子于归，远送于野。〔2〕
瞻望弗及，泣涕如雨。〔3〕

燕燕于飞，颉之颃之〔4〕。
之子于归，远于将之〔5〕。

瞻望弗及，伫立以泣[6]。

燕燕于飞，下上其音[7]，
之子于归，远送于南[8]。
瞻望弗及，实劳我心[9]。

仲氏任只[10]，其心塞渊[11]。
终温且惠[12]，淑慎其身[13]。
先君之思，以勖寡人。[14]

【注释】

〔1〕燕燕：一对燕子。 差池：犹言“参差”。 两句以燕子起兴。

〔2〕“之子”二句：言送女子远嫁。《毛诗》的解释是：“《燕燕》，卫庄姜送归妾也。”故宋代词人辛弃疾在送别族弟辛茂嘉的《贺新郎》词中以“看燕燕，送归妾”抒写自己的离别之苦。

〔3〕“瞻望”二句：写送行者一面痛哭流涕，一面眼望所恋女子远去的身影。 直到看不见时，仍是泪如雨下。

〔4〕颉（xié）：向上飞。 颃（háng）：向下飞。

〔5〕“远于”句：与上章“远送于野”同义。 将，送。

〔6〕伫立：长久地站立。

〔7〕下上其音：承上章“颉”“颃”而出，言燕燕上下翻飞而鸣叫。

〔8〕南：卫国的南边。

〔9〕劳心：犹“挂心”，思念。

〔10〕仲氏：古以伯、仲、叔、季称兄弟姐妹的排行，仲即老二。此指远行女子。 任只：为人可以信任。 只，语尾助词。

〔11〕塞：诚实。 渊：深。 此可引申为情谊深厚。

〔12〕终温且惠：既温柔又和顺。

〔13〕淑慎其身：为人善良谨慎。淑，善良。

〔14〕“先君”二句：诗人言女子行时以“先君之思”来安慰我。先君之思，内涵不甚明确，可理解为远嫁是先君之旨意；也可理解为要诗歌的男主人公不忘先君。勖（xù），勉励，安慰。寡人，国君的自称。

【解说】

这是一首送远嫁的诗。本事已不可考，关于诗的作者和远嫁者为何人也众说纷纭。从最后一句的“寡人”看，诗歌作者是卫国的一位君王，远嫁者当是他心爱的人。诗写出依依不舍的相送场面，被王士禛誉为“万古送别诗之祖”。

击鼓

击鼓其镗〔1〕，踊跃用兵〔2〕。
土国城漕〔3〕，我独南行〔4〕。

从孙子仲，平陈与宋。〔5〕
不我以归〔6〕，忧心有忡。

爰居爰处〔7〕，爰丧其马。
于以求之，于林之下。〔8〕

死生契阔〔9〕，与子成说〔10〕。
执子之手，与子偕老。〔11〕

于嗟阔兮，不我活兮。[12]

于嗟洵兮，不我信兮。[13]

【注释】

〔1〕镗：拟声词，指鼓声。

〔2〕踊跃：踊，向上跳；跃，向前跳。这里指军队操练。

〔3〕土国：役土工于国，即在国内修筑城防工事。城漕：筑城于漕。漕，卫国地名，在今河南滑县东南。

〔4〕我独南行：言与“土国”“城漕”者相比，唯独自己离开家园，奉命南征。

〔5〕“从孙”二句：写“南行”的任务——联合南方的陈国和宋国。孙子仲，南征将领，《毛诗序》认为是公孙文仲，国大夫。生平无考。关于此次南征的背景，说法不一。毛《传》认为是指鲁隐公四年（前719）夏，卫联合陈、宋、蔡共同伐郑；清许伯政认为是指同年秋卫再度伐郑，抢郑国庄稼的事。这两次战争均有卫国士兵在陈、宋戍守（《诗深》）。清姚际恒则认为是说鲁宣公十二年（前597）宋伐陈，卫穆公为救陈而被晋所伐一事（《诗经通论》）。根据这几种说法，平，训为“联合”或“调解”。宋朱熹《诗集传》：“平，和也，合二国之好也。”

〔6〕不我以归：不让我归国。言受命就地驻守。

〔7〕爰：疑问代词。相当于“于何处”。居、处：停下来，安顿下来。

〔8〕“爰丧”三句：言不知在哪里把马丢了，找来找去，在树林边找到了它。宋朱熹《诗集传》在句下评曰：“见其失伍离次，无斗志也。”

〔9〕契阔：合离，聚散。契，合。阔，离。此句犹今之所言“生离死别”。

〔10〕与子成说：与你订下约誓之言。 子，指妻子。

〔11〕“执子”二句：言与妻子执手相对，盟誓要白头偕老。（这一章是回忆出征前离家时的情景。）

〔12〕“阔兮”二句：可叹已分离很久了，我们恐怕难以聚会。阔，“契阔”之阔。 活，借为“佸”，相会。

〔13〕“洵兮”二句：可叹出来的时间已经很长了，我恐怕不能遵守临行时的誓言了。 洵，“夐”的假借字，指时间久远。 信，守约。（这一章是戍卒的悲叹。）

【解说】

这是一首反战诗。 通过一南征陈、宋，久戍不归的战士之口，控诉兵役给人民带来的苦难。 清方玉润称其为“戍卒思归不得之诗也。”

匏有苦叶

匏有苦叶，济有深涉。〔1〕
深则厉，浅则揭〔2〕。

有弥济盈〔3〕，有鷕雉鸣〔4〕。
济盈不濡轨〔5〕，雉鸣求其牡〔6〕。

雝雝鸣雁，旭日始旦〔7〕。
士如归妻，迨冰未泮。〔8〕

招招舟子〔9〕，人涉卬否〔10〕。
人涉卬否，卬须我友〔11〕。

【注释】

〔1〕匏（páo）：葫芦。古人常腰系葫芦以渡水，故又称之为腰舟。苦叶：即枯叶。叶枯匏干，方可以用。济：济水。源出河南济源市王屋山。涉：步行渡河。涉水的渡口也叫"涉"。这里是指渡口。两句言系腰舟渡河。

〔2〕厉：连衣徒步渡河。揭：提起下身衣裳渡河。

〔3〕有弥：弥漫，水满之状。盈：满。与"弥"同义。

〔4〕鷕（yǎo）：雌雉的鸣叫声。雉（zhì）：野鸡。

〔5〕"济盈"句：言济水涨满也不过半车轮深。濡，沾湿。轨，车横轴的两端。

〔6〕牡：雄性生物。此指雄雉。以雉鸣求牡暗喻女主人公在等待她的未婚夫。

〔7〕雝（yōng）雝：鸟的和鸣声。按古婚制，行聘要用雁。男方于清早携雁到女家，请求确定结婚日期，这叫作纳采请期。因此女子在济水边听到清晨的雁鸣，不禁想到迎娶之事。

〔8〕"士如"二句：是女子的内心独白。她希望未婚夫能尽快迎娶她。《荀子·大略》曰："霜降逆女，冰泮杀止。"可知这时正是婚娶的时节。归妻，娶妻。泮（pàn），融化。

〔9〕招招舟子：言舟子在招手呼唤她。舟子，船夫，摆渡人。

〔10〕卬（áng）：我。

〔11〕卬须我友：我在等待我的朋友。须，等待。

【解说】

这是一位女子在济水边等待未婚夫时所唱的歌。

静女

静女其姝，俟我于城隅[1]。
爱而不见[2]，搔首踟蹰[3]。

静女其娈[4]，贻我彤管[5]。
彤管有炜[6]，说怿女美[7]。

自牧归荑[8]，洵美且异[9]。
匪女之为美，美人之贻。[10]

【注释】

〔1〕静：娴雅，又通“靓”，善。静女犹今之所言“好女子”。姝：美丽。俟：等待。城隅：城上角楼。两句意思是：美丽的姑娘在城的角楼上等我。

〔2〕爱而不见：隐藏起来不见我。写女子的活泼与顽皮。爱，通“薆”，隐藏的意思。

〔3〕搔首踟蹰：抓耳挠腮，走来走去。写男子见不到女子时的焦灼与憨痴。

〔4〕娈：美好的样子。

〔5〕贻：赠送。彤管：红管草。

〔6〕炜（wěi）：鲜艳而有光泽。

〔7〕说怿：喜爱。说，同“悦”。女：同“汝”。此句是双关语，既指彤管，也指赠彤管的姑娘。

〔8〕自牧归荑：从牧场带给我柔嫩的白茅草。归，通“馈”，馈赠。荑，初生的白茅。

〔9〕洵：实在是，诚然是。

〔10〕“匪女”二句：点明不是草美，而是因其为美人所赠。匪，同“非”。

【解说】

这是一首写男女约会之诗，通篇以男子口吻写成。

鄘风二首

柏舟

泛彼柏舟，在彼中河[1]。
髧彼两髦，实维我仪。[2]
之死矢靡它[3]。
母也天只！不谅人只！[4]

泛彼柏舟，在彼河侧。
髧彼两髦，实维我特[5]。
之死矢靡慝[6]。
母也天只！不谅人只！

【注释】

〔1〕中河：河中，河的中游。

〔2〕“髧彼”二句：谓那个两髦下垂的人才是我的心上人。髧（dàn），头发下垂的样子。两髦（máo），古时男子未成年时所梳的一种发式。即头发从中间分开，前发梳成齐眉刘海，额后发梳成双髻，左右各一。实，是。仪，“偶”的假借字，配偶之意。在上古音中，“仪”与下句的“它”都是“河”的同韵字。

〔3〕“之死”句：犹言“至死无二心”。之，至。矢，借为

“誓”。靡，无。

〔4〕“母也”二句：今人余冠英的翻译是：“我的娘啊！我的天啊！人家的心思你就看不见啊！”只，语尾助词，带有感伤语气。谅，体谅。

〔5〕特：匹配，配偶。

〔6〕慝（tè）：音义同“忒”，更改。

【解说】

这是一首反映少女追求婚姻自主，对爱情矢志不渝的诗。

桑中

爰采唐矣〔1〕，沬之乡矣〔2〕。
云谁之思，美孟姜矣。〔3〕
期我乎桑中〔4〕，要我乎上宫〔5〕，
送我乎淇之上矣〔6〕。

爰采麦矣，沬之北矣。
云谁之思，美孟弋矣。
期我乎桑中，要我乎上宫，
送我乎淇之上矣。

爰采葑矣〔7〕，沬之东矣，
云谁之思，美孟庸矣。
期我乎桑中，要我乎上宫，

送我乎淇之上矣。

【注释】

〔1〕爰：语首助词。 唐：女萝。 一种蔓生植物。

〔2〕沬（mèi）：卫国邑名。 其址在今河南淇县附近。 诗章首四句为问答句式，上句问，下句答。

〔3〕“云谁”二句：上句问：“你想的是谁啊？”下句答：“我想的是美人孟姜啊。”孟姜，与下章的“孟弋”“孟庸”均是美女的代称。 此指赴桑中之约的女子。 清许伯政《诗深》曰：“诗中孟庸、孟弋及齐姜、宋子之类，犹世人称所美曰‘西子’耳。”

〔4〕期：约会。 桑中：一说为卫国沬邑的地名；一说即桑树林中，两说均可通。

〔5〕要：同“邀”。 上宫：有地名、楼名两说。

〔6〕淇：卫国水名。 过沬邑东南流入黄河。 淇之上，当指沬邑。古以地近某水而曰“某上”。

〔7〕葑：蔓菁。

【解说】

这是一首反映男女相悦约期幽会的情歌，这类歌诗，在《郑风》《卫风》中有很多。 民风如此，故《礼记·乐记》曰：“桑间濮上之音，亡国之音也。”《汉书·地理志》说：“卫地……有桑间濮上之阻，男女亦亟聚会，声色生焉，故俗称郑卫之音。”此后，人们特以“桑间濮上”指男女幽会之处。 所谓“桑间”即由本篇而来。

卫风四首

硕人

硕人其颀[1]，衣锦褧衣[2]。
齐侯之子，卫侯之妻，
东宫之妹，邢侯之姨，
谭公维私。[3]

手如柔荑[4]，肤如凝脂[5]。
领如蝤蛴[6]，齿如瓠犀[7]，
螓首蛾眉[8]。
巧笑倩兮[9]，美目盼兮[10]。

硕人敖敖[11]，说于农郊[12]。
四牡有骄[13]，朱幩镳镳[14]，
翟茀以朝[15]。
大夫夙退，无使君劳。[16]

河水洋洋[17]，北流活活[18]。
施罛濊濊[19]，鳣鲔发发[20]，
葭菼揭揭[21]。
庶姜孽孽[22]，庶士有朅[23]。

【注释】

〔1〕硕人：身材高大的人。颀（qí）：身长貌。此句犹言："美人高大修长。"

〔2〕衣锦：穿着锦绣衣裳。衣，作动词。褧（jiǒng）衣：麻制罩衣。女子出嫁途中所穿，以蔽尘土，与今之风衣类似。这句是说硕人身着锦衣而外套褧衣。

〔3〕"齐侯"五句：介绍硕人的高贵门第。她是齐侯的女儿；卫侯的妻子；齐太子得臣的妹妹；又是邢侯、谭公的小姨子。齐侯，齐庄公。卫侯，卫庄公。东宫，太子所居之宫，此代指太子。《左传·隐公三年》载："卫庄公娶于齐东宫得臣之妹，曰庄姜。"邢，国名。位于河北省邢台。姨，指妻的姊妹。谭，国名。址在今山东省历城。私，女子称其姊妹的丈夫为私。

〔4〕柔荑：柔嫩的白柔草。此喻庄姜之手的洁白柔嫩。

〔5〕凝脂：凝结的油脂。此喻庄姜皮肤的细腻。此句后来成为写美人的套语，唐白居易《长恨歌》中即有"春寒赐浴华清池，温泉水滑洗凝脂"的诗句。

〔6〕蝤蛴（qiú qí）：蝎虫。即天牛的幼虫，色白身长。此借以喻庄姜脖颈白而且长。

〔7〕瓠犀：瓠瓜的子。瓠瓜，葫芦。此喻庄姜的牙齿排列整齐而洁白。

〔8〕螓（qín）首：此借螓的方头广额来形容庄姜的额头。螓，蝉的一种。其形短小，方头广额，体兼文采。蛾眉：言庄姜之眉如蛾眉般细长而弯曲。蛾，蚕蛾。眉，指蚕蛾的触须。此后蛾眉成为美女的代称。白居易《长恨歌》："六军不发无奈何，宛转蛾眉马前死。"

〔9〕倩：笑时口颊间显出漂亮酒窝的样子。

〔10〕盼：眼睛黑白分明的样子。（此章写庄姜体肤情态之美好。最后两句的传神之笔尤佳。）

〔11〕敖敖：高大修长貌。

〔12〕说：同“税”，停留，休止。此写庄姜来嫁途中在都城近郊休息。

〔13〕骄：肥壮貌。此言拉车的四匹雄马都很健壮。

〔14〕朱幩（fén）：马嚼两旁用红绸缠绕。镳镳：盛大。这里指色泽鲜明。

〔15〕翟茀（dí fú）：这里是说庄姜的车上有用山鸡羽毛装饰的车茀。翟，山鸡羽毛。茀，贵族女子车乘上用以遮蔽的竹席或苇席。朝：朝见。指庄姜来嫁卫庄公。

〔16〕“大夫”二句：朱熹的解释是：“国人乐得（庄姜）以为庄公之配，故谓诸大夫朝于君者宜早退，无使君劳于政事，不得与夫人相亲。”夙退，早早退朝。

〔17〕河：黄河。洋洋：形容水的盛大。

〔18〕北流：黄河流经卫地时是由南向北流的。活活：拟流水之声。

〔19〕施罛（gū）：张网。涉（huò）涉：撒网入水时的声音。

〔20〕鳣（zhān）：鲟鳇鱼的古称。鲔（wěi）：鲟鱼。鳣属。《诗经·周颂·潜》：“有鳣有鲔。”两种皆属大型鱼类。发（bō）发：鱼尾击水之声。

〔21〕葭（jiā）：芦苇。菼（tǎn）：荻。形貌似苇而小，实中。揭揭：高长挺直的样子。

〔22〕庶姜：随嫁的诸多姜姓女子。齐国姓姜。孽孽：高长美丽的样子。

〔23〕庶士：指随庄姜到卫的诸臣，古人称之为媵（yìng）臣。朅（qiè）：威武健壮的样子。（末章通过对自然风光和从嫁人员的描写，创造气氛，烘托庄姜。）

【解说】

这首诗是赞美卫庄公夫人庄姜的，约作于公元前8世纪。诗极写庄姜的门第与美貌，是我国最早一篇涉及人体美的作品。清人姚际恒《诗经通论》称曰："千古颂美人者无出其右，是为绝唱。"

氓

氓之蚩蚩[1]，抱布贸丝[2]。
匪来贸丝，来即我谋。[3]
送子涉淇[4]，至于顿丘[5]。
匪我愆期，子无良媒[6]。

将子无怒[7]，秋以为期。
乘彼垝垣[8]，以望复关[9]。
不见复关，泣涕涟涟。
既见复关，载笑载言[10]。
尔卜尔筮[11]，体无咎言[12]。
以尔车来，以我贿迁[13]。

桑之未落，其叶沃若[14]。
于嗟鸠兮，无食桑葚。[15]
于嗟女兮，无与士耽！[16]
士之耽兮，犹可说也[17]；
女之耽兮，不可说也。

桑之落矣，其黄而陨[18]。
自我徂尔，三岁食贫[19]。
淇水汤汤，渐车帷裳[20]。

女也不爽，士贰其行[21]。
士也罔极[22]，二三其德[23]。

三岁为妇，靡室劳矣[24]。
夙兴夜寐[25]，靡有朝矣[26]。
言既遂矣[27]，至于暴矣[28]。
兄弟不知，咥其笑矣[29]。
静言思之，躬自悼矣。[30]

及尔偕老，老使我怨[31]。
淇则有岸，隰则有泮[32]。
总角之宴[33]，言笑晏晏[34]。
信誓旦旦[35]，不思其反[36]。
反是不思[37]，亦已焉哉[38]。

【注释】

〔1〕氓：民。疑是对男子的鄙称。蚩蚩：戏笑貌。这里是说那男人嬉皮笑脸的。

〔2〕贸：交换。这里是以物易物。

〔3〕"匪来"二句：言氓不是想来换丝，而是想来找我商量婚事。匪，同"非"。即，接近。谋，谋划。

〔4〕淇：淇水。参见《诗经·桑中》注〔6〕。

〔5〕顿丘：地名。旧称河南清丰县西黄河东岸有顿丘。此地距淇水入黄河的水口一百五十里，不知诗中所言是此顿丘否。

〔6〕愆期：拖期，过了日子。两句言不是我想推迟婚期，而是因为你还没有找好媒人。

〔7〕“将子”句：希望你不要生气。将，愿。

〔8〕垝垣（guǐ yuán）：犹“颓垣”，坍倒的墙。

〔9〕复：返回。 一说是关名。 关：往来要道所设的关卡。 此句言女子盼男子前来迎娶。

〔10〕载笑载言：有说有笑。

〔11〕尔：你。 指男方。 卜：以龟壳卜卦。 筮（shì）：以筮草占卦。

〔12〕体：指卦象。 无咎言：犹言“无凶辞”。

〔13〕贿：财物。 此指妆奁。 两句言你快快来车，把我和嫁妆一齐接走。

〔14〕沃若：形容桑叶的润泽。 两句以桑叶的光润，比喻男子爱心未冷时的温存款曲。

〔15〕“于嗟鸠”二句：以鸠食桑葚，比喻女子惑于爱情，不思后患。 因为传说鸠多吃了桑葚便会迷醉。

〔16〕“于嗟女”二句：言女子千万不要过分耽溺于男女欢爱。

〔17〕说：读作“脱”，脱身，解脱。

〔18〕陨：陨落，坠下。 两句以桑叶的黄落，喻男子情意之变衰。

〔19〕“自我”二句：自从我到你家来，过了三年苦日子。 徂（cú），往。

〔20〕汤（shāng）汤：水盛大貌。 渐：浸湿。 帷裳：车幔。 两句写女子被休弃后渡淇水回娘家时的情况。

〔21〕爽：过失。 贰：“贰”的误字，同“忒”，差误。 两句言女子并无过错，是男子的行为不对，改变了初衷。

〔22〕罔极：无极。 指欲望无边。

〔23〕二三其德：言行为前后不一致。

〔24〕靡室劳矣：言男人无家务之劳，全由妻子承担了。 靡，无。

〔25〕夙兴夜寐：很早起床，很晚入睡。

〔26〕靡有朝矣：不仅一天是这样。 言下之意是天天如此。

〔27〕言：发语词。 既遂：谓日子已过得顺心。

〔28〕至于暴矣：言男子反而对她暴虐不仁了。

〔29〕咥（xì）：笑貌。两句言娘家兄弟不知内情，还讥笑她。

〔30〕躬自悼：暗自伤己。躬，自身，自己。悼，伤心。

〔31〕“及尔”二句：当初相约，要与你一同白头到老，现在偕老之说使我徒增怨恨。

〔32〕隰：当作“濕”（xí），水名。即漯河，与淇水同流于卫境，系黄河支流。泮：同“畔”，边际。

〔33〕总角：男女未成年时结发成两角，谓之“总角”。宴：安乐。

〔34〕晏晏：温和。

〔35〕旦旦：诚恳貌。

〔36〕不思其反：不想再回到从前的时光。反，同“返”。

〔37〕反是不思：“不思其反”的变形，意思相同。

〔38〕“亦已”句：犹言“由它去吧”“丢开手算啦”。

【解说】

这是一首弃妇诗。诗中叙述了女主人公与负心男子从恋爱、结婚到分手的全过程，表达了她的哀怨与决绝。

伯兮

伯兮朅兮〔1〕，邦之桀兮〔2〕。
伯也执殳〔3〕，为王前驱〔4〕。

自伯之东，首如飞蓬〔5〕。
岂无膏沐，谁适为容〔6〕。

其雨其雨，杲杲出日。〔7〕

愿言思伯，甘心首疾。[8]

焉得谖草，言树之背。[9]
愿言思伯，使我心痗[10]。

【注释】

〔1〕伯：妻子对丈夫的昵称。 朅（qiè）：英勇高大。 参见《硕人》注〔23〕。

〔2〕“邦之”句：言其夫是国家的栋梁之材。 桀，同“杰”，英杰。

〔3〕殳（shū）：杖类兵器，长一丈二尺，竹制或木制。

〔4〕前驱：先锋。

〔5〕“自伯”二句：言自从丈夫走后，自己头发蓬乱，不加妆扮。之东，往东边去。 飞蓬，遇风而狂飞四散的蓬草。 此喻乱发。“首如飞蓬”，后世常用，渐为成语。 又有“蓬头”“蓬首”之词，亦由此出。

〔6〕“岂无”二句：言我并不是没有香膏来洗头，而是我打扮好了给谁看呢？ 膏，润发油。 沐，洗头。 与洗身之“浴”对言。 今合称“沐浴”，统指洗澡。 适，悦。“谁适”犹言“适谁”，取悦于谁。 为容，修饰容貌。 此章对后世思妇诗影响很大，衍化出《自君之出矣》的乐府歌辞。 魏徐幹《室思》曰：“自君之出矣，明镜暗不治。”《情诗》曰：“君行殊不返，我饰为谁荣。”晋乐府诗《清商曲辞·攀杨枝》：“自从别君来，不复著绫罗。 画眉不注口，施朱当奈何。”唐杜甫《新婚别》：“罗襦不复施，对君洗红妆。”唐雍裕之《自君之出矣》：“自君之出矣，宝镜为谁明。”宋李清照《凤凰台上忆吹箫》：“香冷金猊，被翻红浪，起来慵自梳头。 任宝奁尘满，日上帘钩。”

〔7〕“其雨”二句：言事与愿违。 心里想着“下雨吧！ 下雨吧！”可却偏偏出了太阳。 暗喻心中盼望丈夫回来，却始终未见其踪影。

〔8〕“愿言”二句：言思念丈夫，即使头痛也心甘情愿。愿言，念念不忘的样子。首疾，头痛。

〔9〕“焉得”二句：想找来谖草，种在北窗之下。谖草，即萱草，又名忘忧草。今称之黄花菜、金针。背，《玉篇》：“堂此曰背。”朱熹《诗集传》：“背，此堂也。”

〔10〕痗（mèi）：病。上章言“首疾”，此章言“心痗”，显见思念之深。

【解说】

这是一首描写妻子思念远征丈夫的情诗，可为古今思妇诗之嚆矢。伯兮，犹言：“我的夫啊！”

木瓜

投我以木瓜〔1〕，报之以琼琚〔2〕。
匪报也，永以为好也。

投我以木桃〔3〕，报之以琼瑶〔4〕。
匪报也，永以为好也。

投我以木李，报之以琼玖〔5〕。
匪报也，永以为好也。

【注释】

〔1〕木瓜：落叶灌木。果实椭圆，可食，亦可入药。

〔2〕琼：赤玉，亦是美玉的通称。 琚：佩玉名。 此与下二章的“琼瑶”“琼玖”均泛指佩玉。

〔3〕木桃：即桃。 为与上章“木瓜”一致而加“木”字。 下章“木李”亦与此同。 或以为“木桃”乃“楂子”的别称。

〔4〕瑶：美石，也就是次等的玉。

〔5〕玖（jiǔ）：黑色的次等玉。 此及上文的“瑶”均是“琼琚”之“琚”的换字，为使复沓之句行文活泼有变化。 其意均指美玉。

【解说】

这是一首表现情人间赠物传情的诗，诗的作者似是男性，诗人有意以美玉报木瓜的不等价交换，表现情侣间你敬我一尺，我敬你一丈的感情交流。《诗经·大雅·抑》篇有“投我以桃，报之以李”的诗句，此诗或许即是根据当时流行的成句所作的翻案文章。 后人又将诗意概括成“投桃报李”的成语，表示相互馈赠，礼尚往来。

王风四首

黍离

彼黍离离，彼稷之苗。[1]
行迈靡靡[2]，中心摇摇[3]。
知我者，谓我心忧；
不知我者，谓我何求[4]。
悠悠苍天[5]，此何人哉[6]！

彼黍离离，彼稷之穗[7]。
行迈靡靡，中心如醉[8]。
知我者，谓我心忧；
不知我者，谓我何求。
悠悠苍天，此人何哉！

彼黍离离，彼稷之实[9]。
行迈靡靡，中心如噎[10]。
知我者，谓我心忧；
不知我者，谓我何求。
悠悠苍天，此人何哉！

【注释】

〔1〕黍：黏小米。 离离：纷披茂盛之态。 稷：高粱。 苗：言高粱还是青苗，尚未长成。 两句反映的是行路者眼中所见景象。

〔2〕迈：指远行。 靡靡：犹言“迟迟”，脚步迟缓。

〔3〕摇摇：犹今所谓“心旌摇荡”。 忧心飘忽，不能自持。

〔4〕谓我何求：问我在寻找什么。 因诗人是一副若有所失的样子，故而有“谓我何求”之人。

〔5〕悠悠：犹“遥遥”，悠远。

〔6〕人：通“仁”。 意思是使我如此忧伤，苍天何仁之有。

〔7〕穗：指高粱秀穗。

〔8〕醉：指内心飘悠不稳。

〔9〕实：结实。 指高粱籽粒饱满。 有人因三章依次言“苗”“穗”“实”，认为诗人三过其地，但如果不从时间推移的角度去理解，只看作是复章叠句中所追求的个别字面变化，亦完全可通。

〔10〕噎：梗塞不畅。

【解说】

这是一首写愁怀的诗。《毛诗序》曰：“（周）大夫行役至于宗周，过故宗庙宫室，尽为禾黍。 闵周室之颠覆，彷徨不忍去，而作是诗也。”此说对后世影响很大，以至文学史上形成了以黍离之悲指代故国之悲的定式。 如三国魏曹植《情诗》：“游子叹黍离，处者悲式微。”晋陆机《辩亡论》：“夫然，故能保其社稷而固其土宇，《麦秀》无悲殷之思，《黍离》无愍周之感矣。”宋张元幹《贺新郎》：“梦绕神州路，怅秋风、连营画角，故宫离黍。”但纵观《黍离》全篇，并无凭吊故国之意，权且看作流浪者自诉悲愁之作。

君子于役

君子于役，不知其期，
曷至哉[1]。
鸡栖于埘[2]，日之夕矣，
羊牛下来。[3]
君子于役，如之何勿思[4]。

君子于役，不日不月[5]，
曷其有佸[6]。
鸡栖于桀[7]，日之夕矣，
羊牛下括[8]，
君子于役，苟无饥渴[9]。

【注释】

〔1〕君子：妻子对丈夫的敬称。于役：往赴徭役。曷至哉：什么时候才能回来呢？曷（hé），何。三句描写的是妻子对行役丈夫的思念。

〔2〕埘（shí）：挖墙成洞做成的鸡窝。

〔3〕“日之”二句：言黄昏时分，牛羊从牧地回来。

〔4〕“君子”二句：是由傍晚时的鸡归窝、羊牛入圈而引起的对服役未归之夫的思念。“如之何勿思”，犹今之所言“叫我如何不想他”。

〔5〕不日不月：没有准确的归期。

〔6〕曷其有佸：如何才能有相会的一天。佸，聚会。

〔7〕桀：小木桩。由此引出“鸡栖于木架”“鸡系于木桩”两解，均可通。

〔8〕下括：指牛羊下来并聚集在一处。括（huó），会合。与“佸”音义并同。

〔9〕苟无饥渴：言服役在外的丈夫该不会饿着、渴着吧？

【解说】

这是一首思妇诗。表现出妻子对长期服役在外的丈夫的深切情思与惦念。

采葛

彼采葛兮。
一日不见，如三月兮〔1〕。

彼采萧兮〔2〕。
一日不见，如三秋兮〔3〕。

彼采艾兮〔4〕。
一日不见，如三岁兮。

【注释】

〔1〕一日不见，如三月兮：又见于《子衿》，似是当时成语。葛：

藤本豆科植物。茎皮纤维可织葛布，茎叶可作牧草。

〔2〕萧：蒿类植物。有香气，古人采作祭祀之用。

〔3〕三秋：从排列顺序上看当长于“三月”，短于“三岁”，因此有人解释为三季，即九个月。

〔4〕艾：艾草。菊科植物。干艾叶点燃后可以灸病。

【解说】

这是一首情歌，作者的性别很难确定。诗句明白如话，复沓形式也很简单，却表达出炽烈的恋情，并由此产生了“一日不见，如隔三秋”的成语。

大车

大车槛槛〔1〕，毳衣如菼〔2〕。
岂不尔思，畏子不敢。〔3〕

大车哼哼〔4〕，毳衣如璊〔5〕。
岂不尔思，畏子不奔〔6〕。

穀则异室，死则同穴。〔7〕
谓予不信，有如皦日。〔8〕

【注释】

〔1〕大车：闻一多认为是牛拉的为商贾装货的车（《风诗类钞》）。

槛槛：车行之声。此后，车声成为撩拨女子情思的一种特殊声音。汉司马相如《长门赋》："雷殷殷而响起兮，声像君之车音。"唐李商隐《无题》："扇裁月魄羞难掩，车走雷声语未通。"

〔2〕毳（cuì）衣如菼（tǎn）：言大车上的心上人穿着一件用羽毛装饰的淡青色衣服。毳衣，礼服之一。天子祭祀山川、士大夫朝聘天子、助祭或巡行时穿用。有鸟兽细毛织成的图案。菼，荻。色在青白之间。参见《硕人》注〔21〕。

〔3〕"岂不"二句：不是我不想念你，只怕你没有胆量爱我。尔思，否定词后宾句前置，即"思尔"。

〔4〕啍（tūn）啍：车行时发出的声音。比喻车子的迟重缓慢。

〔5〕璊（mén）：赤色的玉。

〔6〕畏子不奔：怕你不带我私奔。

〔7〕"穀（gǔ）则"二句：活着没有住到同一间房里，死后也要埋在同一座坟墓。穀，生，活着。

〔8〕"谓予"二句：如果认为我的话不可靠，有天上明亮的太阳作证。皦日，即"皎日"。末章四句是女子的誓词。"有如某某"，是当时人起誓时的常用语。《左传·僖公二十四年》"重耳之亡"一节中晋公子重耳也发过与此相类的誓言："所不与舅氏同心者，有如白水！"

【解说】

这是一首坠入爱河的女子鼓动情人带她私奔的诗。诗中生死相依的爱情誓言，千载之后仍令人怦然心动。

郑风十首

将仲子

将仲子兮，无踰我里[1]，
无折我树杞[2]。
岂敢爱之，畏我父母。[3]
仲可怀也，父母之言，
亦可畏也。

将仲子兮，无踰我墙，
无折我树桑[4]。
岂敢爱之，畏我诸兄。
仲可怀也，诸兄之言，
亦可畏也。

将仲子兮，无踰我园，
无折我树檀[5]。
岂敢爱之，畏人之多言。
仲可怀也，人之多言，
亦可畏也。

【注释】

〔1〕将（qiāng）：请，恳求。 仲子：兄弟间行二为“仲”，“子”是对男子的美称，合之犹言“二哥”。 无踰我里：不要爬我们的院墙。 踰，越，翻过。 里，古二十五家为一里。 余冠英对此二句的今译是：“求求你小二哥呀，别爬我家大门楼呀。”

〔2〕折：这里是碰断、碰伤的意思。 树杞（qǐ）：所种之杞。 树，种植。 杞，杞柳。 亦名红皮柳。 落叶丛生灌木，枝条柔韧，可编制柳条筐等。 此为里间所种之树。

〔3〕“岂敢”二句：言不是心疼杞柳被碰坏，而是怕我父母讲出不好听的话来。

〔4〕树桑：古时墙边种桑，园中种檀。 清马瑞辰《毛诗传笺通释》曰：“古者桑种于墙，檀树于园。《孟子》‘树墙下以桑’、《鹤鸣》诗‘乐彼之园，爰有树檀’是也。”

〔5〕檀：树名。 木质坚硬，古人多用以制车轴。《诗经》中有《伐檀》篇曰：“坎坎伐檀兮，寘（置）之河之干兮。”

【解说】

这是一首女子告诫情人的诗。 对情人的爱和对周围环境的畏惧使她时刻处于感情和理智的冲突中。 这种矛盾心情的表露，使诗歌别具一番楚楚动人的韵味。

大叔于田

叔于田，乘乘马〔1〕。

执辔如组〔2〕，两骖如舞〔3〕。

叔在薮[4]，火烈具举[5]。
襢裼暴虎[6]，献于公所[7]。
将叔无狃，戒其伤女。[8]

叔于田，乘乘黄[9]。
两服上襄[10]，两骖雁行[11]。
叔在薮，火烈具扬[12]。
叔善射忌，又良御忌；[13]
抑磬控忌，抑纵送忌。[14]

叔于田，乘乘鸨[15]。
两服齐首，两骖如手。[16]
叔在薮，火烈具阜[17]。
叔马慢忌，叔发罕忌；[18]
抑释掤忌，抑鬯弓忌。[19]

【注释】

〔1〕叔：指排行第三的男子。田：通“畋”，打猎。乘乘（chéng shèng）马：驾驭着马车。第一个“乘”字是动词；第二个“乘”字是对四马驾一车的统称。两句写驾车打猎。

〔2〕执辔（pèi）如组：手握马缰，八根缰绳整齐如丝带。组，丝线编织的带子。

〔3〕两骖（cān）：一车四马中的旁边两匹。如舞：形容骖马奔跑的动作整齐划一，如同跳舞一般。

〔4〕薮（sǒu）：潮湿而多草木的地方。

〔5〕火烈：放火烧草，以遮断野兽的逃路。烈，“迾”的借字，遮。具举：火一齐烧起来。

〔6〕襢裼（tán xī）：赤膊。暴虎：空手与虎搏斗。形容“叔”的勇武有力。《诗经·小雅·小旻》曰：“不敢暴虎，不敢冯河（徒步渡河）。”以后“暴虎冯河”作为一条成语固定下来，比喻冒险蛮干，有勇无谋。

〔7〕献于公所：言猎获的老虎要献给官府。这是当时一种不合理的制度，在《豳风·七月》中也有所反映：“言私其豵，献豜于公。”意为猎物中好的大的要献给官家。两诗可以参读。

〔8〕“将叔”二句：三哥请勿太大意，提防老虎伤着你。将，请求。狃（niǔ），熟练。“无狃”即不要因熟练而麻痹大意。戒，警惕。女，通“汝”，你。

〔9〕乘乘黄：言所驾车乘的马是黄马。

〔10〕两服：两匹服马。即一车四马中中间夹辕的两匹。上襄：昂首上腾。襄，同“骧”，头高昂。

〔11〕雁行：形容两匹边马紧附服马而奔驰，如同飞成“人”字形的雁阵。

〔12〕扬：同上章的“举”。

〔13〕“叔善”二句：叔既善于射箭，又善于驾驭车马。忌，语尾助词。

〔14〕“抑磬”二句：具体描述叔之“良御”。磬控，勒缰止马，控制马不让它前进。磬，本是外形弯折的石质乐器，此处是名词作状语，形容人控马时弓腰前屈的状态。纵送，松缰纵马而行。

〔15〕鸨（bǎo）：通“駂”，毛色黑白相杂的马。

〔16〕“两服”二句：两匹服马齐头并进，两匹边马如人之双手配附左右。

〔17〕阜（fù）：旺盛。

〔18〕“叔马”二句：以马慢箭稀喻示畋猎已进入尾声。发罕，发箭稀少。

〔19〕“抑释”二句：言开始收拾猎具。释掤（bīng），打开箭筒的

盖子。言下之意是准备收箭。掤，箭筒盖。鬯（chàng）弓，即韔弓，以韔裹弓。韔，弓袋。此处用作动词，也就是把弓放到弓袋里。

【解说】

这是一首畋猎诗。诗中对猎人的勇武和畋猎场面作了生动的描述。本篇与原书前一篇《叔于田》是姊妹篇，可相互参读，本篇题中冠一“大”字，当是在篇制长短上与前一篇加以区别。

有女同车

有女同车，颜如舜华〔1〕。
将翱将翔〔2〕佩玉琼琚〔3〕。
彼美孟姜〔4〕，洵美且都〔5〕。

有女同行，颜如舜英。
将翱将翔，佩玉将将〔6〕。
彼美孟姜，德音不忘〔7〕。

【注释】

〔1〕“颜如”句：较《周南·桃夭》更为直接地将女子的容颜与花朵联系起来。舜，即木槿，锦葵科落叶灌木，夏秋开花，花冠紫红或白色。树皮和花可以入药。

〔2〕将翱将翔：形容车行迅疾，使车上人有欲飞之感。而诗人的心，则与同车女子飞在一起。

〔3〕佩玉琼琚：言女子所佩之玉非常华美。琼，玉之美者。琚，佩玉名。后世引此句作为对人文辞华美的称颂。唐韩愈《祭柳子厚文》："玉佩琼琚，大放厥词。"

〔4〕孟姜：姜姓长女。子女中居长者曰"孟"。此是对同车女的称呼。

〔5〕洵美且都：的确美丽又娴雅。洵，信。都，娴雅大方。

〔6〕将将：同"锵锵"。佩玉碰撞之声。

〔7〕德音：好的声誉。不忘：不会失去。忘，通"亡"。

【解说】

这是一首男恋女的诗。诗从容貌、服饰、品格三方面歌颂了自己的心上人。

狡童〔1〕

彼狡童兮，不与我言兮。
维子之故〔2〕，使我不能餐兮〔3〕。

彼狡童兮，不与我食兮〔4〕。
维子之故，使我不能息兮〔5〕。

【注释】

〔1〕狡童：狡猾的家伙，坏小子。是姑娘对情人的昵称。

〔2〕维：因为。

〔3〕不能餐：吃不下饭。

〔4〕不与我食：不和我一同吃饭。

〔5〕息：安心入睡。

【解说】

这是一首很别致的恋歌，出自女性之口。一对小情人发生了摩擦，男孩子故意不理睬他心爱的姑娘，致使她心烦意乱，发出这首嗔怪之词。

褰裳

子惠思我〔1〕，褰裳涉溱〔2〕。
子不我思〔3〕，岂无他人〔4〕。
狂童之狂也且〔5〕。

子惠思我，褰裳涉洧〔6〕。
子不我思，岂无他士。
狂童之狂也且。

【注释】

〔1〕惠：爱。

〔2〕褰裳：提起裙子。古人之服上衣下裳，裳即裙，男女皆服。《邶风·绿衣》中有“绿衣黄裳”的诗句，知其为当时人常服。涉溱（zhēn）：涉过溱河。溱水发源于今河南新密东北圣水峪，东南流会洧水，为双洎河。当时在郑国境内。

〔3〕不我思：否定句宾语前置，即不思我。

〔4〕“岂无”句：言“难道就没有别人爱我了吗？”

〔5〕“狂童”句：你这个傻瓜中的大傻瓜啊！ 狂，痴迷。 也且（jū），均是语尾助词。

〔6〕洧（wěi）：水名。 源出河南登封东阳城山，东流经新密会溱水。 当时在郑国境内。

【解说】

这是女子戏谑她所爱男子的情歌。 诗歌女主人公口齿伶俐，性格开朗，其声音神情，无不活现于诗中。

风 雨

风雨凄凄[1]，鸡鸣喈喈[2]。
既见君子[3]，云胡不夷[4]。

风雨潇潇[5]，鸡鸣胶胶。
既见君子，云胡不瘳[6]。

风雨如晦[7]，鸡鸣不已[8]。
既见君子，云胡不喜。

【注释】

〔1〕凄凄：阴冷寒凉。

〔2〕喈喈：与下章中“胶胶”都是形容鸡鸣的象声词。

〔3〕君子：女子对情人的称谓。

〔4〕云胡不夷：言“我心中还有什么不平静的呢？”云，发语词。胡，为什么。夷，平。此指心情平静。联系上句，可知女子在未见到“君子”时心中是忐忑不安的。

〔5〕潇潇：风雨之声。

〔6〕瘳（chōu）：病愈。此二句言一见到心上人，抑郁如病的心情立即明朗起来。

〔7〕风雨如晦：风雨交加致使天地昏暗。后用以形容动荡的时局或黑暗的社会环境。

〔8〕已：止。

【解说】

这是一首表现男女欢会的诗。着重描写热恋中女子见到情人时那种豁然开朗的心境。

子衿

青青子衿，悠悠我心。〔1〕
纵我不往，子宁不嗣音。〔2〕

青青子佩〔3〕，悠悠我思。
纵我不往，子宁不来〔4〕。

挑兮达兮，在城阙兮。〔5〕
一日不见，如三月兮。〔6〕

【注释】

〔1〕青、衿：汉毛亨注曰："青衿，青领也，学子之所服。"后代以青衿指士子或少年。子衿（jīn）：子之衿，即今之所言"你的衣领"。悠悠：思虑悠长的样子。此二句言"你青青的衣领悬起了我悠悠的心"。

〔2〕"纵我"二句：纵然我没去找你，难道你就不能继续给我个音讯吗？宁，难道。嗣音，《韩诗》作"诒音"，寄音讯。嗣，古与"诒"通。

〔3〕佩：系佩玉的丝带。

〔4〕子宁不来：你难道就不会来找我吗？

〔5〕"挑兮"二句：写女子等待情人时的焦急情态。挑、达，独自来回走动的样子。城阙，城门两旁的观楼。夜间极幽僻，常成为情人的约会之所。此可与《静女》一诗相参读。

〔6〕"一日"二句：极言相思之切。这是当时人的常用语，可参见《采葛》。

【解说】

这是一首女子思念情人的诗。

出其东门

出其东门，有女如云。
虽则如云，匪我思存〔1〕。
缟衣綦巾，聊乐我员。〔2〕

出其闉阇[3]，有女如荼[4]。
虽则如荼，匪我思且[5]。
缟衣茹藘[6]，聊可与娱[7]。

【注释】

〔1〕匪：同“非”。存：想念。两句言虽然游女众多，却没有我所思念的那个人。

〔2〕“缟（gǎo）衣”二句：言其心上人是一位衣着俭朴的姑娘。缟，白色。綦（qí），苍艾色。巾，佩巾。相当于今天妇女的围裙。

〔3〕闉阇（yīn dū）：闉，瓮城。城门外护门的曲城；阇，城门加筑的楼台。此泛指城门，即上章所言之“东门”。

〔4〕有女如荼（tú）：形容游女众多。如荼，如荼花般繁盛。与上章“如云”同义。荼，茅花。后世以“如火如荼”形容场面的盛大或热烈。

〔5〕思且（jū）：思念。

〔6〕茹藘（lǘ）：茜草。其根可作绛红色染料。这里指茜草染成的绛红色佩巾。

〔7〕聊可与娱：才可同我一起娱乐。

【解说】

这是一首男恋女的情歌，体现出这位男子对爱情的执着与专一。东门，郑国都城新郑（今河南新郑）的东城门。这里是游人云集的地方。

野有蔓草

野有蔓草，零露漙兮。[1]
有美一人，清扬婉兮[2]。
邂逅相遇[3]，适我愿兮[4]。

野有蔓草，零露瀼瀼[5]。
有美一人，婉如清扬[6]。
邂逅相遇，与子偕臧[7]。

【注释】

〔1〕蔓草：茂密、蔓延之草。 零露：旧注以为“陨落之露”。 零，滴，落。 漙(tuán)：形容露珠滚圆的状态。 露水在温暖季节的清晨出现，两句点明二人相遇的时间、地点、环境。

〔2〕清扬：眉清目秀。 婉：妩媚的样子。

〔3〕邂逅相遇：不期而遇。 今已用作成语。

〔4〕适我愿：犹今之所言“称我心”。

〔5〕瀼（ráng）瀼：形容露水很浓。

〔6〕如：同连词“而”。

〔7〕偕臧：一同躲藏起来。 臧，同“藏”。

【解说】

这是一首情歌。 写一对青年男女在野外田间邂逅相遇，一见倾心。

溱洧

溱与洧，方涣涣兮〔1〕。
士与女〔2〕，方秉蕑兮〔3〕。
女曰："观乎〔4〕？"士曰："既且〔5〕。"
"且往观乎〔6〕？
洧之外，洵訏且乐〔7〕。"
维士与女，伊其相谑，
赠之以勺药。〔8〕

溱与洧，浏其清矣〔9〕。
士与女，殷其盈矣〔10〕。
女曰："观乎？"士曰："既且。"
"且往观乎？
洧之外，洵訏且乐。"
维士与女，伊其将谑〔11〕，
赠之以勺药。

【注释】

〔1〕溱、洧：郑国境内的两条河流，参见《褰裳》注〔2〕、注〔6〕。涣涣：水流盛大的样子。

〔2〕士与女：指去水边游春的男男女女。

〔3〕方秉蕑（jiān）：正拿着蕑草。蕑，亦名兰，菊科香草。古人

以为蕑草可祛除不祥。

〔4〕观乎：去看看吗？ 这是一位女子对她意中人所说的话。

〔5〕既且（cú）：已经去过了。 且，同“徂”，前往。 这是一位男子的回答。

〔6〕且往观乎：再去看看好吗？ 这又是女子的劝说。

〔7〕洵訏（xū）且乐：的确宽广又好玩。 洵，诚然是。 訏，广大。乐，使人快乐。

〔8〕维、伊：语助词。 相谑：相互调笑。 勺药：指草芍药。 一种蘼芜类香草。 亦名江蓠。 古时情人在“将离”时互赠此草，以示离别之情，此三句中所写的赠“勺药”，是男女戏谑的内容，故无离别之苦，反为诗歌增添了活泼、欢快的情调。

〔9〕浏（liú）：谓水深而清澈。

〔10〕殷其盈：言人多而拥挤。 殷，众多。 盈，满。

〔11〕将谑：同上章“相谑”。

【解说】

这首诗是一幅生动的社会生活风情画，描绘了郑国青年男女上巳节时在河边游春的热闹场面。《韩诗》说：“郑国之俗，三月上巳之日，于两水（溱、洧）上招魂续魄，拂除不祥。 故诗人愿与所说（悦）者俱往观也。”上巳之日即三月的第一个巳日，三国以后固定在三月初三。

齐风二首

鸡鸣

“鸡既鸣矣，朝既盈矣。[1]”
“匪鸡则鸣，苍蝇之声。[2]”

“东方明矣，朝既昌矣。[3]”
“匪东方则明，月出之光。[4]”

“虫飞薨薨，甘与子同梦。
会且归矣，无庶予子憎。[5]”

【注释】

〔1〕“鸡既”二句：妻子提醒丈夫：“鸡已经叫了，朝廷里人已经到齐了吧？”盈，满。

〔2〕“匪鸡”二句：丈夫回答说：“那不是公鸡打鸣，而是苍蝇的嗡嗡声。”匪，同“非”。

〔3〕“东方”二句：是妻子继续劝说丈夫的话。昌，与“盈”同义，盛多的样子。

〔4〕“匪东”二句：是丈夫不想起床的托词。

〔5〕“虫飞”四句：是妻子对丈夫说的话：“虫儿嗡嗡飞，我也想和

你再睡一会儿。可朝会就要散了，你还是早点去吧，别惹人家讨厌。”薨（hōng）薨，虫儿群飞之声。甘，乐意，喜欢。同梦，同睡。会，朝会。归，指朝会群臣将要散朝回家。此句与一章的“既盈”、二章的“既昌”都是妻子的夸张、调笑之词。无庶，即“庶无”，此处意为“不要让”。予，给予。子憎，“憎子”的宾语前置结构，意为使别人憎恶你。

【解说】

这首诗是一对夫妻在黎明时的枕上絮语。妻子劝丈夫尽早起床去上朝，丈夫则枕上耽眠，贪恋温柔之乡。全诗由对话组成，形式独特，也为我们了解当时的夫妻生活提供了第一手资料。

东方未明

东方未明，颠倒衣裳。〔1〕
颠之倒之，自公召之〔2〕。

东方未晞〔3〕，颠倒裳衣。
倒之颠之，自公令之。

折柳樊圃〔4〕，狂夫瞿瞿〔5〕。
不能辰夜〔6〕，不夙则莫〔7〕。

【注释】

〔1〕“东方”二句：言丈夫天还没亮就匆忙起身。“颠倒衣裳”是对

其匆忙之状的调侃。晋陶渊明《饮酒》其九“清晨闻叩门，倒裳往自开”一句，即由此处化出。

〔2〕“颠之”二句：言颠倒衣裳是因为有来自公家的召唤。

〔3〕晞（xī）：破晓，太阳将出。

〔4〕折柳樊圃：折柳条加固园圃的篱笆。樊，篱笆。此处用作动词。圃，菜园。此句言丈夫谨防门户，生怕他走后有人乘虚而入。

〔5〕狂夫：疯汉。此是对丈夫的怨称。瞿（jù）瞿：惊视，神情不安的样子。

〔6〕不能辰夜：不分白天和夜晚。辰，借为“晨”，指白天。

〔7〕不夙则莫：不是早起就是晚睡。夙，早。莫，同“暮”，指时间晚。

【解说】

此诗以一个妇女的口吻写成。与《鸡鸣》中那位劝丈夫早起上朝的妻子不同，这位妻子埋怨丈夫早出晚归，还对自己有诸多的不放心。

魏风三首

十亩之间

十亩之间兮，桑者闲闲兮〔1〕。
行与子还兮〔2〕。

十亩之外兮〔3〕，桑者泄泄兮〔4〕。
行与子逝兮〔5〕。

【注释】

〔1〕桑者：采桑之人。 采桑的劳动多由女性担任。 闲闲：悠闲自在的样子。

〔2〕行与子还：相互邀约着一同还家。 行，走。

〔3〕十亩之外：宅园之外。 同样是指“十亩之间”的桑园。

〔4〕泄（yì）泄：闲散自得之貌。 与“闲闲”同义。

〔5〕逝：去。 与“还”同义。

【解说】

此诗写采桑女子在紧张劳作之后，轻松愉快，相约回家的场面。 十亩之间，《孟子·尽心上》曰：“五亩之宅，树墙下以桑。”两个相邻的“五亩之宅”恰是十亩，十亩的中间地带便是桑园。

伐 檀

坎坎伐檀兮[1],寘之河之干兮[2],
河水清且涟猗。
不稼不穑,胡取禾三百廛兮[3]?
不狩不猎,胡瞻尔庭有县貆兮[4]?
彼君子兮,不素餐兮![5]

坎坎伐辐兮[6],寘之河之侧兮,
河水清且直猗[7]。
不稼不穑,胡取禾三百亿兮[8]?
不狩不猎,胡瞻尔庭有县特兮[9]?
彼君子兮,不素食兮!

坎坎伐轮兮[10],寘之河之漘兮[11]?
河水清且沦猗[12]。
不稼不穑,胡取禾三百囷兮[13]?
不狩不猎,胡瞻尔庭有县鹑兮[14]?
彼君子兮,不素飧兮[15]!

【注释】

〔1〕坎坎:拟声词。指伐檀时发出的斫木之声。也用来形容击鼓之声,如本书所选《诗·小雅·伐木》有句曰“坎坎鼓我”;又《陈

风·宛丘》:“坎其击鼓，宛丘之下。”檀：树名。木质坚硬，古人多用以制车。

〔2〕寘：同“置”。干：河岸。伐檀之所以要“寘之河之干”，大约是利用河水放排，将木头运走。

〔3〕稼：耕种。穑：收割。胡：为什么。廛（chán）：通“缠”。“三百廛”即三百束、三百捆。此喻其多，非确指。为什么不播种、不收割而能有这么多的稻谷呢？答案便是诗开篇所点到的——伐檀。诗句表明，他们是在用木材来换取谷物。

〔4〕狩：冬猎。瞻：看到。尔庭：你的院子。县：同“悬”。貆（huán）：幼小的貉（hé）。貉又名狗獾，是重要毛皮兽，毛皮可制裘衣、裘帽。二句言：为什么不打猎而庭院里挂着野兽？答案仍是伐檀。诗句暗示他们在用木材换取猎物。

〔5〕“君子”二句：正派人是不白吃饭的啊。君子，对伐檀者的尊称。素餐，白食，不劳而食。

〔6〕伐辐：伐取檀木，以制车的辐条。辐，车轮中辏集于中心毂上的直木。《老子》曰：“三十辐，共一毂。”由此可知当时一个车轮共有三十根辐条。

〔7〕直：水流平直。

〔8〕亿：“繶”的假借，同“缠”意。

〔9〕特：三岁之兽。

〔10〕伐轮：伐木以制车轮。

〔11〕漘（chún）：水边。与“干”“侧”同义。

〔12〕沦：小的波纹。

〔13〕囷：圆形谷仓。亦可解作“稇”的假借字，如此便与上两章的“缠”“亿（繶）”同义。

〔14〕鹑：鹌鹑，鸟名。

〔15〕飧（sūn）：晚饭，熟食。此处泛指饭食。

【解说】

此诗主旨两千年来纷纭无定解，今世多以为是讽刺统治阶级的不劳而获。本书认为这是一首劳动歌，是林樵部族在歌颂自己不同于农耕部族、狩猎部族的独特的生产、生活方式，全诗充满自信与自豪。

硕鼠

硕鼠、硕鼠，无食我黍。
三岁贯女〔1〕，莫我肯顾〔2〕。
逝将去女〔3〕，适彼乐土〔4〕。
乐土乐土，爰得我所〔5〕。

硕鼠、硕鼠，无食我麦。
三岁贯女，莫我肯德〔6〕。
逝将去女，适彼乐国。
乐国乐国，爰得我直〔7〕。

硕鼠、硕鼠，无食我苗。
三岁贯女，莫我肯劳〔8〕。
逝将去女，适彼乐郊。
乐郊乐郊，谁之永号〔9〕。

【注释】

〔1〕三年：非确指，多年之意。贯：侍奉。女：音义同“汝”，你。

〔2〕莫我肯顾：莫肯顾我。顾，顾惜。

〔3〕逝将去汝：要离开你。 逝，离去。 一说通“誓”，言“发誓要离开你”，亦可通。

〔4〕适：前往。 乐土：理想中的美好去处。 下章“乐国”“乐郊”与此同。

〔5〕爰：乃，于是。 得我所：得到我安居的处所。

〔6〕莫我肯德：不肯感激我。 德，归恩、感激之意。

〔7〕直：同“值”，指劳动收获。

〔8〕劳：慰劳。

〔9〕永号：犹“长叹”。 两句言到了那美好的地方，谁还长吁短叹呢？

【解说】

本诗的字面意思是逃避鼠患，但历代研究者都认为其间另有寄托。鼠，喻指为政贪残的统治者。 农民不堪忍受残酷的剥削，幻想能找到一处幸福的乐土。 唐人曹邺所作《官仓鼠》一诗，显然是受《硕鼠》启发，不妨录以对读：“官仓老鼠大如斗，见人开仓亦不走。 健儿无粮百姓饥，谁遣朝朝入君口？”

唐风二首

绸缪

绸缪束薪[1]，三星在天[2]。
今夕何夕[3]，见此良人[4]。
子兮子兮，如此良人何[5]？

绸缪束刍[6]，三星在隅[7]。
今夕何夕，见此邂逅[8]。
子兮子兮，如此邂逅何？

绸缪束楚[9]，三星在户[10]。
今夕何夕，见此粲者[11]。
子兮子兮，如此粲者何？

【注释】

〔1〕绸缪：紧密缠缚的意思。束薪：缠缚成捆的木柴。

〔2〕三星：天空中明亮而相接近的三颗星。有参宿三星、心宿三星、河鼓三星。毛《传》以为本篇所指是参宿三星，郑玄以为是心宿三星；近人朱文鑫《天文考古录》以为首章“在天”者指参宿三星，二章“在隅”者指心宿三星，三章“在户”者指河鼓三星。

〔3〕今夕何夕：今晚是个什么日子啊。与《越人歌》首句句式相同，可以参看。

〔4〕良人：犹“好小伙”。

〔5〕子：女子自谓。两句言：“你呀你呀，你该把这个好小伙怎么样呢？”其结果，大约便是《野有蔓草》中所说的“与子偕臧”。

〔6〕束刍：缠缚成捆的草。

〔7〕在隅：指在天空的东南角。

〔8〕邂逅：指邂逅相遇的“良人”。

〔9〕楚：荆条。

〔10〕在户：当窗。

〔11〕粲者：言所遇男子光彩照人。

【解说】

这是一首表现男女邂逅之欢的诗。《诗序》以为是“刺晋乱也。国乱则婚姻不得其时焉”。然通篇并无“刺”意。今人或以为是贺新婚，似亦强解。

葛生

葛生蒙楚，蔹蔓于野。〔1〕
予美亡此〔2〕，谁与独处〔3〕。

葛生蒙棘，蔹蔓于域〔4〕。
予美亡此，谁与独息〔5〕。

角枕粲兮，锦衾烂兮〔6〕。

予美亡此，谁与独旦[7]。

夏之日，冬之夜[8]；
百岁之后，归于其居[9]。

冬之夜，夏之日；
百岁之后，归于其室。

【注释】

〔1〕“葛生”二句：写坟地的荒凉景象。葛，葛藤，蔓生植物，生长中需缠附其他植物。参见《采葛》题解。蒙，覆盖。此指缠附。楚，牡荆。蔹（liǎn），多年生蔓草。蔓，蔓延地生长。

〔2〕予美：我所爱之人。

〔3〕谁与独处：他孤独地长眠在这里，谁来陪伴他呢？

〔4〕域：茔域。即葬地。

〔5〕息：安息。

〔6〕角枕：用兽角做装饰的枕头。粲：与下句的“烂”互文，即灿烂。形容枕、衾的鲜丽华美。锦衾：锦制的被。两句所写均是随葬之物。《周礼・天官》：“玉俯掌王之金玉、玩好、兵器。……大表共含玉，复衣裳、角枕、角柶。”

〔7〕谁与独旦：意为有谁伴他孤凄地从黑夜熬到天明呢？

〔8〕夏之日，冬之夜：指从今往后的无数个漫长夏日和漫长冬夜。

〔9〕百岁之后：指死后。居：指死者所居之地，即坟墓。两句言：“只有等我死后，才能和他同在一处。”表达了女子对亡夫不可磨灭的爱，较之《大车》中“穀则异室，死则同穴”的旦旦信誓更为深切。

【解说】

这是一首女子悼念亡夫的诗，情意深挚，感人肺腑，堪称千古悼亡之祖。

秦风二首

蒹葭

蒹葭苍苍[1]，白露为霜[2]。
所谓伊人[3]，在水一方[4]。
溯洄从之[5]，道阻且长[6]。
溯游从之[7]，宛在水中央[8]。

蒹葭凄凄[9]，白露未晞[10]。
所谓伊人，在水之湄[11]。
溯洄从之，道阻且跻[12]。
溯游从之，宛在水中坻[13]。

蒹葭采采[14]，白露未已[15]。
所谓伊人，在水之涘[16]。
溯洄从之，道阻且右[17]。
溯游从之，宛在水中沚[18]。

【注释】

〔1〕蒹葭（jiān jiā）：芦苇。 苍苍：形容芦苇的盛茂鲜明。

〔2〕白露为霜：秋露凝结成白霜。

〔3〕所谓伊人：所说的那个人。 伊人的性别很难确定，因此诗意境优美，今世多以伊人为女性。

〔4〕一方：一边。 方，古与“旁”通。

〔5〕溯洄：逆着河流向上游走。

〔6〕阻：障碍。

〔7〕溯游：顺着水流向下走。

〔8〕宛：好像。 以上四句言尽管多方求索，伊人仍是可望而不可即。 清姚际恒《诗经通论》以为此诗在“在”字前加一“宛”字，“遂觉点睛欲飞，入神之笔”。

〔9〕凄凄：即“萋萋”，与“苍苍”同义。

〔10〕晞（xī）：干。

〔11〕湄：水草交接之处。

〔12〕道阻且跻（jī）：道路险阻而且需要攀登。 跻，升，高起。

〔13〕坻（chí）：水中小岛。

〔14〕采采：鲜明的样子。

〔15〕已：停止。

〔16〕涘（sì）：水边。

〔17〕右：向右弯转，迂曲。

〔18〕沚：水中沙洲。

【解说】

这是一首情歌。 诗歌扑朔迷离的意境与可望而不可即的意中人相互衬托，造成一种朦胧之美，与《汉广》篇有异曲同工之妙。 清王国维《人间词话》以为此篇“最得风人深致”。

无衣

岂曰无衣，与子同袍。[1]
王于兴师[2]，修我戈矛[3]。
与子同仇[4]。

岂曰无衣，与子同泽[5]。
王于兴师，修我矛戟[6]。
与子偕作[7]。

岂曰无衣，与子同裳。
王于兴师，修我甲兵。
与子偕行[8]。

【注释】

〔1〕“岂曰”二句：谁说没有衣裳？ 我可以与你披同一件战袍。袍，长衣。 这种衣服行军时白天当衣披，晚上当被盖。 犹如今之披风或斗篷。

〔2〕王：指周王，秦国出兵以周天子之命为号。 一说指秦国国君。于：语助词。 兴师：起兵。

〔3〕修：修理，整顿。 戈、矛：长柄兵器。 戈，盛行于商至战国时期。 柄前有横刃，可横击、钩援。 矛，用于直刺，木柄前装有金属矛头，商周时用青铜制成，至汉代多用铁矛。

〔4〕同仇：共同仇恨。转意为你的敌人就是我的敌人。后世取此句与《左传·文公四年》中“诸侯敌王所忾”一句组合成“同仇敌忾”的成语，意即共同仇恨、一起愤怒。

〔5〕泽：通“襗”，贴身衣裤。

〔6〕戟（jǐ）：古代长柄兵器，是戈与矛的组合体。柄端既有矛的尖刺，又有戈的横刃；既可直刺，又可横击。初为青铜制，战国以后开始出现铁戟。

〔7〕偕作：共同奋斗。

〔8〕偕行：一同出征。

【解说】

这是一首昂扬的军歌，表现了战士们英勇无畏的抗敌精神。朱熹《诗集传》曰：“秦人之俗，大抵尚气概，先勇力，忘生轻死，故其见于诗如此。”

陈风三首

衡门

衡门之下，可以栖迟。〔1〕
泌之洋洋〔2〕，可以乐饥〔3〕。

岂其食鱼，必河之鲂〔4〕？
岂其取妻，必齐之姜〔5〕？

岂其食鱼，必河之鲤〔6〕？
岂其取妻，必宋之子〔7〕？

【注释】

〔1〕衡门：毛《传》的解释是“横木为门，言浅陋也”。衡，释为“横”；近人闻一多引清王引之《经义述闻》的说法，以为衡门是陈国城门。后一种说法可能更通脱一些。栖迟：栖身，滞留。两句言贫郭陋室亦可以居住。

〔2〕泌：陈国泌丘一带的泉水。洋洋：水流不竭的样子。

〔3〕乐：通“疗”（liáo），疗治。联系上句，意思是游赏泌水，可使人忘记饥渴。

〔4〕河：黄河。鲂（fáng）：鲂鱼。亦名三角鲂，与鲤鱼同科。

两句言吃鱼不一定非要吃黄河的鲂鱼。

〔5〕取：同“娶”。齐之姜：古代女子称姓，齐国为姜姓，故齐侯之女称齐姜。这里是代指大家闺秀。两句言娶妻不必去攀名门望族。

〔6〕河之鲤：黄河中的鲤鱼。从诗句中可知，黄河之鲤从很早以前便被视为佳肴中的上品。

〔7〕宋之子：宋国贵族之女。宋国子姓。

【解说】

这是一位下层士人对自身贫陋处境的自我排遣。我们可以把此诗看作后世大量随遇而安、闲适隐逸之诗的滥觞。

东门之杨

东门之杨，其叶牂牂〔1〕。
昏以为期〔2〕，明星煌煌〔3〕。

东门之杨，其叶肺肺〔4〕。
昏以为期，明星晢晢〔5〕。

【注释】

〔1〕牂（zāng）牂：茂盛的样子。

〔2〕昏：黄昏。期：约定。

〔3〕明星：启明星。天欲曙时出现于东方。煌煌：明亮的样子。由此可知相约双方有一方爽约未至，使相待的一方从黄昏一直等到东方

发亮。

〔4〕肺（pèi）肺：同“芾芾”，茂盛的样子。

〔5〕晢（zhé）晢：明亮。此章与上章意思相同。

【解说】

这是一首表现男女幽会的短诗，一对恋人相约晚上在东门外的杨柳树下见面。此层意思在宋欧阳修的《生查子·元夕》词中便写作“月上柳梢头，人约黄昏后”。

月出

月出皎兮，佼人僚兮〔1〕。
舒窈纠兮〔2〕，劳心悄兮〔3〕。

月出皓兮，佼人懰兮〔4〕。
舒忧受兮〔5〕，劳心慅兮〔6〕。

月出照兮〔7〕，佼人燎兮〔8〕。
舒夭绍兮，劳心惨兮〔9〕。

【注释】

〔1〕佼（jiǎo）人：美人。佼，美好。僚（liáo）：同“嫽”，娇美貌。

〔2〕舒：舒缓娴雅之态。窈纠（yǎo jiǎo）：指女子行步时体态

优美。

〔3〕劳心：忧心。 悄（qiǎo）：忧愁貌。

〔4〕懰：美好貌。

〔5〕忧（yǒu）受：与下章“夭绍”音近义同，形容女子行路时的轻盈体态。

〔6〕慅（cǎo）：忧愁。

〔7〕照：与前两章的“皎”“皓”同义，指月光明亮。

〔8〕燎（liáo）：明亮之意。

〔9〕惨：读若“懆”（cǎo），懆懆，忧愁貌。

【解说】

这是一首描写男恋女的诗。 一位男子在月光下见到一个美丽的姑娘，不由生出爱恋之情，并引起内心的躁动。

豳风三首

七 月

七月流火[1],九月授衣[2]。
一之日觱发[3],二之日栗烈[4]。
无衣无褐[5],何以卒岁[6]!
三之日于耜[7],四之日举趾[8]。
同我妇子[9],馌彼南亩[10]。
田畯至喜[11]。

七月流火,九月授衣。
春日载阳[12],有鸣仓庚[13]。
女执懿筐,遵彼微行,
爰求柔桑。[14]
春日迟迟[15],采蘩祁祁[16]。
女心伤悲,殆及公子同归。[17]

七月流火,八月萑苇[18]。
蚕月条桑,取彼斧斨,
以伐远扬,猗彼女桑。[19]
七月鸣鵙[20],八月载绩[21]。
载玄载黄,我朱孔阳,[22]

为公子裳[23]。

四月秀葽[24]，五月鸣蜩[25]。
八月其获[26]，十月陨萚[27]。
一之日于貉，取彼狐狸，[28]
为公子裘[29]。
二之日其同，载缵武功。[30]
言私其豵，献豜于公。[31]

五月斯螽动股[32]，六月莎鸡振羽[33]。
七月在野，八月在宇，
九月在户，十月蟋蟀入我床下。[34]
穹窒熏鼠[35]，塞向墐户[36]。
嗟我妇子，曰为改岁[37]，
入此室处。

六月食郁及薁，七月亨葵及菽。
八月剥枣，十月获稻。[38]
为此春酒[39]，以介眉寿[40]。
七月食瓜，八月断壶[41]，
九月叔苴[42]。
采荼薪樗[43]，食我农夫[44]。

九月筑场圃[45]，十月纳禾稼。
黍稷重穋[46]，禾麻菽麦[47]。
嗟我农夫！

我稼既同[48]，上入执宫功[49]。
昼尔于茅[50]，宵尔索绹[51]，
亟其乘屋[52]，其始播百谷。

二之日凿冰冲冲，三之日纳于凌阴[53]，
四之日其蚤，献羔祭韭[54]。
九月肃霜[55]，十月涤场[56]。
朋酒斯飨[57]，曰杀羔羊。
跻彼公堂，称彼兕觥，[58]
“万寿无疆！”

【注释】

〔1〕七月：夏历七月。流火：火星偏西下沉。火，星名。或称“大火”，在二十八星宿中属心宿。心宿由三星组成，火是第二星。此星于夏历五月黄昏时行至正南方，此时位置最高，六月以后逐渐西偏，位置下降，故曰“流火”。这表示暑气已尽，寒气渐来。

〔2〕九月授衣：九月天寒，公室开始向贵族成员发放御寒衣。寒衣是由农家妇女制成后交纳给公室的。诗的第三章“八月载绩”以下数句即是描写制衣的情况。但农夫自家却始终“无衣无褐”。授衣之俗余脉久远，唐代国学于九月放假，名曰“授衣假”，宋代朝廷于十月初一向宰执以下官员赐锦，亦名曰“授衣”。

〔3〕一之日：此为周历纪时，指十月以后第一个月的日子。夏、商、周三代历法不同，商代以夏历十二月为岁首，周代以夏历十一月为岁首，故一之日是夏历十一月、周历正月。下“二之日”“三之日”“四之日”依次类推。觱发（bì bō）：寒风呼啸之声。

〔4〕二之日：指夏历十二月、周历二月。栗烈：即凛冽。寒风

刺骨。

〔5〕褐（hè）：兽毛或粗麻制成的短衣，系贫贱人之服。

〔6〕何以卒岁：言不知用什么办法过冬。

〔7〕三之日：指夏历正月、周历三月。于耜（sì）：指修理农具。于，犹“为”。耜，耒耜。由木制曲柄和木铲组成，用来耕地翻土。曲柄名耒，木铲名耜，相传为神农氏所发明。

〔8〕四之日：指夏历二月、周历四月。举趾：抬起脚。指举足下田，开始耕作。

〔9〕同：会同，邀约。妇子：女人和孩子。

〔10〕馌（yè）彼南亩：到田间去送饭。馌，送饭。南亩，泛指农田。

〔11〕田畯（jùn）：农官，起监督农夫的作用。由此句看，农夫“举趾”，首先耕作的是公田，故而才有监工的田畯。

〔12〕春日：当指夏历三月。载：开始。阳：天气暖和。

〔13〕仓庚：黄莺鸟。

〔14〕“女执”三句：写妇女采桑。懿（yì）筐，深筐。遵，沿着。微行（háng），小路，当指桑林中的通道。爰，发语词。柔桑，柔嫩的桑叶，采以饲蚕。

〔15〕迟迟：缓慢。指春日昼长。

〔16〕蘩（fán）：即白蒿草。属菊科。据说蚕子在蘩水中浸过后更容易出蚕。祁祁：形容众多。指采蘩者众多。

〔17〕“女心”二句：写婚龄女子悲远嫁。在族外通婚的情况下，女子将送嫁他方而离开自己的父母亲人。殆，怕。公子，指前来娶亲的贵族公子。

〔18〕萑（huán）苇：荻草和芦苇，两种芦类植物。八月是萑苇的收割时节。萑苇可用来编制养蚕用的箔。

〔19〕“蚕月”四句：描写为桑树剪枝的情况。蚕月，三月。条桑，修剪桑枝。斨（qiāng），一种柄孔为方形的斧子。远扬，指过长、过高的桑枝。猗（yī），通“掎（jǐ）”，意为牵、拉，此处可解为采摘。女桑，嫩桑叶。

〔20〕鸣鵙（jú）：即鵙鸣。鵙，伯劳鸟。

〔21〕载绩：开始纺织麻布。

〔22〕“载玄”二句：描述织物所染的颜色。载玄载黄，又是黑色，又是黄色。载，语助词。我，疑是冠词，与“彼”“其”同义。朱，红色。孔阳，非常鲜亮。

〔23〕为公子裳：指纺织、染色之后便要为贵族缝制衣裳了。

〔24〕秀：植物结子。葽（yāo）：即远志。多年生草本植物，根可入药。此句言：四月远志结子。

〔25〕蜩（tiáo）：蝉。

〔26〕八月其获：八月是农作物的收获季节。

〔27〕陨：坠落。萚（tuò）：落叶。

〔28〕“一之”二句：言打猎之事，于貉（hé），与“取狐”为互文。于，取。貉，似狐而胖，尾较短，亦名狗獾。

〔29〕为公子裘：言打猎是为了谋皮，为贵族公子做皮衣。

〔30〕“二之”二句：仍然叙述打猎活动，但这回是正式的大规模的畋猎。同，约集众人。缵，继续。武功，指畋猎之事。

〔31〕“言私”二句：写明这种大规模的畋猎活动是由公室组织的，并立有规章：小的猎物归个人，大的猎物献给公家。豵（zōng），一岁的小猪，此泛指小兽。豜（jiān），三岁的大猪，此泛指大兽。

〔32〕斯螽（zhōng）：《诗经》别篇也作“螽斯”“阜螽”，即蚱蜢。动股：蹬动腿部。旧注以为是指蚱蜢两腿摩擦而发声鸣叫，实是一种误解。因动股并不一定喻示鸣叫，且蚱蜢是摩翅发声。

〔33〕莎（suō）鸡：纺织娘，一种草虫。振羽：振动并摩擦翅翼以发声。

〔34〕“七月”四句：通过对蟋蟀活动由远及近的描写，喻示天气的由暖变寒。

〔35〕穹窒（qióng zhì）熏鼠：堵塞房屋的缝隙，用烟熏逐老鼠。穹，空隙。

〔36〕塞向：堵住北窗。向，朝北开的窗。墐（jìn）户：以泥封门。当时的门大约是用草木枝条编成，故冬季需涂泥以挡寒气。墐，

用泥涂抹。

〔37〕改岁：开始新的一年。周以夏历十一月为岁首，故“十月蟋蟀入我床下”之后，便曰“改岁”。

〔38〕“六月”四句：描述时令菜蔬及收获物。郁，果实名郁李。蔷薇科小灌木。薁（yù），野葡萄。亨，同“烹”，煮。葵，葵菜。菽，大豆。剥，通“扑”，打。

〔39〕为此春酒：以所收获的稻米制作春酒。一般是秋时做，第二年春时酒成，故曰“春酒”。

〔40〕以介眉寿：祝颂之词。介（gài），借为“丐”，乞求。眉寿，长寿。

〔41〕断：截断。这里是摘取之意。壶：葫芦。

〔42〕叔：拾取。苴（jū）：麻子。

〔43〕荼（tú）：一种味苦的野菜。薪樗（chū）：以樗为柴来烧火。樗，臭椿树。

〔44〕食（sì）：供养。

〔45〕筑场圃：筑起打谷场。筑，捣土的杵。这里因为动词，捣土使坚实、平整。

〔46〕黍：黏小米。稷（jì）：高粱。重（tóng）：同“穜”，谷物之先种后熟者。穋（lù）：同“稑”，谷物之后种先熟者。

〔47〕禾：小米。菽：大豆。

〔48〕同：收齐，集中。

〔49〕上：同“尚”，还得。执宫功：从事修缮宫室的劳动。宫，统治者的住宅。功，任务，劳作项目。

〔50〕于茅：割取茅草。

〔51〕索绹：搓绳子。索，作动词用。

〔52〕亟：同“急”，赶快。乘屋：盖上屋顶。乘，覆盖。

〔53〕“二之”二句：写藏冰之事。冲冲，凿冰之声。凌阴，藏冰之所。闻一多以为阴同“窨”。“凌窨”即冰窖。藏冰以供暖季使用，此俗延续后世。唐时朝廷有夏季颁冰之举，宋时市井有铺面八月售冰。

〔54〕“四之”二句：言用冰和羔羊、韭菜祭祖。蚤，同“叉”

（zhǎo），“爪”之古字，“取”也。这里指取冰。《礼记·月令》：“仲春……天子乃献羔开冰先荐寝庙。”

〔55〕肃霜：谓霜降而万物收缩。

〔56〕涤场：扫净场院。指秋事已毕。

〔57〕朋酒：两樽酒。“朋”是成双成对的意思。飨（xiǎng）：以酒食待客。

〔58〕“跻彼”二句：连同“朋酒”二句，写秋后年终，乡民宴集公室之事。跻，登。公堂，公室举行集体活动的场所。称，举起。兕觥（sì gōng）：铜制兕形酒器。

【解说】

关于此诗的主题，历来存在争议，但诗歌所描绘的丰富的社会生活内容却一直为诸家所推重。清姚际恒《诗经通论》称此诗似《月令》、似《五行志》、似国家典制书，又有似采桑图、田家乐图、食谱、谷谱、酒经。并誉之曰：“一诗之中无不具备，洵天下之至文也。”从诗的内容看，《七月》所表现的是西周初期的社会生活情况，历法上周历、夏历并用；社会形态已由氏族公社转向农村公社，实行对偶婚制，通常是族外通婚；公社内部是血缘宗法制，农夫对自己分到的私田享有使用权，但同时还要耕种“公田”。田亩之外的森林、牧场、水源等也为公社所公有。农夫在种田之外还要习武、打猎、为公社服各种劳役及交纳贡礼。秋收之后，全公社的成员聚集在公堂上举行庆祝仪式。诗歌对一年的农事及公社农民的生活作了客观的描述，以时令为顺序，以农谚、俗语领起篇章，全诗有条不紊而又灵活多变，读之不得不为先民古朴的生活和酣畅的诗章所打动。

鸱鸮

鸱鸮、鸱鸮！
既取我子，无毁我室。[1]
恩斯勤斯，鬻子之闵斯[2]。

迨天之未阴雨[3]，
彻彼桑土[4]，绸缪牖户[5]。
今女下民，或敢侮予。[6]

予手拮据[7]，
予所捋荼，予所蓄租[8]。
予口卒瘏，曰予未有室家。[9]

予羽谯谯[10]，予尾翛翛[11]，
予室翘翘[12]。
风雨所漂摇[13]，予维音哓哓[14]！

【注释】

〔1〕鸱鸮（chī xiāo）：猫头鹰一类的鸟，古人以为恶鸟。三句言：鸱鸮、鸱鸮，你已抓走了我的孩子，就不要再毁坏我的巢室了。

〔2〕恩：同“殷”。殷勤，犹言“辛辛苦苦”。斯：语助词。鬻（yù）：通“育”，养育。闵：病。两句言：我辛勤哺育幼子，都累病

了呀！

〔3〕迨：及，趁着。

〔4〕彻：剥取。土："杜"的借字。桑杜，桑根。此言以桑树之皮做巢。

〔5〕绸缪（móu）：缠缚。牖（yǒu）：窗。牖户，这里指巢的缝隙。此句言加固巢室。

〔6〕"今女"二句：现在你们这些住在下面的人还有谁敢欺负我吗？女，同"汝"，你。第二人称代词。下民，相对树上鸟巢而言，指人类。

〔7〕拮（jié）据：因操作劳累而指爪拘挛。后引申为经济紧张，手头不宽裕。

〔8〕捋（luō）：捋取。荼：指芦苇、茅草所开出的白花。蓄：积蓄，铺垫。租：读作"苴"，草。两句言以柔软的花草垫在巢中。

〔9〕"予口"二句：最后我的嘴也累出了毛病，而小巢仍然没有建起来。瘏（tú），因劳累而致病。

〔10〕谯（qiáo）谯：羽毛稀少。

〔11〕翛（xiāo）翛：羽毛干枯无光泽。

〔12〕翘翘：不稳固。

〔13〕"风雨"句：言小巢有被风摇散、被雨水冲走的危险。由此生出"风雨飘摇"的成语，比喻动荡不安的政治形势，或危险的处境。

〔14〕哓（xiāo）哓：因恐惧而发出的鸣叫。

【解说】

本篇是我国文学史上最早的一首禽言诗。诗的抒情主人公是一只雌鸟。它诉说了自己失子的痛苦、筑巢的艰辛和目前的困难处境。至于诗中是否别有寄托，我们已不得而知。

东山

我徂东山，慆慆不归[1]。
我来自东，零雨其濛[2]。
我东曰归，我心西悲。[3]
制彼裳衣，勿士行枚[4]。
蜎蜎者蠋，烝在桑野[5]。
敦彼独宿[6]，亦在车下。

我徂东山，慆慆不归。
我来自东，零雨其濛。
果臝之实，亦施于宇。[7]
伊威在室[8]，蟏蛸在户[9]。
町畽鹿场[10]，熠耀宵行[11]。
不可畏也，伊可怀也。

我徂东山，慆慆不归。
我来自东，零雨其濛。
鹳鸣于垤，妇叹于室。[12]
洒扫穹室，我征聿至。[13]
有敦瓜苦[14]，烝在栗薪。
自我不见，于今三年。

我徂东山，慆慆不归。

我来自东，零雨其濛。
仓庚于飞[15]，熠耀其羽。
之子于归[16]，皇驳其马[17]。
亲结其缡[18]，九十其仪[19]。
其新孔嘉[20]，其旧如之何[21]？

【注释】

〔1〕徂（cú）：往。东山：指戍守之地。慆（tāo）慆：言时间长久。两句言久戍于东山。

〔2〕零雨：断续不止之雨。濛：细雨迷蒙。两句写自东方还家时情景。

〔3〕“我东”二句：朱熹注曰：“其在东而言归之时，心已西向而悲。”（《诗集传》）

〔4〕裳衣：指平常的服装。行枚：亦作“衔枚”。古行军时，将小木棍横衔口中以防出声。两句言从此可以脱去军服，不必再从事行军打仗的军事活动。

〔5〕蜎（yuān）蜎：虫蠕动的样子。蠋（zhú）：蝴蝶、蛾等的幼虫。似蚕而色青。烝：发语词。一说烝为“久”意。两句是途中露宿时所见。以蚕之众多，喻己之孤独。

〔6〕敦（duī）：身体蜷缩成团。

〔7〕果蠃（luǒ）：瓜蒌。蔓生葫芦科植物。施（yì）：蔓延。宇：屋檐。两句喻家宅之荒凉。下四句亦同。

〔8〕伊威：又作“蛜蝛”，潮虫，地虱。

〔9〕蟏蛸（xiāo shāo）：一名蟢蛛，一种长脚小蜘蛛。此指蜘蛛所结之网。

〔10〕町畽（tǐng tuǎn）：宅旁空地。诗句言住宅边成为野鹿出没之地，喻家中荒无人烟。

〔11〕熠耀（yì yào）：闪烁发光。 宵行：萤火虫。

〔12〕鹳（guàn）：一种外形似鹤的水鸟。 垤（dié）：小土堆。 两句前为眼中所见，后为内心所感。 由鹳鸣起兴，引出下文。

〔13〕“洒扫”二句：想象妻子正在打扫收拾房间，准备迎接远征丈夫的归来。 穹，缝隙。 窒，堵塞。 聿，语助词，有“将”的意思。

〔14〕有敦：浑圆之状。 瓜苦：约是瓜瓠，葫芦类。 古人结婚行合卺之礼，以一瓠分为两瓢，夫妇各执一瓢盛酒漱口。 由合卺之具引出新婚之忆是顺理成章的。

〔15〕仓庚：黄莺。

〔16〕之子：指其妻。 于归：来嫁。

〔17〕皇：亦作“騜”，黄白色的马。 驳：红白色的马。 皆是驾迎亲之车的马。

〔18〕亲：指妻子的母亲。 缡（lí）：佩巾。 即《野有死麕》中的“帨”。 结缡是一种婚嫁仪式，母亲将佩巾系在女儿身上，以示告诫。故后世将其抽象为婚嫁的雅称。

〔19〕九十其仪：形容婚礼仪式的烦琐。

〔20〕其新：指新婚。 孔嘉：非常美好。

〔21〕其旧如之何：如今怎么样了呢？ 旧，犹“久”，指新婚而后的三年久别。

【解说】

这是一名远戍士卒还乡途中的思家之作。 全诗四章，每章十二句。首章写还家途中的艰苦跋涉，次章是对家园荒芜景色的想象，三章写夫妻分别之苦，末章是对妻子初嫁情景的回忆。 全诗体现了诗人“近乡情更怯”的复杂心态。 三国魏曹操《苦寒行》尝以“东山诗”喻征行之苦，后世则以“赋东山”喻久别还家。

小雅七首

鹿鸣

呦呦鹿鸣[1]，食野之苹[2]。
我有嘉宾[3]，鼓瑟吹笙[4]。
吹笙鼓簧[5]，承筐是将[6]。
人之好我，示我周行。[7]

呦呦鹿鸣，食野之蒿。
我有嘉宾，德音孔昭[8]。
视民不恌，君子是则是效。[9]
我有旨酒[10]，嘉宾式燕以敖[11]。

呦呦鹿鸣，食野之芩[12]。
我有嘉宾，鼓瑟鼓琴。
鼓瑟鼓琴，和乐且湛[13]。
我有旨酒，以燕乐嘉宾之心。

【注释】

〔1〕呦（yōu）呦：鹿鸣声。

〔2〕苹：又称藾蒿，即蒿草中的青蒿。嫩时人亦可食。

〔3〕嘉宾：贵客。朱熹《诗集传》注曰："或本国之臣，或诸侯之使也。"

〔4〕瑟、笙：乐器。瑟与三章中的"琴"是弦乐器；笙是管乐器。据《周礼》载，周王朝的宫廷宴会有"以乐侑食"的制度，至宴罢撤除食具后音乐方可停止。

〔5〕鼓簧：即吹笙。簧是笙中主发声的簧管、簧片，以长短、薄厚的不同别出音高。

〔6〕承筐是将：意谓以筐盛钱币、织物行于席间以劝酒。承，持奉。将，行也。

〔7〕"人之"二句：意思说：假如诸位爱护我，请献出治国兴邦的良策。周行（háng），本是连通周王朝与诸侯国的平坦大道，此代指政治上的大道理。

〔8〕德音孔昭：德高望重。孔，非常。昭，显著。

〔9〕"视民"二句：言嘉宾的品德声望足以示民，使百姓不轻薄，并作为君子学习的榜样。视，古与"示"通。"恌"（tiāo），苟且，轻薄。《左传·昭公十年》曾引"德音孔昭，视民不恌"二句，说明"周公飨义，鲁无义"。

〔10〕旨酒：美酒。

〔11〕式燕：宴饮。式，语气词。燕，同"宴"。

〔12〕芩（qín）：朱熹注："草名。茎如钗股，叶如竹，蔓生。"疑指苹蒿类植物。

〔13〕湛：清爽，深厚。言宴饮已酣。

【解说】

这是周朝王室宴请群臣宾客的一首宫廷乐歌。其乐曲直至魏晋以后才失传。诗以鹿得苹草，呼伴共食起兴，表现出主人愿与宾客共享美酒、共享安乐的深情厚谊。从诗意可以看出，宴饮的目的首先不是为了娱乐，而是为了沟通君臣间的感情，计议治国良策。三国时，求贤若渴的曹操很喜欢《鹿鸣》，曾将首四句径写入他的《短歌行》。

伐木

伐木丁丁[1]，鸟鸣嘤嘤[2]。
出自幽谷，迁于乔木[3]。
嘤其鸣矣，求其友声[4]。
相彼鸟矣，犹求友声，
矧伊人矣，不求友生？[5]
神之听之[6]，终和且平[7]。

伐木许许[8]。酾酒有藇[9]。
既有肥羜[10]，以速诸父[11]。
宁适不来[12]，微我弗顾[13]。
於粲洒扫[14]，陈馈八簋[15]。
既有肥牡[16]，以速诸舅[17]。
宁适不来，微我有咎[18]。

伐木于阪[19]，酾酒有衍[20]。
笾豆有践[21]，兄弟无远[22]。
民之失德，乾糇以愆。[23]
有酒湑我，无酒酤我[24]。
坎坎鼓我[25]，蹲蹲舞我[26]。
迨我暇矣，饮此湑矣。[27]

【注释】

〔1〕丁（zhēng）丁：刀斧砍树之声。

〔2〕嘤嘤：拟声词，形容鸟的鸣叫。

〔3〕幽谷：幽深的山谷。 迁：上升。 乔木：高树。 两句写鸟从低谷飞上高树，以寻求伴侣。 后人常引此二句，比喻地位的升迁或居室的迁移。 又径以迁居佳宅为“乔迁”。

〔4〕嘤：即上文的“嘤嘤”。 友声：朋友之声。 两句写鸟之求友。后世常引此二句或径以“嘤鸣”表达求友、寻求知音的愿望。

〔5〕“相彼”四句：看那鸟儿犹知呼朋求伴，何况为人者，怎能不寻求友朋。 相，视。 矧（shěn），何况。 伊人，是人，这人。 友生，朋友。

〔6〕神之听之：神明听之。

〔7〕终：既。 此为祝颂之词，言神明会降下和平。

〔8〕许（hǔ）许：伐木时共同用力的呼号声。《淮南子·道应训》：“今夫举大木者，前呼‘邪许’，后亦应之，此举重劝力之歌也。”

〔9〕釃（shī）酒：筛酒，滤去酒糟。 藇（xù）：美好貌。 此形容酒味之美。

〔10〕羜（zhù）：出生五个月的小羊

〔11〕速：邀请。 诸父：指同姓长辈。

〔12〕宁适：何往。 此句谓诸父到哪里去了？ 还不前来赴宴。

〔13〕微：无，非。 句谓“不要不顾念我”。 意思是希望诸父前来。

〔14〕粲：鲜明貌。 指房间打扫得干净明亮。

〔15〕陈：摆放、陈列。 馈：本指赠人食物，此指食品。 簋（guǐ）：初为竹器、瓦器，后定型为圆形阔口双耳青铜器，按双数使用，盛放各种谷类食物。《诗经·秦风·权舆》“每食四簋”，毛《传》称四簋是盛放“黍、稷、稻、粱”四种谷物。 八簋，言陈放食品之多。 元代胡炳文《周易本义通释》承宋人冯椅之说曰：“古者享礼‘陈馈八簋’

为盛，四簋为中，二簋为简。”

〔16〕牡：指雄性的羜。参见注〔10〕。

〔17〕诸舅：指异姓长辈。

〔18〕咎：过错。句谓“不是我有什么过错吧”。

〔19〕阪：山坡。

〔20〕衍：水溢为“衍”，此形容滤过的酒非常多。

〔21〕笾、豆：食物盛器，笾为竹制，豆为木制。践：陈列貌。

〔22〕兄弟：指同辈亲友。无远：不要疏远见外。

〔23〕“民之”二句：言人们彼此间失去友谊，往往是由于饮食上的疏忽。民，人。失德，指失去友谊。乾糇，本指干粮，这里指粗薄的食物。愆，过错。

〔24〕湑（xǔ）：滤酒。我：语尾助词。酤：酿制一夜即成的酒。毛《传》：“酤，一宿酒也。”此乃“酤”之本义。郑玄《笺》：“酤，买也。”依毛《传》，两句诗的意为：有酒就漉出来喝，没有酒头天晚上就要赶紧酿制。依郑《笺》，诗句意为：有酒就漉出来喝，无酒就去买。考虑周代酒大约并不是可以买卖的商品，当以毛《传》之说为是，从“酤”字之本义。

〔25〕坎坎：击鼓之声。

〔26〕蹲（cún）蹲：形容舞蹈时的动态。

〔27〕“迨我”二句：趁我们有此闲暇，快来饮此清酒。迨，趁，及。湑，此指滤过的清酒。

【解说】

这是一首宴享亲友的诗。旧说为文王所作，因诗有“陈馈八簋”之句，毛《传》以为“天子八簋”，即《仪礼·公食大夫礼》所谓“上大夫八豆八簋”——天子宴飨上大夫时用八簋。但诗以伐木起兴，以鸟鸣作比的手法不似周天子所为。宋代欧阳修已提出：“伐木庶人之贱事，不宜为文王之诗。”（《诗本义》）末章“有酒湑我，无酒酤我”也不符合天子宴飨的情况。故本书还是将此诗判定为贵族大夫摹仿民歌而创作的作品，成诗的时间当在西周后期。

采薇

采薇采薇，薇亦作止[1]。
曰归曰归，岁亦莫止。[2]
靡室靡家，猃狁之故。[3]
不遑启居[4]，猃狁之故。

采薇采薇，薇亦柔止[5]。
曰归曰归，心亦忧止。
忧心烈烈[6]，载饥载渴[7]。
我戍未定，靡使归聘。[8]

采薇采薇，薇亦刚止[9]。
曰归曰归，岁亦阳止[10]。
王事靡盬[11]，不遑启处[12]。
忧心孔疚[13]，我行不来[14]。

彼尔维何[15]？维常之华[16]。
彼路斯何[17]？君子之车[18]。
戎车既驾，四牡业业[19]。
岂敢定居，一月三捷[20]！

驾彼四牡，四牡骙骙[21]。

君子所依，小人所腓[22]。
四牡翼翼[23]，象弭鱼服[24]。
岂不日戒[25]，猃狁孔棘[26]！

昔我往矣，杨柳依依；[27]
今我来思，雨雪霏霏。[28]
行道迟迟，载渴载饥。
我心伤悲，莫知我哀！

【注释】

〔1〕薇：豆科植物，即野生的豌豆苗，嫩时可食。作：生出。止：语尾助词，无实际意义。

〔2〕“曰归”二句：说要回去，说要回去，一年又要过去了，仍然戍守在外。

〔3〕“靡室”二句：都是由于猃狁入侵的缘故，弄得我们有家难回，就像没有家室的人一样。靡，无。猃狁，西北部族名。西周时称猃狁，春秋时称北狄，秦汉以后称匈奴。此部族与北中原的边境地区常有军事摩擦。《小雅》中有好几首诗都描写与猃狁作战的情况。

〔4〕不遑启居：犹言不暇安坐，不暇休息。启居，古人坐呈跪姿，上身直起，臀部离足曰“启”，臀部压在足跟上曰“居”。

〔5〕柔：指薇春天初生时柔嫩可食。

〔6〕忧心烈烈：犹言“忧心如焚”。

〔7〕载渴载饥：又渴又饿。

〔8〕“我戍”二句：言驻防地点不能固定，无法托人捎信回去。聘，问。指对家人的问候。

〔9〕刚：粗硬。此句以薇的由嫩变老喻时间的由春而秋。

〔10〕阳：指夏历十月。

〔11〕靡盬（gǔ）：没完没了。盬，停止。

〔12〕启处：同第一章"启居"。

〔13〕孔疚：非常痛苦。

〔14〕我行不来：我征行在外，一直无人慰问。来，作"抚慰"解。我行不来：我征行在外，一直无人慰问。来，作"抚慰"解。《魏风·硕鼠》"莫我肯劳"，"劳""来"意思相同。《孟子？滕文公》："劳之来之，匡之直之，辅之翼之。"

〔15〕尔：同"薾"，花朵盛开。维何：是什么。全句意思是：那盛开的是什么花？

〔16〕常：常棣，亦作"棠棣"，即郁李，木名，花三朵成一缀，开时下垂，果实似李。

〔17〕路：同"辂"，高车。斯何：与本章首句中"维何"同义。

〔18〕君子：指主帅。

〔19〕四牡：四匹驾车的雄马。业业：高大貌。

〔20〕一月三捷：字面意思是一月之间三战三胜。宋朱熹《诗集传》即持此说。另一种解释是：捷，同"接"，指一月之间多次与敌人接战。两说均可通。

〔21〕骙（kuí）骙：强壮貌。

〔22〕"君子"二句：主语是戎车。言四牡所驾之戎车是给主帅乘坐的，也是给士卒隐蔽身体的。依，乘。腓，隐蔽。

〔23〕翼翼：行列整齐。

〔24〕象弭（mǐ）：这里是说以象牙为弓弭。弭，弓两端受弦的地方，多用骨制。鱼服：箭囊。服，"箙"的借字，盛箭之具。此言以鲨鱼皮做箭箙。此句是自矜武器精良。

〔25〕日戒：每日戒备。

〔26〕孔棘：言军情紧急。棘，通"亟"，急也。

〔27〕"昔我"二句：当年我离家出征时，是杨柳飘拂的春天。这里是以春之美好反衬离家之哀。依依，杨柳迎风披拂之态。

〔28〕"今我"二句：今天我回来了，赶在一个大雪纷飞的日子。

这里是以景象的肃杀，映衬自己内心的欢悦。霏霏，大雪纷扬之貌。梁代诗人范云与何逊联句时曾变化本章“昔往”“今来”诗意曰：“洛阳城东西，却作经年别。昔去雪如花，今来花似雪。”（见《何逊集·范广州宅联句》）亦是语意凝练的好句。

【解说】

这是一首反映西周时期戍卒生活的诗。戍边战士在还家途中追述征战之苦，反映出痛定思痛的心情。其末章“昔往”“今来”四句，开创了中国文学中“以乐景写哀，以哀景写乐，一倍增其哀乐”（清王夫之《薑斋诗话》）的创作范例，并被东晋名士谢玄指为“三百篇”中的最佳诗句（见《世说新语·文学》）。

鹤鸣

鹤鸣于九皋，声闻于野[1]。
鱼潜在渊，或在于渚。[2]
乐彼之园，爰有树檀，
其下维萚[3]。
他山之石，可以为错[4]。

鹤鸣于九皋，声闻于天。
鱼在于渚，或潜在渊。
乐彼之园，爰有树檀，
其下维榖[5]。
他山之石，可以攻玉[6]。

【注释】

〔1〕皋：沼泽。九皋，谓沼泽深处。两句言仙鹤即使在沼泽深处鸣叫，其声音也会传遍原野。言外是说：有贤德的人即使隐居山林，他的名声也会为众人所知。

〔2〕“鱼潜”二句：以鱼之在渊、在渚，喻贤人之隐居、出仕。渚，水中小洲，此指小洲边的浅水滩。

〔3〕园、树檀：见《郑风·将仲子》注〔4〕、注〔5〕。萚（tuò）：枯落的枝叶，比喻小人。三句言无论何处都会美恶相杂。

〔4〕错：同“锉”，指“攻玉”的工具。两句以“他山之石”喻别国的贤人。

〔5〕榖：楮树。毛《传》：“榖，恶木也。”喻小人。

〔6〕攻玉：雕琢玉器。两句即上章“为错”之意。作为成语，这两句诗至今仍活在人们的口头上，比喻借鉴外力，会对自己有所帮助。

【解说】

这是一篇借喻诗。以鹤、鱼、他山之石等自然诸象为喻，劝贤人出仕，为国效力。

无羊

谁谓尔无羊，三百维群〔1〕。
谁谓尔无牛，九十其犉〔2〕。
尔羊来思，其角濈濈〔3〕。
尔牛来思，其耳湿湿〔4〕。

或降于阿，或饮于池，

或寝或讹。[5]

尔牧来思，何蓑何笠，

或负其餱。[6]

三十维物，尔牲则具。[7]

尔牧来思，以薪以蒸，

以雌以雄。[8]

尔羊来思，矜矜兢兢[9]，

不骞不崩[10]。

麾之以肱，毕来既升。[11]

牧人乃梦[12]：

众维鱼矣，旐维旟矣。[13]

大人占之：

众维鱼矣，实维丰年；

旐维旟矣，室家溱溱[14]。

【注释】

〔1〕三百维群：以三百只羊为一群。维，犹“为”。

〔2〕犉（rún）：七尺大牛。

〔3〕濈（jí）濈：攒动聚集的样子。清陈奂曰：“疑古本《毛诗》作‘戢戢’，后人涉下‘湿湿’，因误加水旁。《御览》兽十四引《诗》正作‘戢戢’。”

〔4〕湿（shì）湿：湿，通“㬎”。畜耳摇动的样子。

〔5〕“或降”三句：写牛羊有的从山坡上走下来，有的在池边饮水，有的在伏卧，有的在走动。阿，丘陵。讹，通“吪”，动。

〔6〕“尔牧”三句：写牧人有的披着蓑衣，有的戴着斗笠，有的背着干粮。何，通“荷”，负荷。餱（hóu），干粮。

〔7〕“三十”二句：写牛羊毛色繁多，品种齐全。三十，极言品色之多。物，毛色。牲，祭祀所用的牛羊。具，齐备。

〔8〕“尔牧”三句：言牧人一边放牧，一边用树枝驱赶牛羊，分别雌雄，以便于交配。薪，粗柴枝。蒸，细柴枝。

〔9〕矜矜兢兢：形容羊谨慎小心的样子。

〔10〕不骞（qiān）不崩：指牛羊没有走失或溃散。骞，亏损。这里是走失之意。

〔11〕“麾之”二句：写驱赶牛羊入圈。麾，同“挥”。肱（gōng），手臂。毕来、既升，指牛羊全都回来、全都入圈。

〔12〕牧人：主管牧放的官吏。

〔13〕“众维”二句：所梦见的内容。众，“螽”的借字，蝗类的总称。维，同“为”，这里有变化的意思，指蝗变成了鱼。旐（zhào），画有龟蛇的旗。旟（yú），画有鹰隼的旗。

〔14〕溱溱：茂盛。形容人丁兴旺。

【解说】

这是一首歌咏牛羊蕃盛的诗，其中描写牧场上人畜活动的文字，尤为生动。从《诗经》所反映的社会生活看，牛羊当为公室所拥有。

大东

有饛簋飧[1]，有捄棘匕[2]。
周道如砥，其直如矢。[3]
君子所履，小人所视。[4]
睠言顾之，潸焉出涕[5]。

小东大东[6]，杼柚其空[7]。
纠纠葛屦，可以履霜。[8]
佻佻公子[9]，行彼周行。
既往既来，使我心疚[10]。

有冽氿泉，无浸获薪[11]。
契契寤叹，哀我惮人[12]。
薪是获薪，尚能载也。
哀我惮人，亦可息也。[13]

东人之子，职劳不来[14]。
西人之子，粲粲衣服[15]。
舟人之子，熊罴是裘[16]。
私人之子，百僚是试[17]。

或以其酒，不以其浆。[18]
鞙鞙佩璲，不以其长[19]。

维天有汉，监亦有光[20]。
跂彼织女[21]，终日七襄[22]。

虽则七襄，不成报章[23]。
睆彼牵牛，不以服箱[24]。
东有启明，西有长庚[25]。
有捄天毕，载施之行[26]。

维南有箕，不可以簸扬[27]。
维北有斗，不可以挹酒浆[28]。
维南有箕，载翕其舌[29]。
维北有斗，西柄之揭[30]。

【注释】

〔1〕饛（méng）：食物装满器皿的样子。簋（guǐ）：盛食物的器皿。飧：熟食。此句是说食物在簋中装得满满的。

〔2〕有捄（qiú）：与上句“有饛”句式相同，是“棘匕”的形容词。捄，曲貌。这里是形容匕柄曲而长的形状。棘匕（bǐ）：棘木之匕。棘，酸枣树。匕，形似汤勺的食具。此承上句，言满盛食物的食器边放着长长的勺子。

〔3〕“周道”二句：形容周道的平直。周道，大路。砥（dǐ），磨刀石。此是形容路面之平坦。如矢，如箭，此形容道路之直，即今所谓“笔直”。

〔4〕“君子”二句：字面意思是“君子”在周道上往来，“小人”在一旁顾视。实际暗伏“君子”的行动与“小人”息息相关这一层意思。君子，指贵族。小人，指平民。

〔5〕睠（juàn）：顾看之貌。潸（shān）：涕下貌。两句的实际意思是东方的供赋由周道源源西入，东人见之，不免顾恋而生悲。（首章从饮食行路下笔，写出东人与西人之间的供受关系。）

〔6〕小东大东：指东方大小、远近诸国。

〔7〕杼柚（zhù zhóu）其空：言织机上的织物被搜刮一空。杼，织布梭，牵引纬线。柚，滚筒，卷织物的轴，固定经线。这里以织机上的部件代指织机。

〔8〕"纠纠"二句：言葛屦编织细密，不透寒气。纠纠，纠结缠绕之貌。葛屦，以葛草编织的草鞋。葛屦本在夏天穿用，冬季应穿皮屦。言葛屦可以履霜者，似是当时熟语，《诗经·魏风·葛屦》中亦见此二句。

〔9〕佻（tiāo）佻：独行貌。

〔10〕疚（jiù）：忧郁成病。（第二章写东方诸国财物被搜刮殆尽，人民痛心疾首。）

〔11〕冽：寒冷。氿泉：泉水受阻，从侧面流出，称为氿泉。氿（guǐ），同车轨之"轨"，谓泉流狭窄而长如车轨。获薪：已经割下来的柴草。两句言砍下的柴草不能浸在水里。比喻对困乏之人不能再一味役使。

〔12〕契契：愁苦貌。寤叹：夜不成眠而兴叹。惮人：劳苦之人。惮，《鲁诗》作"瘅"。两句言劳苦之人满心忧虑，夜不能寐。

〔13〕"薪是"四句：若仍把薪当薪来用，尚可用车载往别处；而我们这些疲惫的小民，也该有歇息的时候了。第一个"薪"字是意动用法，即以薪为薪。（第三章写东方人民已经不堪榨取。）

〔14〕职劳：专事劳役，以劳役为专职。来："勑（lài）"的借字，抚慰。不来即无人慰抚。参见《诗经·小雅·采薇》注〔14〕。

〔15〕西人：指周人。两句言周人衣着华丽。

〔16〕舟人：未详。毛《传》释为"舟楫之人"；郑玄《笺》以为："舟，当作'周'。"可参考。当是周人中社会地位低下者。两句言周人中的下层人士都穿着熊罴之皮制成的皮衣。

〔17〕私人：指周室贵族的私家奴仆。百僚：百官。试：录用。

两句言周人的奴仆都可以为官。

〔18〕“或以”二句：东人向周人供奉好酒，周人却认为连浆都不如。浆，薄酒。

〔19〕鞙（xuàn）鞙：形容佩玉悬垂的样子，一说长貌。佩璲：以璲为佩。璲，瑞玉。两句言东人把长长的佩玉献给周人，周人却嫌长度不够。

〔20〕汉：河汉，天河。监：同“鉴”，指以镜照形。两句言天河鉴人，有光不见影。言下之意是：虽然天镜高悬，但并不公正。

〔21〕跂（qí）：分叉貌。织女：星名。织女共三星，如鼎足分立，故谓之“跂”。

〔22〕终日：指整个白昼。古人将一昼夜分为十二个时辰，以自卯及酉的七个时辰为白昼。七襄：犹“七驾”，指七次移动位置。

〔23〕报：往复。章：织物的纹理。两句言织女星虽然七次移动，但是只往不返，所以空有织名，却不能织出纹理。

〔24〕睆（huǎn）：明亮貌。牵牛：星名。服箱：即驾车。服，驾。箱，车箱，车的载物部分。两句言牵牛星徒有牵牛之名，却不能驾车。

〔25〕启明、长庚：均是金星的异名。金星晨现于东方，晚出于西方。古人以为二星，呼晨出者为启明，暮现者为长庚。两句是荡开之笔，无实际意义。

〔26〕捄：见本篇注〔2〕。毕：星名。由八星组成，形状很像猎兔用的曲柄毕网。施：布置。此处作“张网”解。行：路。毕网是以手持之捕兔的，张于路上当然没有意义。两句言毕星好似张在路上的毕网，与牵牛星同样空有其名。

〔27〕箕：星名。四星连成梯形，极像簸箕。簸扬：簸箕常用来簸粮食，以扬除其中的稗草、糠皮等物。两句是说箕星徒有其名，没有实用价值。

〔28〕斗：南斗。在箕星之北。由六星聚成斗形。挹（yì）：以勺舀水。两句与上面数句意思相同，言斗星也是空有斗名。

〔29〕翕：同“吸”。两句意思是说箕星之形口阔底狭，好似正向

内吸引其舌，做吞噬状。诗句以此象征周室对东方诸侯国的横征暴敛。

〔30〕揭：高举。两句言南斗之柄常高扬着伸给西方。暗喻西方之人可持其柄挹取于东方。

【解说】

本篇是东方诸侯国之人困于赋役，怨刺周室的诗。大东，犹“极东”，指东方诸侯国中之远者。

宾之初筵

宾之初筵[1]，左右秩秩[2]。
笾豆有楚，殽核维旅[3]。
酒既和旨[4]，饮酒孔偕[5]。
钟鼓既设，举酬逸逸[6]。
大侯既抗[7]，弓矢斯张。
射夫既同[8]，献尔发功[9]。
发彼有的，以祈尔爵。[10]

籥舞笙鼓[11]，乐既和奏[12]。
烝衎烈祖[13]，以洽百礼[14]。
百礼既至，有壬有林[15]。
锡尔纯嘏[16]，子孙其湛[17]。
其湛曰乐，各奏尔能[18]。
宾载手仇[19]，室人入又[20]。
酌彼康爵[21]，以奏尔时[22]。

宾之初筵，温温其恭[23]。
其未醉止[24]，威仪反反[25]。
曰既醉止，威仪幡幡[26]。
舍其坐迁，屡舞僊僊。[27]
其未醉止，威仪抑抑[28]。
曰既醉止，威仪怭怭[29]。
是曰既醉，不知其秩[30]。

宾既醉止，载号载呶[31]。
乱我笾豆[32]，屡舞僛僛[33]。
是曰既醉，不知其邮[34]。
侧弁之俄，屡舞傞傞。[35]
既醉而出，并受其福。
醉而不出，是谓伐德。[36]
饮酒孔嘉，维其令仪。[37]

凡此饮酒，或醉或否。
既立之监，或佐之史。[38]
彼醉不臧，不醉反耻。[39]
式勿从谓，无俾大怠。[40]
匪言勿言，匪由勿语。
由醉之言，俾出童羖。[41]
三爵不识，矧敢多又。[42]

【注释】

[1]初筵，酒宴刚刚开始。筵，本指铺在地上的竹席，后词义发生

转化，以宴会的坐具代指酒宴本身。

〔2〕秩秩：秩序井然。

〔3〕笾（biān）豆：竹制、木制的食器。豆多用以盛肉，笾多用以盛果。故诗以“殽”（yáo，肉殽）、“核”（指水果）指其中所盛之物。楚：排列整齐貌。旅：陈放。

〔4〕和旨：言酒的柔和淳厚。

〔5〕孔偕：非常一致。

〔6〕酬：主人向宾客敬酒曰“酬”。此处“举酬”泛指主宾互相举杯劝饮。逸逸：形容场面盛大而有秩序。

〔7〕大侯：君王所用的箭靶。白色，以熊皮制成。抗：举起。

〔8〕射夫既同：言射手已找好竞技对手。

〔9〕献尔发功：言射手都想显露一下自己的本领。

〔10〕“发彼”二句：言射中箭靶者可以罚输者饮酒。的，箭靶。爵，酒杯。（此章写燕射饮酒的情况：宾客有秩序地登上筵席，席间整齐地陈放着丰盛的食物，在侑酒的钟鼓乐中畅饮美酒，举行射礼，气氛活跃而又彬彬有礼。）

〔11〕籥（yuè）：商周时期的管乐器。有研究家认为是排箫的前身。籥舞，又称文舞。舞时执籥和鸟羽（翟）。另有执干戚而舞者，曰武舞。

〔12〕和奏：合奏。联系《鹿鸣》篇来看，周朝的器乐合奏已具备弦乐、管乐、打击乐三大类。

〔13〕烝衎（kàn）烈祖：言用音乐、舞蹈愉悦祖先的灵魂。烝，进奉。衎，和乐。烈祖，开创基业的祖先。

〔14〕洽：符合。百礼：各种祭祀的礼仪。

〔15〕壬：隆重。林：繁多。

〔16〕锡：同“赐”。纯嘏（gǔ）：极大的幸福。嘏，福。

〔17〕湛：清爽。此有欢乐意。

〔18〕各奏尔能：言各尽敬神饮酒之事。

〔19〕手仇（jū）：伸手从尊中舀酒。仇，通“㪺（jū）”，挹、酌之意。

〔20〕室人：席间供酒的人。

〔21〕康爵：大酒器。《礼记》："宗庙之祭，贵者献以爵。"汉郑玄注曰："凡觞一升曰爵。"东汉时一升相当于今天的198.1毫升。

〔22〕尔时：指祭祀之时。（此章写祭祖之饮，场面欢快而有礼仪。诗以一、二两章的饮而有礼，反衬下面所要谴责的饮而无礼。）

〔23〕温温其恭：言宾客开始饮酒时，一副温文尔雅的谦恭神态。温，温和。

〔24〕止：语气词，表示一种肯定的语气，下同。

〔25〕反反：慎重和善。

〔26〕幡幡：举止轻浮。

〔27〕"舍其"二句：离开座位，手舞足蹈。僊僊，同"蹮蹮"，动作飞扬，略带轻狂之态。

〔28〕抑抑：有节制，有控制。

〔29〕怭（bī）怭：轻佻。

〔30〕秩：常态。《尔雅》："秩，常也。"此章写醉后失仪之状。

〔31〕载号载呶（náo）：又呼又叫。载，语气词。呶，喧闹声。

〔32〕乱我笾豆：犹云"杯盘狼藉"。

〔33〕屡舞僛（qī）僛：手足乱舞，体态歪斜。僛僛，倾侧貌。

〔34〕邮：通"尤"，过错。从上文的"不知其秩"，到此处的"不知其邮"，场面更加混乱。

〔35〕"侧弁"二句：言不停地手舞足蹈，以至帽子都歪了。傞（suō）傞，醉舞不停止。俄，歪，倾。

〔36〕"既醉"四句：言醉后应即离席，于己于人均有益；醉后不退，醉态百出，便是失德。伐，损害。

〔37〕"饮酒"二句：饮酒之所以是一件非常愉快、美好的事，就在于其有礼有仪。（此章极写宾客烂醉中的种种丑态。）

〔38〕"凡此"四句：言席间饮酒，有醉与不醉者，当设立酒监、酒史严加监督和记录，以防止酒后失礼。

〔39〕"彼醉"二句：言不应让醉者不以为耻，不醉者反感羞愧。臧，善，好。

〔40〕“式勿”二句：不要顺着醉汉，使之过于失礼。式，发语词。俾（bǐ），使。怠，懈怠。大怠，意指放荡而怠慢了神灵。

〔41〕“匪言”二句：不该说的话不说，不该做的事也不要让醉汉去做。听凭醉汉信口胡言，让他说出“公羊无角”这类胡话。童羖（gǔ），无角的黑色公羊。

〔42〕“三爵”二句：喝了三杯就糊涂，怎敢让他多喝？矧（shěn），何况。（此章提出纠正饮酒失仪的措施并要求人们饮酒时要保持良好的酒德。）

【解说】

这是一首描写宴饮场面的诗。诗以亦庄亦谐的笔调讽刺了酒后失仪、失言、失德的种种醉态，提出反对滥饮的主张，在今天仍有现实意义。同时，诗歌也生动地再现了两千七百多年前一场盛大酒宴从“酒以成礼”到“酒以成戏”的全过程，让我们得以对当时的社会文化，特别是酒礼文化有了真切的体认。这份第一手的史料，价值也是不可低估的。

大雅一首

生民

厥初生民，时维姜嫄。[1]
生民如何[2]？
克禋克祀，以弗无子。[3]
履帝武敏歆[4]，攸介攸止[5]。
载震载夙[6]，载生载育，
时维后稷[7]。

诞弥厥月[8]，先生如达[9]。
不坼不副[10]，无菑无害，
以赫厥灵[11]。
上帝不宁，不康禋祀，
居然生子。[12]

诞寘之隘巷，牛羊腓字之；[13]
诞寘之平林，会伐平林；[14]
诞寘之寒冰，鸟覆翼之[15]。
鸟乃去矣，后稷呱矣[16]。
实覃实订，厥声载路。[17]

诞实匍匐，克岐克嶷，
以就口食。[18]
蓺之荏菽[19]。
荏菽斾斾[20]，禾役穟穟[21]；
麻麦幪幪[22]，瓜瓞唪唪[23]。

诞后稷之穑，有相之道[24]。
茀厥丰草[25]，种之黄茂[26]。
实方实苞[27]，实种实褎[28]。
实发实秀[29]，实坚实好[30]。
实颖实栗[31]，即有邰家室[32]。

诞降嘉种[33]：
维秬维秠[34]，维穈维芑[35]。
恒之秬秠，是获是亩[36]；
恒之穈芑，是任是负[37]，
以归肇祀[38]。

诞我祀如何？
或舂或揄[39]，或簸或蹂[40]；
释之叟叟[41]，烝之浮浮[42]。
载谋载惟[43]，取萧祭脂[44]，
取羝以軷[45]。
载燔载烈[46]，以兴嗣岁[47]。

卬盛于豆，于豆于登，[48]

其香始升，上帝居歆[49]。
胡臭亶时[50]，后稷肇祀。
庶无罪悔，以迄于今。[51]

【注释】

〔1〕“厥初”二句：言生下第一位周民的人就是姜嫄。厥初，其初。民，即“人”，指周人。时，是。姜嫄（yuán），周始祖后稷的母亲，据《史记·周本纪》记载，她是帝喾的原妃。

〔2〕生民如何：即“如何生民”，如何生下周始祖。

〔3〕“克禋（yīn）”二句：言以祭天神来求子。克，能，善于。禋、祀，祭祀天神的礼仪。以牲体、玉帛置于柴上，柴燃烟升，表示告天。弗无子，免去无子之灾。弗，通“祓（fú）”，祓除。

〔4〕履帝武敏：踩在天帝足迹的拇趾印上。履，践踏。武，足印。敏，通“拇”，大脚趾。歆（xīn）：心有所感，欣喜，指受孕。

〔5〕攸：语助词。介：通“祄”，神保佑。止：通“祉”，神降福。此句言祭祀后得到神的庇佑。

〔6〕载：语助词。震：同“娠”，怀孕。夙：同“肃”，恭谨守胎。

〔7〕“时维”句：言生下来的这个孩子就是后稷。（第一章写姜嫄的受孕与生产。）

〔8〕诞：发语词。弥厥月：犹“弥其月”。满了怀孕的月数。

〔9〕先生：头生，第一胎。如：而。达：滑利。言孩子生产顺利。

〔10〕坼（chè）、副（pì）：裂开，破裂。

〔11〕以赫厥灵：显示出事情的灵异。

〔12〕“上帝”三句：姜嫄因生产异常顺利而产生的疑虑。意思是：“难道上帝没有安享我的禋祀吗？那为什么又让我生下儿子呢？”

宁、康，均是“安”意。 居然，徒然。（第二章写后稷出生时的异常。）

〔13〕“诞寘”二句：言把后稷丢弃在小巷子里，牛羊就来保护他。寘，弃置。 腓（féi），庇护。 字，乳哺。

〔14〕平林：平原上的树林。 会：恰值。 两句言要把后稷丢弃在树林里，正赶上有人来伐木，所以未能弃成。

〔15〕鸟覆翼之：鸟以翅膀覆盖住后稷。

〔16〕呱：啼哭。

〔17〕“实覃”二句：言后稷哭声不断，嗓门之大，闻于道路。 覃（tán），长。 讦，大。 载路，满路。（第三章写后稷屡遭丢弃而不死，如有神助。）

〔18〕“诞实”三句：言后稷会爬时就能辨识食物。 匍匐，伏地爬行。 岐、嶷，知晓，认识。

〔19〕蓺：种植。 荏菽：大豆。

〔20〕旆（pèi）旆：茂盛的样子。

〔21〕禾役：谷穗。 役，“颖”的假借字。 穟（suì）穟：谷穗下垂的样子。

〔22〕幪幪：茂密，覆盖地面。

〔23〕瓞（dié）：小瓜。 唪（běng）唪：果实累累的样子。（第四章写后稷幼年时已经显示出非凡的农艺天赋。）

〔24〕有相之道：指人工管理的方法。 相，有“助”的意思，指帮助五谷生长。

〔25〕茀厥丰草：田间除草。 茀，除去。

〔26〕黄茂：嘉谷。 联系文意是指选种而播。

〔27〕方：同“房”，谷种将要生芽之际。 苞：谷种吐芽，苗将出未出。

〔28〕种：生出短苗。 褎（yòu）：苗渐长高。

〔29〕发：禾茎拔节。 秀：秀穗结实。

〔30〕坚：禾穗灌浆，籽粒饱满。 好：长势喜人。

〔31〕颖：禾穗弯垂。 栗：收获甚丰。

〔32〕即有邰家室：言后稷在邰地安家定居。 即，往。 邰，地名。

故城在今陕西省武功县西南。相传后稷在虞舜时佐禹有功，始封于邰。（此章写后稷对农业生产的贡献。）

〔33〕降嘉种：指后稷将谷物良种赐给百姓。

〔34〕秬（jù）：黑黍。秠（pī）：黑黍中一壳内有二米者。

〔35〕穈（mén）：红苗小米良种。芑（qǐ）：白苗小米良种。

〔36〕是获是亩：粮食收获后堆在田亩中。

〔37〕是任是负：言将收获的粮食运回。任，抱。负，背。

〔38〕肇祀：开始祭祀。（第六章写周人得到后稷所赐的良种，农业生产有了很大的发展。）

〔39〕舂：将谷物置于臼中，以杵舂捣，使之脱壳。揄（yóu）：将舂好的米从臼中舀出。

〔40〕簸：扬弃糠皮。蹂：同"揉"。用双手揉搓谷物，使之进一步去麸。

〔41〕叟叟：淘米之声。

〔42〕烝：同"蒸"。浮浮：蒸饭时热气上腾的样子。

〔43〕谋：计划。惟：考虑。言为祭祀做好充分准备。

〔44〕萧：香蒿草。今名艾蒿。脂：牛肠脂。古祭祀时以香蒿和牛油合烧，取其香气。

〔45〕羝（dī）：公羊。軷(bá)：軷祭。祭行道之神。

〔46〕燔（fán）：将东西放在火上烧烤。烈：将东西贯穿起来架在火上烧烤。

〔47〕以兴嗣岁：以使来年兴旺。（此章写祭祀之前的各项物质准备。）

〔48〕"卬盛"二句：我把准备好的祭品盛在豆和登里。卬，我。豆，木制食器，多用于盛肉食。登，食器，形似豆而较浅。

〔49〕居：安。歆：享。

〔50〕胡：大。臭（xiù）：气味，此指祭品的香气。亶：确实。时：善，好。

〔51〕"后稷"三句：言后稷开创的祭祀制度一直延续到今天，周人几乎没有获罪于天、遗恨于心的事。

【解说】

这是一篇周民族的史诗。诗中描述了周始祖后稷诞生时的神异传说及其从事农业生产的情况。比较本篇中姜嫄踩巨人足迹而受孕，生下后稷的故事与《诗·商颂·玄鸟》篇中述及的简狄吞玄鸟蛋受孕，生下商始祖契的故事，我们不难看出其中带有母系民族社会的鲜明印记，反映出原始人知有母不知有父的亲缘意识。而其中关于农事的文字，则是对周代农业经济最生动、最真实的记录。

周颂二首

天 作

天作高山〔1〕，大王荒之〔2〕，
彼作矣〔3〕，文王康之〔4〕。
彼徂矣岐〔5〕，有夷之行〔6〕，
子孙保之〔7〕。

【注释】

〔1〕作：生成。 高山：指岐山。

〔2〕大王：即太王。 指古公亶父，周文王的祖父，武王时追尊为太王。 荒：扩大、治理的意思。

〔3〕彼作矣：即“天作高山”之意。

〔4〕康：安乐。

〔5〕彼：指人民。 徂：前往。 此谓人民来到岐山之下。

〔6〕夷之行：平坦的道路。 喻指清平的政治。

〔7〕子孙保之：祝颂之辞。 谓子孙将永保这块地方，永保周王朝的江山。

【解说】

这是周王朝祭祀岐山的诗。 岐山可以说是周民族发展中的第一个里程碑。周祖初居于豳，后为戎狄所扰，故迁于岐山之下，定国号曰周。

噫嘻

噫嘻成王[1]，既昭假尔[2]。
率时农夫[3]，播厥百谷。
骏发尔私[4]，终三十里[5]。
亦服尔耕[6]，十千维耦[7]。

【注释】

〔1〕噫嘻：语气词，有赞叹之意。成王：周武王之子，名诵。继位时年尚幼，由叔父周公旦摄政，后周公归政于他。

〔2〕昭：昭明，表明。假："格"的借字，有"至""达于"之意。昭假，表明人的诚敬上达于天帝。《诗经》中凡言昭假，均指祭祀天帝。尔，语助词。

〔3〕率：率领。时：是，此。

〔4〕骏：迅速。发：开发。尔：你，指田官。私：指田官的私田。

〔5〕终：尽。三十里：指私田的长度。毛《传》："终三十里，言各极其望也。"宋苏辙《诗集传》从郑玄之说曰："万夫之地，方三十三里有半。言三十里，举成数也。"另据《汉书·刑法志》："地方一里为井，井十为通，通十为成，成方十里，成十为终。"如此，终，为土地面积单位，每终占地一千平方里，纵横各约三十一点六里，取整数约三十里。

〔6〕服：从事。句谓"你们也要从事耕种"，此当是对田官言之。

〔7〕十千：即万人。维：其。耦：耦耕，两人各执一耜并肩而耕。

【解说】

本篇述成王祭祀上帝，率民耕作，并鼓励开垦私田。疑是周人歌颂成王的乐章，并用于春祀。诗中记述了“十千维耦”的盛大耕作场面，对了解周朝的农业情况具有很高的史料价值。

鲁颂一首

駉

駉駉牡马，在坰之野[1]。
薄言駉者[2]：
有驈有皇，有骊有黄，[3]以车彭彭[4]。
思无疆[5]，思马斯臧[6]。

駉駉牡马，在坰之野。
薄言駉者：
有骓有駓，有骍有骐[7]，以车伾伾[8]。
思无期，思马斯才[9]。

駉駉牡马，在坰之野。
薄言駉者：
有驒有骆，有骝有雒[10]，以车绎绎[11]。
思无斁，思马斯作[12]。

駉駉牡马，在坰之野。
薄言駉者：
有骃有騢，有驔有鱼[13]，以车祛祛[14]。
思无邪，思马斯徂。[15]

【注释】

〔1〕駉（jiōng）駉：良马肥壮的样子。牡（mǔ）：与“牝”相对，指雄性的鸟或兽，此处指雄马。坰（jiōng）：离城很远的郊野。《说文解字》云：“邑外谓之郊，郊外谓之牧，牧外谓之野，野外谓之林，林外谓之坰。象远界也。”两句说郊野牧马苑中的马很肥壮。

〔2〕薄言：发语词。句意如“说起那肥壮的马”。

〔3〕“有驈”二句：说的是马的毛色。驈（yù），白胯的黑马。皇，毛色黄白的马。骊（lí），纯黑的马。黄，毛色黄里带红的马。毛《传》：“骊马白跨曰驈，黄白曰皇。纯黑曰骊，黄骍曰黄。”

〔4〕以车：用以驾车。彭（páng）彭：奔驰不止，强壮有力。

〔5〕思：句首语助词，无实义。无疆：言马儿可以一直奔跑下去。

〔6〕思马斯臧：犹言“这马真是好马”。臧，好。

〔7〕骓（zhuī）：毛色青白相杂的马。駓（pī）：毛色黄白相杂的马。骍（xīng）：赤色的马。骐（qí）：有青黑色条纹的马。毛《传》：“苍白杂毛曰骓，黄白杂毛曰駓，赤黄曰骍，苍祺曰骐。”

〔8〕以车伾（pī）伾：驾车有力量。

〔9〕无期：没有限度。才：有材力。两句句式、诗义同上章。

〔10〕驒（tuó）：有鳞状斑纹的青毛马。骆：长有黑鬃毛的白马。骝（liú）：长有黑鬃毛的红马。雒（luò）：长有白鬃毛的黑马。《毛传》：“青骊驎曰驒，白马黑鬣曰骆，赤身黑鬣曰骝，黑身白鬣曰雒。”

〔11〕绎绎：善于奔跑。

〔12〕无斁（yì）：不懈怠。作：振作，奋起。

〔13〕骃（yīn）：浅黑杂白色的马。騢（xiá）：赤白间色的马。驔（diàn）：有黄色脊毛的黑马。鱼：眼睛色白的马。毛《传》：“二目白曰鱼。”又写作“䰻”，《尔雅》：“一目白，瞯；二目白，䰻。”相当于猫咪中的波斯猫，眼球淡蓝色，今称“玉石眼”。

〔14〕祛（qū）祛：强健

〔15〕邪：音义同“徐”，缓慢。徂（cú）：往，前行。二句形容马

匹很强健，驾车没有松懈迟缓。孔子在《论语·为政》中借用此句来形容《诗经》思想的纯正，说：“诗三百，一言以蔽之，曰：‘思无邪’。”孔子已将“邪”字从“鱼”韵转到了“麻”韵，音义都发生了改变，这是对《駉》诗断章取义的曲解。

【解说】

这是一首咏马的诗，历数了郊野牧马苑中各种毛色的马，马匹之多，一眼望不到边际。駉，《说文解字》的解释是“牧马苑”。旧说诗是鲁国史官歌颂鲁僖公的，《毛诗序》曰：“駉，颂僖公也。僖公能遵伯禽之法，俭以足用，宽以爱民，务农重谷，牧于坰野。鲁人尊之，于是季孙行父请命于周，而史克作是颂。”聊备一说。

商颂一首

玄鸟

天命玄鸟，降而生商[1]，
宅殷土芒芒[2]。
古帝命武汤，正域彼四方[3]。

方命厥后，奄有九有[4]。
商之先后，受命不殆，在武丁孙子。[5]
武丁孙子，武王靡不胜[6]。

龙旂十乘，大糦是承[7]。
邦畿千里，维民所止，肇域彼四海。[8]

四海来假，来假祁祁[9]，景员维河[10]。
殷受命咸宜，百禄是何[11]。

【注释】

〔1〕玄鸟：黑色的鸟。一般认定为燕子。与此二句相印证的是《史记·殷本纪》的记载："殷契，母曰简狄，有娀氏之女，为帝喾次妃。三人行浴，见玄鸟堕其卵，简狄取吞之，因孕生契。"契是商族最

早的男性祖先，他是母亲简狄吞玄鸟蛋后受孕生下的，玄鸟便是商民族崇拜的图腾。从契开始，商族人才有了以父子相承为主的传承体系，从而进入父系氏族社会。我们从战国时楚国屈原的作品中也可以找到玄鸟生商的传说印记：《楚辞·离骚》曰："望瑶台之偃蹇兮，见有娀之佚女。……凤鸟既受诒兮，恐高辛之先我。"《楚辞·天问》曰："简狄在台，喾何宜？玄鸟致诒，如何喜？"

〔2〕宅：居住。芒芒：同"茫茫"，广大之意。《史记·殷本纪》："契长而佐禹治水有功。帝舜乃……封于商，赐姓子氏。……自契至汤八迁。汤始居亳，从先王居，作《帝诰》。"

〔3〕古：从前。帝：天帝。武汤：即成汤，汤号曰武。《史记·殷本纪》："契卒，子昭明立。昭明卒，子相土立。相土卒，子昌若立。昌若卒，子曹圉立。曹圉卒，子冥立。冥卒，子振立。振卒，子微立。微卒，子报丁立。报丁卒，子报乙立。报乙卒，子报丙立。报丙卒，子主壬立。主壬卒，子主癸立。主癸卒，子天乙立，是为成汤。"正：旧注释为治理。于省吾释为"征战"的"征"，其《诗经新证》曰："正当读为征……正域彼四方，宜当读为征有彼四方。"《史记·殷本纪》有"汤征诸侯"的记载。

〔4〕方命：《郑笺》："方命其君，谓遍告诸侯也。"奄：包括。九有：九州。传说禹划天下为九州。《尔雅·释地》："两河间曰冀州，河南曰豫州，河西曰雍州，汉南曰荆州，江南曰扬州，济南曰兖州，济东曰徐州，燕曰幽州，齐曰营州。"

〔5〕先后：先王。受命：受于大命。殆：通"怠"，懈怠。三句言先王受于天命而不懈怠，所以武丁孙子犹享其福。

〔6〕武丁：即殷高宗，汤的后代。武王：即武汤，成汤。胜：胜任。

〔7〕龙旂（qí）：绘有龙形的旗。朱熹《诗集传》："龙旂，诸侯所建交龙之旂也。"乘（shèng）：四马驾一车为一乘。糦（chì）：黍稷。一说同"饎"，酒食。两句写祭祀的场面与供奉。

〔8〕所止：所居。肇：开始。域彼四海：拥有四海之疆域。《尔雅》以"九夷、八狄、七戎、六蛮"为"四海"。三句言国土辽阔，人民

安居，国家强盛。

〔9〕来假（gé）：来朝。假，音义同“格”，到、至的意思。祁祁：纷杂众多之貌。

〔10〕景：景山，在河南商丘，古称亳，为商之都城所在。员：幅员。河：黄河。句言景山的幅员连着黄河。苏辙《诗集传》的解释是：“景，大也。员，均也。其大而均如众水之赴河。”

〔11〕咸宜：谓人们都认为适宜。何（hè）：通“荷”，承当。两句言殷朝受天命而孚众望，受用百福。

【解说】

这首诗是宋国诸侯祭祀殷高宗武丁的颂歌，追述了殷商民族的始祖和开国君主成汤的功绩，赞颂了殷商高宗武丁复兴殷商，国泰民安，四方来朝，表现出热烈庄重的祭祀氛围和虔诚的祝愿。简括的史笔为我们留下了关于商族起源的最珍贵的早期文献资料。将本篇与选本中反映周民族起源的《生民》对读，不难看出商周民族不同的文化传承。

楚辞

楚辞是战国时代兴起于南方楚国的一种诗歌样式，其渊源传为公元前6世纪的《越人歌》《楚狂接舆歌》（具见本书）等楚地歌谣，但只有到战国中期屈原等人的一系列作品出现在楚国文坛之后，楚辞才形成一代文学样式。位于江淮流域的楚国虽在政治、文化方面与中原地区早有往来，并曾以雄厚的国力在战国七雄中留下"横则秦帝，纵则楚王"的说法，但在宗教、民俗、诗歌、乐舞等方面都保持了独特的南方文化传统，这便是楚辞新诗体赖以孕育生成的胎盘。

楚辞，顾名思义是楚地的歌辞。宋代学者黄伯思的解释是："书楚语、作楚声、纪楚地、名楚物，故可谓之'楚辞'。"（《校定楚辞序》）楚辞在形式上的最大特点是"兮"字调和长句式。虽然《诗经》中已有"兮"字出现，但只有在楚辞中才形成了隔句（如《离骚》）或逐句（如《九歌》）使用"兮"字的调式。"兮"字不仅附于句末表咏叹，如"后皇嘉树，橘徕服兮"；放于句间表停顿，如"名余曰正则兮字余曰灵均"；而且还代替某些虚词起语法作用：如"观流水兮潺湲"，"兮"有"之"意；"首身离兮心不惩"，"兮"有"而"意；"采薜荔兮水中"，"兮"有"于"意等。楚辞形成于中国散文的第一个黄金时期，先秦诸子散文正以其睿智的思想、犀利的文笔和宏大的气势焕发出夺目的光芒。因此，楚辞在很大程度上吸收了散文笔法，形成大容量的长句。如《离骚》和《九章》基本上是六字句，《九歌》除六字句外还有大量的五、七字句。这种句式上的扩充和变化，明显增强了诗歌语言的表现力。楚辞内容上的最大特点是神话色彩和抒情性。"楚人信巫鬼，重淫祀"（《汉书·地理志》），充满原始宗教气氛、且歌且舞的巫歌非常流行，这对楚辞有着深刻的影响。

且不论直接效仿巫歌写成的《九歌》《招魂》，即便直抒胸臆的《离骚》，也颇具“降神”“问卜”的神异色彩；而大量神话传说和作者的驰骋想象也从一个方面增强了楚辞的抒情气氛。（参见《离骚》题注）

楚辞在秦时没有发展，至汉代始得复苏，这大约与汉代皇族多楚人有关。汉高祖刘邦就是楚人，其所作《大风歌》便是楚声。楚辞最初由西汉人刘向编辑成集，东汉人王逸为之作章句（注解）。集中除屈原、宋玉、景差三位战国时代楚人的作品外，还收有贾谊、淮南小山等汉代人的仿作。至此，楚辞不仅是一种文学样式，还成为一部总集的名称。

“楚辞”之名，始见于汉代。司马迁《史记·张汤传》中有“买臣以楚辞与助俱幸”之说，朱买臣与庄助都是汉武帝时的人。楚辞在汉代又称为“赋”，如《史记·屈原贾生列传》称屈原“乃作《怀沙》之赋”、《汉书·艺文志》称“屈原赋二十五篇”。实际上楚辞与汉赋属两种不同的文学体制。楚辞是诗体的一种，汉赋则是带韵的散文。六朝时期，楚辞与赋始从概念上得到区分。梁刘勰《文心雕龙》在“诠赋”之外另立“辨骚”之篇；萧统《昭明文选》亦将“骚”“赋”分作两门。他们以楚辞中的代表作《离骚》为楚辞体文学之代称，不仅区别出辞、赋两种文体，而且也不至于与作为书名的《楚辞》相混淆，从此，文体分类上又有了“骚体”这一名称。

楚辞在文学史上与《诗经》并称，成为中国古典文学的两大源头。特别是楚辞中的屈原作品，以其深邃的思想、浓郁的情感、丰富的想象、瑰丽的文辞，体现了内容与形式的完美统一。其表现手法在《诗经》比兴的基础上又融入主观寄托，诸如以芳草鲜花寓高洁、以高冠奇服寓超俗、以灵修美人寓君王，开辟了后世“寄情于物”“托物以讽”的表现手法。其参差不齐的多种句式和新的句间停顿节奏（与《诗经》双音诗节不同的三音诗节）为五言诗、七言诗及歌行体的产生作了铺垫。其宏丽的篇章结构和构思对赋、骈文的格局有着直接的影响。自楚辞开始，中国文学从群体的创作转向个体的创作，屈原便是中国文学史上的第一位大诗人。

屈原 （约前 340—约前 278）

屈原是中国文学史上第一位伟大的爱国主义诗人，也是一位对后代有很大影响的政治家。他是战国时楚人，生平事迹主要见诸《离骚》《九章》《渔父》等屈原作品、楚辞作品及《史记·屈原贾生列传》。屈原名平字原，《离骚》自谓名“正则”、字“灵均”，则是对“平”“原”二字意义的引申和转写。屈原的家族是与楚王同姓的贵族。据《史记·楚世家》说：颛顼高阳氏六代孙姓芈，名季连，是楚的创业始祖；周成王时，季连曾孙熊绎受封于楚；传至熊通，即为楚武王。其子瑕，封采邑于屈，子孙就开始以屈为姓，所以屈是楚国芈姓的分支。自春秋以来屈姓一直在楚的朝廷中担任要职。

自幼受到良好教育，“博闻强志”“娴于辞令”的屈原是楚怀王的左徒。这是一个辅弼君王的职位。据《史记·屈原贾生列传》，他“入则与王图议国事，以出号令；出则接遇宾客，应对诸侯”。其时是一个齐、楚、燕、韩、赵、魏、秦七国争雄的时代，其中以秦、楚两国势力最强，矛盾也就最为尖锐。面对这种情况，屈原主张对内修明法度、举贤任能，对外联合中原地区势力强大的齐国，共御强秦。然而这一正确主张却因人事纷争而受到影响。楚国旧贵族为维护既得利益攻击屈原，与屈原同列的上官大夫争宠妒能，又诬蔑他泄露机密，恃才矜功。怀王听信谗言，疏远屈原。《离骚》便是屈原被疏后的作品。秦惠王见有隙可乘，派张仪入楚，离间齐楚之盟，虚以商於之地六百里相许。怀王既绝齐而不得地，怒而攻秦，两次皆大败。齐不来救，韩、魏又出兵攻楚，怀王无奈，只得仍使屈原入齐，恢复邦交。此后，屈原力主联齐，与亲秦派作了坚决的斗争。怀王依违左右，终于选择了亲秦派，而将屈原放逐到汉北地区。最后，怀王在其子子兰的劝说和秦昭王的诱骗下亲赴秦国，被秦拘留而客死于秦。

顷襄王继位，以弟子兰为令尹。屈原痛恨子兰劝怀王入秦，子兰便在顷襄王面前进一步谗害他，致使顷襄王又把屈原流放到荒远的江南地区。屈原在湘、沅一带辗转流离了大约九年时间，虽远离故国、身无职位，但却始终为国家的命运而忧虑。在秦兵攻破国都郢城后，他终于感到无力回天，遂投汨罗江自沉而死。

屈原的作品，据《汉书·艺文志》称是二十五篇，但其中一些作品的作者，在汉代人眼中已有分歧。如今学术界一致认定为屈原作品的是《离骚》《九歌》全十一篇、《九章》的多数篇章和《天问》，以体制论便是“骚”“歌”“问”三体。

离骚[1]

帝高阳之苗裔兮[2]，朕皇考曰伯庸[3]。
摄提贞于孟陬兮，惟庚寅吾以降[4]。
皇览揆余于初度兮，肇锡余以嘉名[5]。
名余曰正则兮，字余曰灵均。[6]
纷吾既有此内美兮，又重之以修能。[7]
扈江离与辟芷兮，纫秋兰以为佩。[8]
汩余若将不及兮，恐年岁之不吾与。[9]
朝搴阰之木兰兮，夕揽洲之宿莽[10]。
日月忽其不淹兮[11]，春与秋其代序。
惟草木之零落兮，恐美人之迟暮。[12]
不抚壮而弃秽兮，何不改乎此度。[13]
乘骐骥以驰骋兮[14]，来吾导夫先路[15]！

昔三后之纯粹兮[16]，固众芳之所在[17]。
杂申椒与菌桂兮，岂维纫夫蕙茝[18]？
彼尧舜之耿介兮，既遵道而得路；
何桀纣之猖披兮，夫唯捷径以窘步？[19]
惟夫党人之偷乐兮，路幽昧以险隘。[20]
岂余身之惮殃兮，恐皇舆之败绩[21]。
忽奔走以先后兮，及前王之踵武。[22]
荃不察余之中情兮，反信谗而齌怒[23]。
余固知謇謇之为患兮，忍而不能舍也。[24]

指九天以为正兮，夫唯灵修之故也。[25]
曰黄昏以为期兮，羌中道而改路[26]。
初既与余成言兮[27]，后悔遁而有他[28]。
余既不难夫离别兮，伤灵修之数化[29]。

余既滋兰之九畹兮[30]，又树蕙之百亩[31]。
畦留夷与揭车兮[32]，杂杜衡与芳芷[33]。
冀枝叶之峻茂兮[34]，愿竢时乎吾将刈[35]。
虽萎绝其亦何伤兮，哀众芳之芜秽[36]。
众皆竞进以贪婪兮[37]，凭不厌乎求索[38]。
羌内恕己以量人兮[39]，各兴心而嫉妒[40]。
忽驰骛以追逐兮[41]，非余心之所急[42]。
老冉冉其将至兮[43]，恐修名之不立[44]。
朝饮木兰之坠露兮，夕餐秋菊之落英。[45]
苟余情其信姱以练要兮，长顑颔亦何伤。[46]
擥木根以结茝兮[47]，贯薜荔之落蕊[48]。
矫菌桂以纫蕙兮[49]，索胡绳之纚纚[50]。
謇吾法夫前修兮，非世俗之所服[51]。
虽不周于今之人兮，愿依彭咸之遗则[52]。
长太息以掩涕兮[53]，哀民生之多艰[54]。
余虽好修姱以鞿羁兮[55]，謇朝谇而夕替[56]。
既替余以蕙纕兮，又申之以揽茝[57]。
亦余心之所善兮，虽九死其犹未悔。[58]
怨灵修之浩荡兮[59]，终不察夫民心[60]。
众女嫉余之蛾眉兮[61]，谣诼谓余以善淫[62]。
固时俗之工巧兮，偭规矩而改错。[63]

背绳墨以追曲兮，竞周容以为度[64]。
忳郁邑余侘傺兮[65]，吾独穷困乎此时也[66]！
宁溘死以流亡兮，余不忍为此态也！[67]
鸷鸟之不群兮[68]，自前世而固然。
何方圜之能周兮，夫孰异道而相安？[69]
屈心而抑志兮，忍尤而攘诟[70]。
伏清白以死直兮，固前圣之所厚[71]。
悔相道之不察兮，延伫乎吾将反[72]。
回朕车以复路兮，及行迷之未远。[73]
步余马于兰皋兮，驰椒丘且焉止息。[74]
进不入以离尤兮，退将复修吾初服[75]。
制芰荷以为衣兮，集芙蓉以为裳。[76]
不吾知其亦已兮，苟余情其信芳。[77]
高余冠之岌岌兮，长余佩之陆离。[78]
芳与泽其杂糅兮[79]，唯昭质其犹未亏[80]。
忽反顾以游目兮，将往观乎四荒。[81]
佩缤纷其繁饰兮，芳菲菲其弥章。[82]
民生各有所乐兮，余独好修以为常。[83]
虽体解吾犹未变兮，岂余心之可惩？[84]

女媭之婵媛兮[85]，申申其詈予[86]。
曰："鲧婞直以亡身兮，终然殀乎羽之野。[87]
汝何博謇而好修兮[88]，纷独有此姱节[89]？
薋菉葹以盈室兮，判独离而不服。[90]
众不可户说兮[91]，孰云察余之中情？
世并举而好朋兮，夫何茕独而不余听[92]？"

依前圣以节中兮[93]，喟凭心而历兹[94]。
济沅湘以南征兮[95]，就重华而陈词[96]：
启《九辩》与《九歌》兮[97]，夏康娱以自纵[98]。
不顾难以图后兮，五子用失乎家巷[99]。
羿淫游以佚畋兮，又好射夫封狐。
固乱流其鲜终兮，浞又贪夫厥家。[100]
浇身被服强圉兮，纵欲而不忍。
日康娱而自忘兮，厥首用夫颠陨。[101]
夏桀之常违兮，乃遂焉而逢殃。[102]
后辛之菹醢兮，殷宗用而不长。[103]
汤禹俨而祗敬兮，周论道而莫差。
举贤而授能兮，循绳墨而不颇。[104]
皇天无私阿兮，览民德焉错辅。[105]
夫维圣哲以茂行兮，苟得用此下土。[106]
瞻前而顾后兮，相观民之计极[107]。
夫孰非义而可用兮？孰非善而可服？[108]
阽余身而危死兮，览余初其犹未悔[109]。
不量凿而正枘兮，固前修以菹醢。[110]
曾歔欷余郁邑兮[111]，哀朕时之不当[112]。
揽茹蕙以掩涕兮，霑余襟之浪浪。[113]

跪敷衽以陈辞兮，耿吾既得此中正。[114]
驷玉虬以乘鹥兮，溘埃风余上征。[115]
朝发轫于苍梧兮，夕余至乎县圃[116]。
欲少留此灵琐兮[117]，日忽忽其将暮。
吾令羲和弭节兮，望崦嵫而勿迫[118]。

路曼曼其修远兮，吾将上下而求索[119]。
饮余马于咸池兮，总余辔乎扶桑。[120]
折若木以拂日兮，聊逍遥以相羊。[121]
前望舒使先驱兮，后飞廉使奔属[122]。
鸾皇为余先戒兮[123]，雷师告余以未具[124]。
吾令凤鸟飞腾兮，继之以日夜。[125]
飘风屯其相离兮，帅云霓而来御。[126]
纷总总其离合兮，斑陆离其上下。[127]
吾令帝阍开关兮，倚阊阖而望予。[128]
时暧暧其将罢兮，结幽兰而延伫。[129]
世溷浊而不分兮，好蔽美而嫉妒。
朝吾将济于白水兮[130]，登阆风而緤马[131]。
忽反顾以流涕兮，哀高丘之无女[132]。
溘吾游此春宫兮[133]，折琼枝以继佩。
及荣华之未落兮，相下女之可诒[134]。
吾令丰隆乘云兮，求宓妃之所在[135]。
解佩纕以结言兮，吾令蹇修以为理[136]，
纷总总其离合兮，忽纬繣其难迁。[137]
夕归次于穷石兮，朝濯发乎洧盘。[138]
保厥美以骄傲兮[139]，日康娱以淫游。
虽信美而无礼兮，来违弃而改求。[140]
览相观于四极兮，周流乎天余乃下。[141]
望瑶台之偃蹇兮[142]，见有娀之佚女[143]。
吾令鸩为媒兮[144]，鸩告余以不好。
雄鸠之鸣逝兮，余犹恶其佻巧[145]。
心犹豫而狐疑兮，欲自适而不可[146]。

凤皇既受诒兮，恐高辛之先我[147]。
欲远集而无所止兮，聊浮游以逍遥。[148]
及少康之未家兮，留有虞之二姚。[149]
理弱而媒拙兮，恐导言之不固[150]。
世溷浊而嫉贤兮，好蔽美而称恶[151]。
闺中既以邃远兮，哲王又不寤。
怀朕情而不发兮，余焉能忍而与此终古？[152]

索藑茅以筳篿兮，命灵氛为余占之。[153]
曰："两美其必合兮，孰信修而慕之[154]？
思九州之博大兮，岂唯是其有女？[155]"
曰："勉远逝而无狐疑兮，孰求美而释女？[156]
何所独无芳草兮，尔何怀乎故宇？[157]"
世幽昧以眩曜兮[158]，孰云察余之善恶。
民好恶其不同兮，惟此党人其独异！[159]
户服艾以盈要兮，谓幽兰其不可佩。[160]
览察草木其犹未得兮，岂珵美之能当[161]？
苏粪壤以充帏兮[162]，谓申椒其不芳。
欲从灵氛之吉占兮，心犹豫而狐疑。
巫咸将夕降兮，怀椒糈而要之。[163]
百神翳其备降兮，九疑缤其并迎。[164]
皇剡剡其扬灵兮，告余以吉故。[165]
曰"勉升降以上下兮，求榘矱之所同[166]。
汤禹严而求合兮[167]，挚咎繇而能调[168]。
苟中情其好修兮，又何必用夫行媒。[169]
说操筑于傅岩兮，武丁用而不疑。[170]

吕望之鼓刀兮，遭周文而得举。[171]
宁戚之讴歌兮，齐恒闻以该辅。[172]
及年岁之未晏兮，时亦犹其未央。[173]
恐鹈鴂之先鸣兮，使夫百草为之不芳。[174]”
何琼佩之偃蹇兮，众薆然而蔽之[175]。
惟此党人之不谅兮，恐嫉妒而折之[176]。
时缤纷其变易兮，又何可以淹留！[177]
兰芷变而不芳兮，荃蕙化而为茅。
何昔日之芳草兮，今直为此萧艾也？[178]
岂其有他故兮，莫好修之害也！[179]
余以兰为可恃兮，羌无实而容长[180]。
委厥美以从俗兮，苟得列乎众芳。
椒专佞以慢慆兮，樧又欲充夫佩帏。[181]
既干进而务入兮，又何芳之能祗？[182]
固时俗之流从兮[183]，又孰能无变化？
览椒兰其若兹兮，又况揭车与江离。[184]
惟兹佩之可贵兮，委厥美而历兹；
芳菲菲而难亏兮，芬至今犹未沫。[185]
和调度以自娱兮，聊浮游而求女。
及余饰之方壮兮，周流观乎上下。[186]

灵氛既告余以吉占兮，历吉日乎吾将行[187]。
折琼枝以为羞兮，精琼靡以为粻[188]。
为余驾飞龙兮，杂瑶象以为车。[189]
何离心之可同兮[190]，吾将远逝以自疏[191]。
邅吾道夫昆仑兮，路修远以周流。[192]

扬云霓之晻蔼兮，鸣玉鸾之啾啾。[193]

朝发轫于天津兮[194]，夕余至乎西极。

凤皇翼其承旂兮，高翱翔之翼翼。[195]

忽吾行此流沙兮[196]，遵赤水而容与[197]。

麾蛟龙使梁津兮，诏西皇使涉予。[198]

路修远以多艰兮，腾众车使径待。[199]

路不周以左转兮[200]，指西海以为期[201]。

屯余车其千乘兮，齐玉轪而并驰[202]。

驾八龙之婉婉兮[203]，载云旗之委蛇[204]。

抑志而弭节兮，神高驰之邈邈。[205]

奏《九歌》而舞《韶》兮[206]，聊假日以媮乐[207]。

陟升皇之赫戏兮，忽临睨夫旧乡。[208]

仆夫悲余马怀兮，蜷局顾而不行[209]。

乱曰：已矣哉[210]！

国无人莫我知兮，又何怀乎故都？

既莫足与为美政兮，吾将从彭咸之所居。[211]

【注释】

〔1〕离骚：意思是遭逢忧患。东汉班固《离骚赞序》的解释是："离，犹遭也；骚，忧也。明己遭忧作辞也。"

〔2〕"帝高"句：屈原称自己是高阳氏的后代。高阳，传说中远古帝王颛顼有天下时的称号。苗裔，后代子孙。楚国始封君熊绎据说是颛顼的后代。屈原这支的祖先屈瑕是楚武王熊通的儿子，受封于屈，因以屈为氏。因此屈原完全有理由说颛顼帝是他的远祖。

〔3〕“朕皇”句：言我的先父字伯庸。朕，我。先秦时代，人们无论贵贱，皆可以“朕”为第一人称代词，至秦始皇始定“朕”为帝王专用的自称之词。皇，美，大。用于称颂、赞美的状词。考，指亡父。伯庸，屈原父亲的表字。

〔4〕摄提：即摄提格。古人将天体划分为十二等分，谓之十二宫。以岁星（木星）运转中所指的宫位来纪年。岁星指向寅宫的那一年叫作摄提格，也就是寅年。贞：正当。孟陬（zōu）：孟春正月。陬月是夏历正月的别称。庚寅：纪日的干支。两句说：“我是在寅年陬月庚寅日降生的。”

〔5〕皇：皇考的简称。屈原自指其先父。览：观察。揆：衡量。初度：初生时的气度。锡：同“赐”。两句是说：父亲端详、估量了我初生时的气度，始赐给我一个美好的名字。

〔6〕“名余”二句：自报家门之语。屈原名平，字原。正则，公正而有法则，喻“平”。灵均，灵善而均调，喻“原”。

〔7〕“纷吾”二句：言自己既有内在的美好品质，又注重外在容态的修饰。纷，盛多。重（chóng），加。修，长。能，古通“态”。修态，指修饰容态。

〔8〕“扈江”二句：写自己博采众善的品德修养。扈，披也，楚地方言。江离，今作“江蓠”，香草名。即今所称川芎。茎叶嫩时曰蘼芜，叶大时曰江离。根茎可以入药。辟芷，生于幽僻处的芷草。辟，同“僻”。芷，一年生香草白芷。纫，贯穿成索。佩，佩带。诗句以香草比喻美德。

〔9〕“汩余”二句：言光阴迅速，恐时不我待。汩（yù），水疾流貌。此指似水流年。

〔10〕搴（qiān）：拔取。阰（pí）：大土岗。木兰：香草。揽：采收。宿莽：经冬不死之草。两句仍以采香草比喻修身勤德。

〔11〕不淹：不能长久滞留。

〔12〕“惟草”二句：以草木易凋、美人易老为喻，发盛年难再之慨叹。香草美人之叹是《离骚》的重要抒情特色。

〔13〕“不抚”二句：言楚国的现实政治正当扬善弃恶，改革不合理

的现行制度。抚壮，依靠壮盛之年、壮美之质。弃秽，与“抚壮”对文，指摒弃不洁之蒙。度，法度。

〔14〕骐骥：骏马。此句犹今之所言“快马加鞭”。

〔15〕“来吾”句：让我来担负先导。（以上为第一节，自叙身世、生辰、名字及品德的自我完善和辅佐楚君的崇高目的。）

〔16〕三后：旧说指禹、汤、周文王三位圣君；一说指伯夷、禹、稷三位尧时的贤臣；今人马茂元《楚辞选》以为指熊绎、若敖、蚡冒三位楚国的先君，当以后说为是。纯粹：指品德纯正无疵。

〔17〕众芳之所在：“群贤毕至”之意。

〔18〕申椒：申地的花椒。菌桂：今称肉桂。两句言“众芳”中不仅有贯穿成索的蕙、茝，还杂有椒、桂等芳香之物。这是对人才之众的进一步说明。

〔19〕“彼尧”四句：以圣君尧、舜与暴君桀、纣对举，指出沿着圣君的治国之道前进，才是阳关大道；而暴君的不正之途，只能让人寸步难行。耿介，光明正大。猖披，猖狂放纵之态。捷径，歧出的小路。窘步，举步维艰。

〔20〕“惟夫”二句：言权臣结党营私，国家前途暗淡而危险。党人，结党营私的小人。孔子曰：“君子群而不党。”（《论语·卫灵公》）偷乐，苟且偷安。幽昧，黑暗。险隘（ài），危险而狭窄。

〔21〕惮殃：畏惧灾祸。皇舆：国君的车乘，此喻国家政权。败绩：指战车倾覆或战争溃败。此喻国家的颠覆。两句言：“我哪里是怕个人遭到灾祸呢，我是担忧国家的安危存亡啊！”

〔22〕“忽奔”二句：言效力左右，努力使楚君的车驾沿着前王的道路前进。忽，迅疾的样子。前王，即上文中提到的“三后”。踵（zhǒng），脚后跟。武，脚印。

〔23〕荃（quán）：亦名荪，石菖蒲类的香草，此借指楚怀王。齌（jì）怒：盛怒。两句点出被疏之事。据《史记·屈原贾生列传》载，上官大夫谗毁屈原功高盖主，“王怒而疏屈平”。又据刘向《新序》载，屈原联齐抗秦，为秦所患。秦国便收买楚贵臣上官大夫靳尚之属共谗屈原，致使屈原被疏。

〔24〕“余固”二句：我虽然知道忠言直谏会招来祸患，但还是不忍缄口不言。舍，抛舍。

〔25〕“指九”二句：指天发誓，自己忠言直谏完全是为了楚王。正，同“证”。灵修，指怀王。王逸《楚辞章句》：“灵，神也。修，远也。能神明远见者，君德也，故以喻君。”

〔26〕羌：楚国方言中的发语词。这里的意思是“为什么”。宋洪兴祖《楚辞补注》认为，“曰黄昏”二句是衍文，因为王逸章句对这个“羌”字没有加注，后章始释“羌”意。

〔27〕成言：有成约。

〔28〕悔遁：后悔，改变初衷。

〔29〕数化（古音 é）：屡次变化。据《史记》记载：怀王在联齐与联秦的外交策略上一直左右依违。十六年楚受秦欺蒙与齐国绝交，后讨秦失败，又于二十年与齐国复盟。二十四年，楚再度绝齐合秦。二十七年，楚太子杀秦大夫，秦楚邦交破裂。以后，楚国接连受到秦、齐、韩、魏等国的攻击。在这个过程中，屈原力主联齐抗秦，“数化”之说，或即指此。（以上第二节，阐述自己在朝中的艰难处境和对楚王的一片赤心。）

〔30〕滋：培植。畹（wǎn）：古代面积单位。有十二亩、二十亩、三十亩三种说法。

〔31〕树：栽种。蕙：与兰草同类，故这里与兰并提。宋罗愿《尔雅翼·释草》：“一干一华而香有余者兰；一干五六华而香不足者蕙。今野人谓兰为幽兰，蕙为蕙兰。”

〔32〕畦：田亩间划分的条块。这里用作动词，即“一畦一畦地种着”。留夷、揭车：楚地香草。

〔33〕杜衡：多年生草本植物。似葵而香，俗名马蹄香，亦称苦叶细辛，全草人药称为马辛，有祛风止痛的功效。

〔34〕冀：希望。峻：高大。茂：茂盛。

〔35〕竢（sì）：等待。时：指众草长成之时。刈（yì）：收割。以上六句以种芳草比喻培养人才。

〔36〕萎绝：凋零枯萎。芜秽：荒芜污秽。两句言芳草枯萎绝尽尚

不足令人悲伤，可悲的是芳草变质而成秽草。比喻所培养的人才不仅不为所用，而且背叛变节，成为自己的对立面。

〔37〕竞进：指对利禄的竞逐。

〔38〕凭：满。厌：满足。此句犹今之所言“贪得无厌”。

〔39〕羌内恕己以量人：羌，楚方言，发语词。全句意为责己甚宽，并以小人之心，度君子之腹。量，估量，揣度。

〔40〕兴心而嫉妒：生嫉妒之心。

〔41〕驰骛（wù）：驰驱奔走。指追名逐利。

〔42〕“非余心”句：言小人之所急，并非我心中之所想。表现出卓尔不群的高格调。

〔43〕冉冉：渐渐，形容时光流逝。

〔44〕修名：美名。

〔45〕“朝饮”二句：言饮食之清洁。落，始也。落英，初开的花。

〔46〕“苟余情”二句：承上餐英饮露之句而来，言假若我的情操非常美好而且精诚专一，就是长期面有菜色又有什么关系呢？信，诚。姱（kuā），美好。练要，精要。指操守坚定。颇颔（kǎn hàn），面容憔悴。

〔47〕“擥木根”句：言以树木根须为绳索，连接茝草。擥（lǎn），同“揽”，采摘。

〔48〕贯：贯穿。薜荔：木莲。桑科，常绿藤本。茎、叶、果可以入药，有活血通络、消肿解毒的功效。

〔49〕矫：举。此为取用之意。此句与上文“杂申椒与菌桂兮，岂维纫夫蕙茝”二句同义。

〔50〕索胡绳：以胡绳为绳索。胡绳，一种蔓生香草。纚（xǐ）纚：形容绳索长而下垂的样子。

〔51〕“謇吾”二句：言自己以前修为法，不为世俗所用。謇（jiǎn），楚方言中的发语词。法，效法。前修，先贤。服，用。承上文，言自己的洁食、奇服不与世俗相合。即下句所说的“不周于今之人”。

〔52〕彭咸：生平失考，唯屈原作品中屡屡提到。有人以为是殷时的贤大夫，也有人以为是彭祖之后，与屈原同为高阳氏的后裔，但都很难确定。遗则：留下的准则。

〔53〕太息：叹息。

〔54〕民生：人生。

〔55〕修姱：美好。鞿（jī）：马口的缰绳。羁：马笼头。鞿羁，引申为束缚。此句言以美好的品行约束自己。

〔56〕谇（suì）：进谏。替：废。此句言早晨进谏，晚上即被废斥。另一种解释是：以“谇”为责骂，以“替”为谗毁。言一群小人朝朝暮暮都在排挤他，或当面责骂，或背后谗毁。两说均通。

〔57〕蕙纕（xiāng）：以蕙为纕。纕，佩带。两句言他的美服成了小人攻击他的口实。这里仍以美饰喻修身，以“蕙”“茝”喻美德。

〔58〕“亦余心”二句：表明了他坚持真理的决心。心中认定是美好的东西，纵然九死而无一生也决不动摇。

〔59〕浩荡：本形容水大之状，这里有空泛、不谙事理的意思。

〔60〕民心：人心。这里是屈原自指其忠君爱国之心。

〔61〕众女：喻群小。蛾眉：喻己之贤才。

〔62〕谣诼（zhuó）：诬陷，毁谤。

〔63〕“固时”二句：谓时俗之人善于取巧，改变正常的法度和措施。固，原本。偭（miǎn），违背。规、矩，匠人用以量圆、量方的工具，俗语谓“没有规矩，不成方圆”。这里引申为法度。错，通“措”，措施。

〔64〕“背绳”二句：言时俗之人背离正直之道，以苟合取容为法度。绳墨，今称“墨斗”“墨线”，是取直的工具，木工多用。这里取其“直”义，与“曲”对言。曲，邪曲。

〔65〕忳（tún）：忧愁貌，用作状语。郁邑，郁结，心情不舒畅。侘傺（chà chì）：失意的样子。

〔66〕穷困：走投无路，处境艰难。

〔67〕“宁溘（kè）”二句：言宁可受诛立死或放逐丧生也不肯做出投机取巧、委曲求安的世俗之态。溘，突然。此态，承上“时俗”的

“周容”之态而出。

〔68〕鸷（zhì）鸟：鹰隼一类性情猛烈的鸟。比喻个性刚强的人。不群：指不与世俗小人同流合污。

〔69〕“何方圜”二句：言方与圆不能相合，不同道的人不能安处。圜，同“圆”。

〔70〕忍尤而攘诟：意即今所谓“忍辱负重”。尤，怨尤，责难。攘，取。诟，诟骂。

〔71〕伏：同“服”。保持。死直：死于直道。厚：嘉许。两句言坚守清白之操而死于直道，是前代圣贤所看重的优秀品质。（以上第三节，进一步叙述自己所面临的艰难处境：后学叛离，小人谗毁，世风日下，但诗人仍表示要坚持清白的操守。）

〔72〕相道：察看道路。不察：不明，没有仔细察看。延伫：引颈久立而望。反：同“返”。这两句是诗人准备改变处世态度的心理活动。

〔73〕“回朕”二句：仍表示“吾将反”之意。朕，屈原自指。

〔74〕“步余”二句：承上言虽改处世之则，不改芳洁之行。兰皋，生长着兰草的水边之地。椒丘，长有椒树的山丘。止息，停下来休息。

〔75〕进：仕进为官。不入：不为楚王所用。离尤：获罪，遭到责难。退：隐退。复修吾初服：重新整备我原来的衣服。喻指回复最初的志趣。两句与儒家“穷则独善其身，达则兼善天下”（《孟子·尽心上》）的处世哲学相通。

〔76〕“制芰荷”二句：即言“修初服”事。与首节所言“扈江离与辟芷兮，纫秋兰以为佩”相照应。芰荷，指菱叶与荷叶。芙蓉，荷花。

〔77〕“不吾知”二句：没人知晓也无所谓，只要我的情操真正是芳洁的。不吾知，即“不知吾”，否定句中宾语前置。

〔78〕岌岌：形容高耸之貌。陆离：参差貌。两句以高冠长佩的奇服喻指不同流俗的卓异行为。

〔79〕芳：香草的芬芳。泽：光泽。此句从虚与实的结合上写其品质的美好。

〔80〕昭质：即具有芳泽的光明品质。未亏：未损，未缺少。此句

言在宦海浮沉中，唯有美好品质没有改变。

〔81〕游目：举目四望，环顾。四荒：四方荒远之地。两句言准备去国远游，另求发展。

〔82〕“佩缤”二句：朱熹《楚辞集注》的解释是：“佩服愈盛而明，志意愈修而洁也。”

〔83〕“民生”二句：言人各有志，而我独崇尚美好的品格。

〔84〕“虽体解”二句：言纵然粉身碎骨也不改其心志。惩，克制，制止。（以上第四节，是诗人准备退而独善其身的内心活动。）

〔85〕女嬃（xū）：旧注以为人名，解为屈原之姊或侍妾。郭沫若解为屈原女伴。嬃，楚语中指女，因此这里可理解为一个女性。婵媛：“啴咺”的借字，喘息之状，情绪激动的样子。

〔86〕申申：反复申说。詈（lì）：责备。

〔87〕“曰鲧（gǔn）”二句：言女嬃以鲧刚直丧生之事告诫屈原。鲧，即鲧，大禹之父。神话传说中人物。婞（xìng）直，刚直。亡身，忘身。殀（yāo），死于非命。羽，羽山。关于鲧，有两种不同的传说。一说鲧治水不利，为帝舜所杀；一说鲧因直谏而死。此说见《韩非子·外储》：“尧欲传天下于舜，鲧谏曰：‘不祥哉！孰以天下而传之匹夫乎？’尧不听，举兵而诛杀鲧于羽山之郊。”此正可与“婞直亡身”相印证。

〔88〕博謇：学问广博而秉性忠直。

〔89〕姱节：美好的节操。

〔90〕“赍菉”二句：言恶草堆积，唯屈原判然与众不同，不以恶草为饰。赍（zī），草多貌。这里作动词用，意思是把草堆积起来。菉葹（lù shī），两种恶草。菉，菉竹草，又名荩草。葹，苍耳。全株有毒，总苞果实有尖硬的刺。服，佩带，佩以为饰。

〔91〕户说：挨家挨户去说明。

〔92〕“世并”二句：世人都好结成朋党，为什么你这样独特而又不听我的话呢？茕独，孤独。不余听，不听余。

〔93〕节中：意为制定行为标准。节，节度。此句言自己的行为是以先贤圣人为法度的。

〔94〕喟：喟叹。 恁：解作“懑”。 愤懑之意。 历兹：直到如今。此句言：“可叹自己心怀愤懑，历时至今。”

〔95〕济：渡过。 沅、湘：二水名，流经今湖南省境内。

〔96〕重华：帝舜的名字。 相传舜死于苍梧之野（今九嶷山一带），位于今湖南南部宁远县境，故屈原的“就重华”要渡沅湘而南下。陈词：陈述，诉说。

〔97〕启：与下句的“夏”字互文，指夏后启。 禹之子，继禹之位的夏代帝王。《九辩》与《九歌》：皆天乐名。 据《山海经》载，启曾登天盗《九辩》《九歌》等天乐用于人间。

〔98〕康娱以自纵：耽于欢乐，自我放纵。《墨子・非乐》引古逸书“武观”篇曰：“启乃淫溢康乐，野于饮食。”

〔99〕顾难：顾及危难。 图后：为将来打算。 五子：即“五观”，亦作“武观”，启之幼子。 用失乎：即“用乎”“于是乎”之意。 据清人考订，“失”为衍文。 家巷：内讧，内乱。 巷，音义同“阋”。《博雅》：“阋，斗也。”联系前两句，此二句言夏启一味淫乐，不虑后果，致有五观之乱。《竹书纪年》载：“帝启十年巡狩，舞九招（即《九韶》舞曲）于大穆之野。 十一年放王季子武观于西河。 十五年武观以西河叛。”

〔100〕“羿淫”四句：言后羿淫于畋猎，终死于非命，其妻亦为近臣寒浞所霸占。 羿，后羿。 相传为夏时有穷部落的君长，是最善射箭的人。 淫游、佚畋（yì tián），过分沉溺于出游、田猎之事。“淫”“佚”二字互文见义。 封狐，大狐。 乱流，淫乱之流，荒淫作乱之辈。 此指好射的后羿。 鲜终，没有好结果。 浞（zhuó），寒浞。 羿所亲信的国相。 厥家，其家。 指后羿的妻室。 据《左传》及《孟子》记载，羿君临有穷之后，荒淫无度，不理政事，奸相寒浞便命羿家臣中的名射手逄蒙将羿射死。《左传・襄公五年》：“昔有夏之方衰也，后羿自鉏迁于穷石，因夏民以代夏政。 恃其射也，不修民事而淫于原兽。 弃武罗、伯困、熊髡、龙圉而用寒浞……以为己相。 浞行媚于内而施赂于外，愚弄其民而虞羿于田，树之诈慝以取其国家，外内咸服。 羿犹不悛，将归自田，家众杀而亨之。”《孟子・离娄章句下》：“逄蒙学射于羿，尽羿之

道，思天下惟羿为愈己，于是杀羿。”唐孔颖达等《春秋左传正义》引《孟子》之说，指出“家众”乃羿之家众中逄蒙也。

〔101〕“浇身”四句：言浇淫乐忘身，终于掉了脑袋。浇（ào），寒浞之子。被服，披服。强圉（yǔ），强暴有力。被服强圉，指具有好勇斗狠的性格。不忍，不加克制。用夫，同“用乎”。因乎，因而。颠陨，坠落。据《左传》记载，浇杀死夏后相（夏朝第五位帝王），安居无忧，日作淫乐，终为相子少康所杀。（事见《左传·襄公四年》《左传·哀公五年》）

〔102〕“夏桀”二句：言夏桀违背常道，终遭祸殃。夏桀，夏代的最后一个君王。荒淫暴虐，后为商汤所败，出奔南方而死。

〔103〕“后辛”二句：言商纣王为政残暴，终致亡国。后辛，商代最后一个帝王纣王的名字。在抵御武王的讨伐时，他因“前徒倒戈”，兵败自焚。菹醢（zū hǎi）：一种把人剁成肉酱的酷刑。纣王曾对忠言直谏的大臣梅伯施以醢刑。屈原《天问》中即有“梅伯受醢”的句子。殷宗，殷商的宗庙。指国祚。

〔104〕“汤禹”四句：叙述夏、商、周三代开国之君为政恭谨的情况，以与上文所述启、羿、浇、桀、后辛五个暴君亡国丧身之事相对照。汤，商汤。灭桀而有天下，是殷商的开国贤君。禹，夏禹。禅舜位而有天下，是夏代开国贤君。俨，戒惧。祗敬，恭敬。周，指周朝初年的文王、武王和周公。莫差，没有差错。举贤才而授能，推举有贤德的人，对有能力的人委以重任。不颇，没有偏差。

〔105〕“皇天”二句：言皇天并无偏袒，它看谁有德，就采取措施去辅助谁。阿，庇护。错，同“措”。

〔106〕“夫维圣哲”二句：言只有圣哲之人行盛美之行，才能享有国土。用，享有。下土，相对皇天而言，指国土，天下。

〔107〕计极：民之计极，人民考虑事情的准则，意即人民的愿望。计，计虑。极，犹准则。

〔108〕“夫孰非义”二句：承上文，言古往今来，哪一个不义、不善的君主能在世上行得通呢？用，用事。服，与“用”义同，即“行事”。

〔109〕“阽余”二句：虽然我身临险境，几近于死，但回顾初衷，并不后悔。阽（diàn），临危。

〔110〕“不量”二句：言前代圣贤所以遭祸，就是因为他们没有根据世情来调整自己。量凿而正枘，根据斧头上的孔来削制斧柄。凿，斧上插柄的孔。唐李善《文选注》认为此比喻“臣不量君贤愚，竭其忠信，则被罪过而身殆也”。

〔111〕曾：同“增”。歔欷：哀泣之声。郁邑：同“郁抑”。忧愁，闷闷不乐。

〔112〕“哀朕”句：感叹自己生不逢时。

〔113〕“揽茹蕙”二句：以蕙草拭泪，但泪水涟涟，已将衣襟打湿。茹蕙，柔嫩的蕙草。（以上第五节，以女媭的劝说作引子，通过亡国之君与贤圣之君的对比，说明得道则兴、失道则亡的古今道理，并流露出生不逢时的悲叹。）

〔114〕“跪敷”二句：收束上文，言自己在向重华陈词的过程中已领悟了问题的答案。敷衽，铺开衣服前襟的下摆。敷，铺展。耿，明亮。此处为全句的状语。中正，中正之道。

〔115〕驷：驾车的四匹马。这里用作动词，指驾驭。玉虬：色白如玉的虬龙。虬，无角的龙。鹥（yì）：凤凰一类的鸟。溘（kè）：迅疾貌。埃风：裹挟尘埃的大风。上征：言乘风向天上飞行。自此二句开始，诗人上天入地，求索真理。

〔116〕发轫（rèn）：起程。轫，阻住车轮的木头，启行时撤去。苍梧：九嶷山。即屈原向重华陈词之所。参见本篇前注〔96〕。县圃：神人所居之地。相传昆仑山有三级，县圃在其中级。县，古“悬”字。两句中“朝发……夕至……”的叙述方式，成为后代诗赋中的固定句式。如汉班彪《北征赋》“朝发轫于长都兮，夕宿瓠谷之玄宫”；晋刘琨《扶风歌》“朝发广莫门，暮宿丹水山”；北朝乐府《陇头歌辞》“朝发欣城，暮宿陇头”；《木兰辞》“朝辞爷娘去，暮宿黄河边”“旦辞黄河去，暮至黑山头”；北朝郦道元《水经注·江水》“朝发白帝，暮到江陵”；唐李白《秋夜宿龙门香山寺》“朝发汝海东，暮栖龙门中”。

〔117〕琐：宫门上雕镂的玉连环图案。此以“琐”代门，指神灵

居所。

〔118〕羲和：神话传说中替太阳赶车的神。《初学记》引《淮南子》许慎注曰：“日乘车，驾以六龙，羲和御之。”弭节：谓停止鞭龙使车缓行。弭，止。节，策，鞭子。崦嵫（yān zī）：西方神山，为太阳止息之所。两句承上“日忽忽其将暮”而来，命令羲和暂停鞭龙，不要急急地向崦嵫靠近。慢一些走，不要使太阳很快迫近崦嵫。

〔119〕求索：寻求。当指寻求天帝之所在。故后文有“令帝阍开关”之句。

〔120〕咸池：神话中的东方大泽，为太阳洗浴之所。扶桑：神树名。太阳初升时从该树掠过。《淮南子·天文》：“日出于汤谷，浴于咸池，拂于扶桑，是谓晨明。”两句言游于日出之所。

〔121〕若木：日没处的神木。《山海经·大荒北经》：“大荒之中，有衡石山、九阴山、洞野之山，上有赤树，青叶赤华，名曰若木。”拂日：言以神木树枝抵住太阳，使之慢些下落。相羊：与“逍遥”意同，即徜徉，徘徊。两句言行于日没之所。

〔122〕望舒：神话中为月亮驾车的神。飞廉：风神，通称风伯。奔属：飞奔着紧随其后。属，跟随。两句言夜间行游。

〔123〕鸾：凤一类的鸟。皇：即“凰”。雄者曰凤，雌者曰凰。先戒：前哨。

〔124〕雷师：雷神，名曰丰隆。未具：尚未准备停当。

〔125〕“吾令”二句：言乘凤飞行，日夜兼程。凤，即前文中所言之“鹥”。

〔126〕“飘风”二句：言飘风聚云，前来拦阻。飘风，旋风。屯，结聚。离，通“丽”，附着，相随。帅，同“率”，率领。云霓，云彩和虹霓。霓，副虹。旧注以云霓喻小人。御，抵御。

〔127〕“纷总”二句：写云霓的开合升降之状。纷，纷杂，此用作“总总”的状语。总总，杂多聚集之貌。

〔128〕“吾令”二句：言守门人将他拒于天门之外。帝阍，天帝的守门人。关，门闩。开关，即开门。阊阖（chāng hé），天宫之门。据闻一多《离骚解诂》的考证，屈原上叩天阍的目的是为了求女；并征

引汉司马相如《大人赋》中“排阊阖而入帝宫兮，载玉女而与之归”的句子，说明上天求女是古代神话中的常见题材。闻说甚是。因为以求女作为追求理想的象喻，正是屈骚风格；且此解正与下文“高丘之无女”“下女之可诒”相照应。

〔129〕“时暧”二句：言求女未得，虽时间已晚，但仍在天门外翘首盼望，结兰草以传达爱慕之情。暧暧，昏暗貌。将罢：指时之将尽。罢，极，终了。

〔130〕白水：神话中的一条河流。据《淮南子》称，其源出于昆仑山。

〔131〕阆（làng）风：神山，在昆仑山上。绁（xiè）马：系马。

〔132〕高丘：指上文中的阆风山。无女：指求神女而不可得。

〔133〕春宫：东方青帝之宫。

〔134〕下女：人间之女。相对天宫、高丘的神女而言。这里指后文中的简狄和二姚。诒：通“贻”，赠送。

〔135〕丰隆：雷神。宓（fú）妃：相传为伏羲氏之女，溺死于洛水，遂为洛水之神。两句言我命令雷神驾云，带我去寻找宓妃。

〔136〕佩纕：佩用的丝带。结言：通言语。此言以佩带传达爱慕之情。蹇修：旧注以为是伏羲氏之臣。章炳麟《菿汉闲话》引《释乐》曰：“徒鼓钟谓之修，徒鼓磬谓之蹇。”由此，蹇修可释为声乐。理：使者。此言以音乐通情愫。两句写向宓妃求爱。

〔137〕“纷总”二句：言宓妃态度暧昧，若即若离，难以迁就。纬繣（huà），固执，不通人情。

〔138〕次：居次，住宿。穷石：山名。在今甘肃张掖。朱熹据《左传》以为是后羿之国。濯（zhuó）发：洗头发。洧（wěi）盘：神话中水名。据云源出日没处的崦嵫山。据郭沫若的解释，两句是写宓妃的淫荡。

〔139〕保：此解作“恃”，倚仗。此句是说宓妃恃美而傲慢。

〔140〕“虽信”二句：言宓妃虽然非常美丽，但傲慢无礼，因此只好离开她，改作他求。来，乃，于是。

〔141〕“览相观”二句：言遍观四极、历览上天之后始回到地上。

览相观，三字同义连用，都是“看”的意思。四极，四方极远之处。周流，周游。

〔142〕瑶台：美玉砌成的高台。偃蹇：高耸之貌。

〔143〕有娀之佚女：指帝喾之妃、商代始祖契的母亲简狄。参见《诗经·大雅·生民》题解。有娀，有娀氏，古代部落名。简狄是有娀氏的女儿。佚，美。

〔144〕鸩（zhèn）：一种恶鸟。据说其羽有毒，可制毒酒。《汉书》颜师古注引应劭语曰：“鸩鸟黑身赤目，食蝮蛇野葛。以其羽划酒中，饮之立死。”

〔145〕雄鸠：雄的斑鸠。鸣逝：鸣叫着飞走。佻巧：轻佻巧诈。两句言欲使雄鸠为媒，但又嫌其巧而不实，不可信任。

〔146〕自适：自行前往。适，往。

〔147〕凤皇：指玄鸟。在上古神话中，简狄的婚姻和玄鸟有很大关系。《诗经·商颂·玄鸟》曰：“天命玄鸟，降而生商。”《史记·殷本纪》曰：“三人行浴，见玄鸟堕其卵，简狄取吞之，因孕生契。”受诒：即“授贻”，指将礼物交给简狄。诒，同“贻”，赠与。此用作名词，指馈赠之物。高辛：帝喾的称号。两句言帝喾已通过凤凰向简狄传情，因此担心帝喾会抢在自己前面。

〔148〕“欲远”二句：写求索中的彷徨心理。想到一个遥远的地方去安身，但又没有合适的去处，只好四处游荡。集，本意是鸟停于枝上，故从“隹”、从“木”。这里与“止”同义。

〔149〕“及少康”二句：趁着少康还未成家，我先留下有虞氏的两个女儿吧。少康，夏后相之子。夏后相被浇杀灭后，少康逃至有虞国，后灭浇，中兴夏朝。参见本篇注〔101〕。家，用作动词，指成家、有家室。有虞，国名。是舜的后裔，姚姓。据《左传·哀公元年》记载，少康逃到有虞国后，有虞君长就把自己的两个女儿嫁给了他。

〔150〕理：提亲之人。与“吾令蹇修以为理”中之“理”同义。媒：媒人。导言：指媒人的撮合之词。导，通。不固：不稳固。两句言使者无能，媒人笨拙，求娶二姚之事恐怕很难成功。

〔151〕蔽美而称恶：隐善扬恶。

〔152〕“闺中”四句：对求女之事的总结，言闺中深远，美女难求；怀王不寤，局势严峻，一腔幽愤之情不得不发。（以上第六节，通过天上、仙界与人间的场景交错，写求爱的炽烈和失恋的痛苦，并以此喻指对理想的追求。）

〔153〕索：取。 藑（qióng）茅：一种可用来占卜的茅草。 一说即今之旋覆花。 以：同“与”。 筳（tíng）：小竹棍。 篿（zhuān）：楚语指结草折竹的占卜方式。 灵氛：善卜者。 两句写问卜。 与上章求女之事相同，这也是作者的假托之词。

〔154〕“孰信”句：谁是真正美好而值得爱慕的人呢？

〔155〕“思九州”二句：天下这样广阔，难道只有这里才有可追求的女子吗？ 九州，传说中的我国中原上古行政区划。 后以代指全中国，或泛指天下。 是，此，这里，此代指楚国。

〔156〕勉远逝：勉力远行。 释：放开。 女：“汝”的通假字，你。 两句谓：你勉力到远方去吧，哪个希求美才的人能错过你呢？

〔157〕何所：何处，哪个地方。 芳草：喻美女。 但这里的美女又是贤君的虚拟意象。 故宇：故居，故土。 两句劝屈原另适贤君，不必留恋故国。 后世只取“何所独无芳草”的浅层喻义，谓女子之易求。 宋苏轼《蝶恋花·春景》“天涯休息无芳草”句亦由此生发。

〔158〕眩曜：迷乱貌。

〔159〕“民好”二句：人们的好恶，原不一致，而楚国这批结党营私的小人，其好恶，尤为特殊。 党人，结党营私的小人。

〔160〕“户服”二句：谓党人以恶为美，是非颠倒。 户，家家户户。 服，佩带，动词。 艾，白蒿。《离骚》中以为是恶草。 盈要，满腰。 要，同“腰”。

〔161〕珵（chéng）：美玉。 旧说珵大六寸，其耀自照。 当：意谓正确的估价。 两句谓那些党人连草木的美恶都分辨不清，又岂能正确认识美玉的价值呢？

〔162〕苏：索取。 粪壤：粪土。 帏：香囊。

〔163〕“巫咸”二句：言：巫咸将于晚上降神，我怀揣香椒和精米迎候他。 巫咸：传说能够沟通人神的古代神巫。《国语·楚语》：“在男

曰觋，在女曰巫。”糈（xǔ），祭祀用的精米。要（yāo）：同“邀”，迎接。

〔164〕“百神”二句：天上百神遮天蔽日而来，九嶷山诸神缤纷而迎。翳，遮蔽。备，悉，全部。降，从天而降。

〔165〕皇：王逸解为“皇天”；朱熹解为“百神”；但从语法结构上看，此处的“皇”字可解为“剡剡”的状语，即辉煌之意。剡剡：犹言“闪闪”，发光貌。扬灵：发其光灵。吉故：美好的前事。联系上下文，两句是说百神灵光焕发，告诉我一些前代君臣遇合的吉事。

〔166〕“求榘矱（jǔ yuē）”句：寻求与自己同德的人。榘，同“矩”，一种量求方形的工具。矱，一种度量长短的工具。此以“矩矱”喻法度。

〔167〕“汤禹”句：言商汤、夏禹都虔诚地求过贤臣。严，同“俨”，恭敬。

〔168〕挚：商汤贤相伊尹的名字。咎繇（gāo yáo）：即皋陶。相传他初为舜臣，后事夏禹，并被选为继承人，因早死，未继位。调：协调和谐。此与上句中的“合”相对应，谓君臣遇合，天下太平。

〔169〕“苟中情”二句：言只要你内心热爱美好的东西，不必托于媒使也能同圣君遇合。下文所举，便是这方面的例证。

〔170〕“说操”二句：言傅说与殷高宗遇合之事。说（yuè），傅说。殷代的贤人。筑，筑墙用的木杵。古时筑墙以木版（板）夹土，以杵砸实，故称版筑。傅岩，古地名，在山西平陆县东三十五里。相传傅说为奴隶时曾版筑于此。武丁，殷高宗的名字。相传高宗渴求贤人，于梦中得之，便以所梦之人的形象访求于天下。后得傅说，因与所梦之人形貌相同，乃用为相，终使殷室大兴。

〔171〕“吕望”二句：言姜太公与周文王遇合之事。吕望，周代开国贤臣。姜姓、吕氏、名望，一说字子牙，俗称姜太公。相传他未遇时曾在殷都朝歌做屠夫，老年垂钓渭水之滨，遇文王，始被重用。鼓刀，挥刀，摇动刀子。此指吕望做屠夫事。周文，周文王。得举，得到提拔、重用。

〔172〕“宁戚”二句：宁戚遇齐桓公之事。宁戚，春秋时卫人。

相传他原是困顿商贾，夜宿齐国东门之外。桓公夜出，正在饲牛的宁戚敲牛角而歌曰：“南山矸，白石烂。生不逢尧与舜禅。短布单衣适至骭。从昏饭牛薄夜半，长梦曼曼何时旦？”（此歌版本各异，引文从《三齐记》）桓公听到，知其贤，拜为上卿，后又升为相国。该辅，成为辅佐大臣中的一员。

〔173〕“及年岁”二句：言当趁年富力强之时择贤君而辅佐之。未晏，未晚。央，尽。

〔174〕“恐鹈鴂”二句：担心时间来不及。鹈鴂（tí jué），子规鸟，又名杜宇或杜鹃，常在百花凋零的初夏时节鸣叫。唐李白《闻王昌龄左迁龙标遥有此寄》一诗中即有“杨花落尽子规啼”的句子。不芳，不着花。

〔175〕琼佩：琼玉之佩。此喻美德。偃蹇：高卓，突出。薆然：遮蔽貌。两句言自己的美质被世俗小人所遮掩。

〔176〕谅：信。折：摧折。两句言担心受到党人的迫害。

〔177〕“时缤纷”二句：言世间事发生很大变化，自己已无法继续留在故国。

〔178〕“兰芷”四句：以香草化为恶草，喻昔日之君子，今日已变成小人。

〔179〕“岂其有”二句：承上文，言一些人的变节没有其他原因，完全是他们不自爱的缘故。

〔180〕无实而容长：无实质而虚有其表。容，外表。长，好，多。

〔181〕专佞（nìng）：专横而谗佞。慢慆（tāo）：傲慢而狂妄。榝（shā）：恶草，今名吴茱萸。似茱萸而小。佩帏：所佩之香囊。两句言香草变质，恶草却想置于香囊。

〔182〕干：干谒。务：追求。祗：敬。两句言既然在钻营门路，以求进身君侧，又怎能敬重芳洁之道。

〔183〕“固时俗”句：谓时俗如此，人们必将随波逐流。流从，一本作“从流”。

〔184〕“览椒”二句：看到芳草中的上品椒、兰都发生了如此的变化，那么揭车、江蓠这些一般香草的情况也就可想而知了。

〔185〕“惟兹佩”四句：言唯有自己的美质，虽历遭委弃而芳香依旧。兹佩，此佩。指自身美德。委厥美，指自己的美质见弃于当世之人。未沬，未已，未曾泯灭。

〔186〕“和调度”四句：回应上文，言准备趁自己美质未衰之际远游求女，即寻求志同道合之人。（以上第七节，屈原怀着巨大的痛苦和矛盾提出了一个新的问题：自己究竟是去国远游呢，还是坚守故土？通过对楚国现状和自身处境的进一步分析，他决定走出楚国，去寻求理想的实现。战国时代，是人才流动频繁的时代，“楚才晋用”的现象非常普遍，屈原做出这样的决定是很正常的。）

〔187〕历吉日：选择一个好日子。

〔188〕羞：同“馐”，精美的食品。精：这里的意思是捣碎。爢：同“糜”，细屑。粻(zhāng)：食粮。两句言以琼枝玉屑作为路途上的干粮。

〔189〕“为余”二句：言以飞龙驾车，以美玉、象牙为车饰。瑶，玉石。象，象牙。

〔190〕离心：指离心离德之人。同：同路。此句言没有志同道合之人。

〔191〕自疏：自动疏远朝廷。

〔192〕邅（zhān）：转，改变方向。昆仑：我国最大的山脉。起于帕米尔高原的葱岭，沿新疆、西藏边境入青海、四川，古人把它视为神山。两句言准备绕道前往昆仑山，路途遥远，天地广阔。

〔193〕晻蔼（yǎn ǎi）：日光被遮，昏暗不明的样子。玉鸾：马身上所系的玉鸾铃。

〔194〕天津：天河渡口。

〔195〕翼：翅膀。此处用作动词，扇动翅膀。承：举。旂：旌旗的共名，通“旗”。翱：扇动翅膀飞行。翔：张翅在空中滑行。翼翼：整齐有序。两句言凤鸟拥着旗帜，在空中随车飞翔。

〔196〕流沙：遥远的西方沙漠。

〔197〕遵：沿着。赤水：神话中水名，发源于昆仑山。容与：徘徊犹豫的样子。

〔198〕麾：指挥。梁津：犹言桥渡，此合起来作动词，意谓把蛟龙作为桥梁和渡口。诏：命令。西皇：西方之神，古帝王少皞氏。涉：渡。两句言指挥蛟龙横于水面，搭成桥梁，命令少皞氏把我渡过水去。

〔199〕“路修”二句：路远多艰，需腾驰众车，命令众车径直侍候身边。

〔200〕路：途径。不周：不周山，在昆仑山西北，神话中的山名。

〔201〕西海：传说中最西方的海。期：目的地。

〔202〕屯：聚集。玉轪（dài）：是对“轪”的美称。轪，车辖。两句言聚集众车，并驾齐驱。

〔203〕婉婉：同“蜿蜿”，蜿蜒之意。

〔204〕委蛇（yí）：形容云旗飘动的样子。

〔205〕抑志：即“抑帜”。志，当读作“帜”。按下旗帜，作“弭节”解，因停车时旗帜下垂，不再飘动。邈邈：邈远无际。两句言车虽停而神思却仍在高驰远逝。

〔206〕《九歌》：见本篇前注〔97〕。《韶》：相传为虞舜时的舞乐。乐共九章，故又名《九韶》。

〔207〕假日：假借时日。假，借。媮（yú）乐：娱乐。

〔208〕陟：与“升”同义。升皇：初升的太阳。赫戏：联绵词，光明辉煌貌。临睨（nì）：居高下视。两句言在明亮的晨光中忽然看到了自己的故乡。

〔209〕“仆夫”二句：言看到故乡以后，仆夫悲哀，辕马伤怀；人徘徊不进，马也退缩不前。蜷局，拳曲。诘屈不伸之状，喻不肯前进。（以上第八节，是屈原为寻求理想所做的最后一次远游。他来到西方极乐世界，享受了精神上的愉悦，但当他俯瞰故国的土地时，心灵却受到极大的震撼，再难以享受神仙世界的平和与宁静。）

〔210〕乱：据郭沫若考证是“辞”字之误。从内容看是对全篇思想的撮要；从音乐节奏看是乐章的尾声。已矣哉：犹言“算了吧！”

〔211〕“国无”四句：饱含诗人的痛苦与绝望——既然国中无人，没有人能够理解我，我为什么还要怀恋故乡呢？既然不足与当朝者共建美政，我还是效法彭咸的好。彭咸，见前注〔52〕。

【解说】

《离骚》是屈原于怀王朝被疏去职后自叙生平的长篇政治抒情诗。诗从自己的世系、品格写起，反复倾诉对祖国命运的关怀，表达他要求革新政治、与腐朽贵族集团斗争的强烈意志；后半部糅合神话传说、历史人物和楚地风物，创造了如梦如幻、扑朔迷离的境界，表现了诗人的求索精神和失败后理想幻灭的痛苦心理。屈原的心态，两千年来不断在中国知识分子身上重复；屈原用理想、热情、矛盾、痛苦乃至生命铸成的诗篇，也一直在中国文学史上闪烁着夺目的光芒。《离骚》不仅是屈原的代表作，而且是楚辞的代表作，后人因此又称楚辞为“楚骚”，把楚辞体的作品称为“骚体”。

九歌·东皇太一

吉日兮辰良〔1〕，穆将愉兮上皇〔2〕。
抚长剑兮玉珥〔3〕，璆锵鸣兮琳琅。〔4〕
瑶席兮玉瑱，盍将把兮琼芳。〔5〕
蕙肴蒸兮兰藉，奠桂酒兮椒浆〔6〕。
扬枹兮拊鼓，疏缓节兮安歌，
陈竽瑟兮浩倡。〔7〕
灵偃蹇兮姣服，芳菲菲兮满堂〔8〕。
五音纷兮繁会〔9〕，君欣欣兮乐康〔10〕。

【注释】

〔1〕“吉日”句：犹言“今天是个好日子”。《诗·小雅·吉日》篇

有“吉日维戊”“吉日庚午”的诗句。“良辰吉日”一词至今仍活跃在我们的语言中。

〔2〕穆：恭敬。 愉：同“娱”，此处指娱神，使神灵愉快。 上皇：指天帝东皇太一。

〔3〕珥：剑珥，剑鼻。 玉珥，玉饰的剑珥。

〔4〕璆锵（qiú qiāng）：佩玉相撞击的声音。 琳琅：美玉。 两句言主祭人带剑佩玉，恭敬肃穆地准备礼拜天神。

〔5〕瑶席：䔄草编织而成的坐席。 瑶，“䔄”的假借字，一种香草。 玉瑱：压席子的玉器。 瑱，同“镇”，压。 琼芳：美玉般的花朵。两句写神堂布置的精美。

〔6〕肴蒸：即肴脀。 祭祀用的肉。 蕙肴蒸兮兰藉，谓用蕙草包裹着肴蒸，并用兰草垫底。 桂酒、椒浆：用桂、椒等芳香植物浸制的酒。两句写祭品的丰盛、芳洁。

〔7〕枹（fú）：同“桴”，鼓槌。 拊（fǔ）：击。 安歌：与“缓节”对应，指徐缓平和地歌唱。 陈：列。 竽瑟：伴奏用的管乐器和弦乐器。浩倡：即浩唱，大声歌唱。 倡，同“唱”。 三句写奏乐的三个阶段。极写娱神场面之盛。

〔8〕灵：此指娱神巫女。 偃蹇：形容舞蹈的仪态。 姣服：华丽的服装。 两句言巫女起舞时满堂中都飘散着香气。

〔9〕五音：指宫、商、角、徵、羽五个音阶，相当于简谱中的 1、2、3、5、6。 纷至繁会：指五音的缤纷错杂，富于变化。

〔10〕君：指东皇太一。 欣欣：欢快貌。 此句言东皇太一看到这样的场面一定非常愉快。

【解说】

九歌，原是流传于楚国的一套民间祭神乐歌，《离骚》中将《九歌》与传为帝舜时舞曲的《韶乐》相并提，足见其流传年代的久远。 楚辞中的《九歌》，是屈原根据原有的巫祝乐歌加工而成，以供朝廷祭祀娱神之用。 一般认为是屈原的前期作品。《九歌》包括《东皇太一》《云中君》

《湘君》《湘夫人》《大司命》《少司命》《东君》《河伯》《山鬼》《国殇》《礼魂》等十一篇作品，郭沫若认为《东君》一篇当在《东皇太一》之后。从《九歌》先天神，后地神，而后鬼，而后亡魂的排列顺序看，郭沫若先生的意见是可取的。本篇是祭祀天帝的乐歌。《汉书·郊祀志》曰："天神贵者太一，太一佐曰五帝。古者天子以春秋祭太一东南郊。"王逸注曰："太一，星名，天之尊神。祠在楚东，以配东帝，故云东皇。"可知太一是统领天界的第一神，故谓"太一"。

九歌·云中君

浴兰汤兮沐芳〔1〕，华采衣兮若英〔2〕。
灵连蜷兮既留〔3〕，烂昭昭兮未央〔4〕。
蹇将憺兮寿宫〔5〕，与日月兮齐光〔6〕。
龙驾兮帝服〔7〕，聊翱游兮周章〔8〕。
灵皇皇兮既降，猋远举兮云中。〔9〕
览冀州兮有馀，横四海兮焉穷〔10〕。
思夫君兮太息，极劳心兮忡忡〔11〕。"

【注释】

〔1〕浴：洗身。兰汤：兰草煎成的洗浴热水。沐：洗头发。芳：指与兰汤类似的芳香之水。古人祭祀前必先斋戒沐浴，以示虔敬。

〔2〕华采：华丽的色彩。若英：若木之英，即若木花。若木为神树，故用之，此当作动词用，指佩戴若木之花。

〔3〕灵：指云中君。连蜷：回环宛曲貌。既留：已留在天上。

〔4〕烂昭昭：灿烂光明之貌。未央：言无穷无尽。

〔5〕蹇（jiǎn）：发语词。憺（dàn）：安居。寿宫：神堂，供神之处。此句谓云神安享祭祀，无去意。

〔6〕与日月兮齐光：谓云神的功德可与日月同辉。云行雨施，云神与雨有着密切的关系，而雨在古代农业生产中起着重要的作用，所以在古人心目中云神占有与太阳神同等的位置。祭云神，当抱有祈雨的目的。

〔7〕龙驾：龙车。帝服：天帝之服。此句写云神的车乘服饰之华盛。

〔8〕周章：周游往来。此句是云神扮演者在模拟云在空中飘浮、舒卷的情态。

〔9〕皇皇：辉煌。皇，同“煌”。猋（biāo）：迅疾。两句言云神降临，安享祭祀后又很快地回到云中。

〔10〕“览冀州”二句：言云神之泽无处不到。冀州，古中国分冀、兖、青、徐、扬、荆、豫、梁、雍九州，冀州居九州之首，故以作为九州中国的代称。焉穷：何有穷尽。

〔11〕夫：语气词。君：指云中君。太息：同叹息。忡忡（chōng）：同“忡忡”，心神不定的样子。两句写云神离去后，主祭人忧心百转，神思不安。

【解说】

本篇是祭云神的歌辞。云中君，云神。云神名丰隆，已见于《离骚》，此当是楚人对云神的别称。诗歌的抒情主人公当是主祭的男巫，他扮演着主祭人和云中君的双重角色。

九歌・湘君

君不行兮夷犹〔1〕，蹇谁留兮中洲〔2〕。

美要眇兮宜修，沛吾乘兮桂舟。[3]
令沅湘兮无波，使江水兮安流。[4]
望夫君兮未来，吹参差兮谁思[5]！
驾飞龙兮北征，邅吾道兮洞庭。
薜荔柏兮蕙绸，荪桡兮兰旌。[6]
望涔阳兮极浦，横大江兮扬灵。[7]
扬灵兮未极，女婵媛兮为余太息。[8]
横流涕兮潺湲，隐思君兮陫侧[9]。
桂棹兮兰枻，斫冰兮积雪[10]。
采薜荔兮水中，搴芙蓉兮木末。[11]
心不同兮媒劳，恩不甚兮轻绝。[12]
石濑兮浅浅[13]，飞龙兮翩翩[14]。
交不忠兮怨长[15]，期不信兮告余以不闲[16]。
鼂骋骛兮江皋，夕弭节兮北渚[17]。
鸟次兮屋上[18]，水周兮堂下[19]。
捐余玦兮江中，遗余佩兮醴浦。[20]
采芳洲兮杜若，将以遗兮下女。[21]
时不可兮再得，聊逍遥兮容与[22]！

【注释】

〔1〕君：湘君。夷犹：犹豫，迟疑。

〔2〕蹇：发语词。谁留：因谁而滞留。中洲：水中之洲。

〔3〕要（yāo）眇：意与“窈窕”相近，形容姿态美好。宜修：修饰得适度，相宜。沛：形容船行迅速。两句写湘夫人容服美丽，乘舟往迎。

〔4〕沅、湘：二水名。沅水由西向东、湘水由南向北注入洞庭湖。安流：水波不兴。两句承上而出，希望风平浪静，以使自己所乘桂舟行进平稳。

〔5〕参差：一作“篸差”，指排箫。相传为舜所造，由长短不一的竹管组成。谁思：思谁，指思念湘君。

〔6〕“驾飞龙”四句：湘夫人的想象之词。她觉得湘君已经乘舟向北而来。飞龙，快船。邅（zhān），回转。柏，有本作“拍”，闻一多认为是“帕”的假借字，旗帜的总称。（见《楚辞校补》）绸，缠绕旗杆之物。全句谓以薜荔香草为旗帜，以蕙草缠绕旗杆。“荪桡”句与此意同，谓以荪为桡，以兰为旌。桡（ráo），船桨。

〔7〕“望涔（cén）阳”二句：仍是湘夫人的想象。她觉得湘君已进入云梦泽，向涔阳急行，并将渡过长江与她相会。从《湘夫人》“帝子降兮北渚”一句看，湘夫人的位置当在云梦泽北、汉水一带。涔阳，指涔水之北、云梦泽西岸一带。极浦，遥远的水边。指涔阳。横，横渡。大江，长江。扬灵，焕发灵光。朱熹《楚辞集注》的解释是“扬灵者，扬其光灵，犹言舒发意气也。”今人有将“扬灵”解释为“扬舲”，即扬帆前进，本书不取。

〔8〕“扬灵”两句：回到现实，言湘君最终未至，侍女都为我感到忧伤。极，到达。女，湘夫人身边的侍女。婵媛，见《离骚》注〔85〕。

〔9〕潺湲（chán yuán）：形容泪流不止的样子。隐：痛。陫侧（fěi cè）：同“悱恻”，形容内心悲苦凄切。

〔10〕棹：船桨。枻（yì）：船舷。斫冰：喻船桨入水。积雪：言船桨打水，堆出白色的水花。两句写行船。

〔11〕“采薜荔”二句：湘夫人的叹悔之词。薜荔陆生，今采于水；芙蓉水生，今采于木，比喻自己求偶失当。

〔12〕“心不”二句：言对方与自己不能同心，所以媒人也只有徒劳；因恩情并不深厚，所以轻易便相弃绝。

〔13〕石濑：石上流水。浅（jiān）浅：水流迅疾的样子。

〔14〕翩翩：形容湘君所乘飞龙快船轻快如飞。

〔15〕“交不忠”句：结交不忠之人，故多有忧怨。

〔16〕“期不信”句：不信守期约反而告诉我没有空闲。

〔17〕“鼂骋”二句：言为与湘君相见，整整奔波了一天。鼂（zhāo），同“朝”。骋骛，犹言奔走。江皋，江边。弭节，见《离骚》注〔118〕。北渚，指云梦泽北岸。

〔18〕次：栖息。

〔19〕“水周”句：水在堂下环流。

〔20〕“捐余”二句：表示与湘君的决绝之情。玦，玉饰的一种，佩，佩带。两者均为男子所佩之物，当是湘君所赠，捐弃以示不复相思。澧浦，澧水岸边。澧水，流经湖南省西北部的河流，于澧县注入洞庭湖。

〔21〕“采芳”二句：言内心实难相舍，复又采香草送给湘君的侍女，以传达相思之意。杜若，香草名，别称“竹叶莲”。多年生草本，叶片长椭圆形，夏季开白花。全草可入药。

〔22〕“聊逍遥”句：言慢慢徘徊，以排遣心中愁思。《湘夫人》的结句，与此篇大致相同。

【解说】

本篇与下一篇《湘夫人》可视为姊妹篇，两相应合中描写了湘水一对配偶之神的恋爱故事。名为《湘君》者，抒情主人公实是湘夫人。诗通篇描写湘夫人等待湘君不至而产生的怨艾和悲伤。

九歌·湘夫人

帝子降兮北渚〔1〕，目眇眇兮愁予〔2〕。
嫋嫋兮秋风，洞庭波兮木叶下。〔3〕
登白薠兮骋望〔4〕，与佳期兮夕张〔5〕。
鸟何萃兮蘋中，罾何为兮木上〔6〕？

沅有茝兮澧有兰[7]，思公子兮未敢言[8]。
荒忽兮远望[9]，观流水兮潺湲。
麋何食兮庭中，蛟何为兮水裔？[10]
朝驰余马兮江皋，夕济兮西澨。[11]
闻佳人兮召予[12]，将腾驾兮偕逝[13]。
筑室兮水中，葺之兮荷盖[14]。
荪壁兮紫坛[15]，播芳椒兮成堂[16]。
桂栋兮兰橑，辛夷楣兮药房。[17]
罔薜荔兮为帷，擗蕙櫋兮既张[18]。
白玉兮为镇[19]，疏石兰兮为芳[20]。
芷葺兮荷屋，缭之兮杜衡。[21]
合百草兮实庭，建芳馨兮庑门。[22]
九嶷缤兮并迎，灵之来兮如云。[23]
捐余袂兮江中，遗余褋兮澧浦。
搴汀洲兮杜若，将以遗兮远者。
时不可兮骤得，聊逍遥兮容与。[24]

【注释】

〔1〕帝子：指湘夫人。相传湘水之神是帝尧之女、帝舜之妃。“帝子”，犹后世所谓“公主”。此句言湘夫人降临于云梦泽的北岸。与上篇“夕弭节兮北渚”相应合。

〔2〕目眇眇：望眼欲穿。愁予：使我生愁。

〔3〕“嫋（niǎo）嫋”二句：言秋风起处，洞庭湖泛起微波，岸边树叶纷纷摇落。此为楚辞中名句，下开宋玉悲秋之先声。宋玉《九辩》曰：“悲哉秋之为气也！萧瑟兮草木摇落而变衰。”嫋嫋，细微而持续

不断。

〔4〕登白薠（fán）：站在长满白薠的地方。白薠，陆生秋草，多生于湖泽地带，雁以为食。骋望：极目远望。

〔5〕与佳期：与佳人有约。张：陈设布置。

〔6〕“鸟何萃”二句：以鸟、罾失所，喻所愿未得。萃，聚集。蘋，水草。罾，渔网。句言将渔网张在树上。

〔7〕“沅有”句：沅水之滨有芷草，澧水之滨有香兰。此为起兴之辞，以引出下文。

〔8〕“思公子”句：与《湘君》“隐思君兮陫侧”意思相近。公子，即“帝子”，指湘夫人。

〔9〕荒忽：渺茫，迷蒙之意。

〔10〕麋：麋鹿。亦称“四不像”。形体似鹿而大。水裔：水边。朱熹对此二句的解释是：“麋当在山林，而在庭中；蛟当在深渊，而在水裔。以比神不可见，而望之者失其所当也。”（《楚辞集注》）

〔11〕“朝驰”二句：与《湘君》“鼂骋骛兮江皋，夕弭节兮北渚”相对应。一“北渚”，一“西澨”，点明两人奔波终日，却阴错阳差，未得相逢。澨（shì），水边。

〔12〕“闻佳人”句：言与湘夫人早有前约。

〔13〕腾驾：驾车奔腾。偕逝：同去。指共同奔赴新的生活。以下十六句都是对今后生活的想象。

〔14〕葺（qì）：修建。荷盖：荷叶做的屋顶。

〔15〕荪壁：以芳香的荪草为墙壁。紫坛：紫，紫贝的省称。一种色彩斑斓的珍贵贝壳。《九歌·河伯》曰：“紫贝阙兮珠宫。”坛，庭院。此言以紫贝砌坛。

〔16〕“播芳椒”句：言以椒粉入泥抹堂壁。汉代后妃所住宫殿，皆做椒房，取其温暖有香气。

〔17〕“桂栋”二句：言以桂木做栋梁，以香兰木做屋椽；以辛夷花做门楣，以白芷草做卧房。辛夷，木名，初春开花。药，白芷。

〔18〕罔：同“網”，今“网”字。此处意为编织。擗（pǐ）：剖析开。櫋（mián）：室中隔扇。两句言将薜荔织成帷帐，剖蕙草制成的隔

扇也已陈设停当。

〔19〕镇：镇压坐席之物。

〔20〕疏：分布，陈列。

〔21〕“芷葺”二句：将上文所言荷屋复葺以白芷，又用杜衡香草环绕之。

〔22〕“合百草”二句：聚合百草充实庭院，将各种芳香之物摆在廊下、门前。庑（wǔ），廊。

〔23〕“九嶷”二句：言九嶷诸神缤纷而至，来者如云。

〔24〕“捐余”六句：回到现实。句式与《湘君》末六句相类。所不同者，湘君对美好的未来并不绝望，故不言“时不可兮再得”，而言“时不可兮骤得”，谓美好的日子不能马上到来。

【解说】

本篇是上篇《湘君》的姊妹篇。全篇作男神思念女神语气，写其望之不见、遇之无因的心情，行文与前篇多有照应。名为“湘夫人”，抒情主人公实是湘君。

九歌·大司命

广开兮天门，纷吾乘兮玄云〔1〕。
令飘风兮先驱，使涷雨兮洒尘。〔2〕
君回翔兮以下，逾空桑兮从女〔3〕。
纷总总兮九州，何寿夭兮在予〔4〕！
高飞兮安翔〔5〕，乘清气兮御阴阳〔6〕。
吾与君兮齐速〔7〕，导帝之兮九坑〔8〕。
灵衣兮被被，玉佩兮陆离。〔9〕

一阴兮一阳，众莫知兮余所为[10]。
折疏麻兮瑶华，将以遗兮离居[11]。
老冉冉兮既极，不寖近兮愈疏[12]。
乘龙兮辚辚，高驰兮冲天[13]。
结桂枝兮延伫，羌愈思兮愁人[14]。
愁人兮奈何，愿若今兮无亏。
固人命兮有当，孰离合兮可为[15]？

【注释】

〔1〕广开：大开。天门：天宫之门。玄云：黑云。两句言大司命即将降临，玄云纷绕在他的车乘周围。是巫代大司命自述口气。下两句亦同。

〔2〕先驱：在前开路，担任先导。涷(dōng)雨：暴雨。洒尘：犹“浥路”。使尘土沾湿，不致满天飞扬。两句烘托出大司命庄重、神秘的出场。

〔3〕君：指大司命。回翔：盘旋翱翔。逾：越过。空桑：神话中山名，见《山海经》。从女：即从汝，跟随你。女（汝），指大司命。两句是巫祝的叙述语：大司命已从天界降下，我要越过空桑山跟着他。

〔4〕纷总总：见《离骚》注〔127〕。九州：指天下。详见《云中君》注〔10〕。寿：长寿。夭：短命。两句是大司命自矜语气：天下众多人等，寿命长短皆在我的掌握之中。

〔5〕安翔：从容地飞翔。

〔6〕御：与“乘”同义，驾御，掌握的意思。阴阳：阴阳二气。古人以为天地间有阴阳二气，二气运行，化生万物。

〔7〕吾：巫自指。与：跟从。齐速：同速。齐（齊），一作“斋（齋）”，朱熹以为非是。

〔8〕导：引导。 帝：天帝。 之：往。 九坑（gāng）：一作“九冈”，旧注指九州之山。 闻一多《楚辞校补》认为指湖北荆州松滋县的九冈山，此地为“郢都之望，故楚人献馘于此，祀神于此”。 闻说是。此句是说把天帝（当是东皇太一）引导到人间。

〔9〕被被：同“披披”，飘动的样子。 陆离：见《离骚》注〔78〕。这里是指玉佩的光泽。 两句写大司命的服饰。

〔10〕一阴一阳：乍阴乍阳。 两句谓世俗之人无从知道我“御阴阳”、掌握清浊之气的妙理。

〔11〕疏麻：旧注为神麻，常折之以赠别。 瑶华：玉色花朵。 当是疏麻之花。 一说麻之花色白如玉，服之可却老延年。 遗：赠送。 离居：离居之人，指大司命。 两句的主语是巫。

〔12〕冉冉：渐渐。 既极：既已来到。 寖近：稍稍亲近。 愈疏：更加疏远。 两句言生命渐渐走向衰老，若不对神表示亲近，神会更加疏远自己，对我毫无照顾。

〔13〕龙：指龙车。 辚辚：车行之声。 两句写大司命离去时情景。

〔14〕延伫：久立伫望。 思：指思念大司命。 两句写人们对神的留恋。

〔15〕若今兮无亏：犹言“及时珍重”。 离合：指人神关系上的亲疏。 四句是说：何必发愁呢！ 只要及时珍重，人自有其正常的寿命，与神亲近与否是没有关系的。 这是送神去后主祭者宽慰众人的话。

【解说】

本篇是祭司人间寿夭之神的歌辞，与下篇《少司命》可视为姐妹篇。 大司命总管人类生死，故曰“大”，以与专司儿童生命的少司命相对。 本篇的抒情主人公是扮演大司命的男巫，故诗歌语气多有变化，忽而是第三人称的叙述语气，称“君”；忽而是第二人称的对话语气，称“女”（汝）；忽而是第一人称的自述语气，称“吾”“予”“余”。

九歌·少司命

秋兰兮麋芜，罗生兮堂下[1]。
绿叶兮素枝，芳菲菲兮袭予[2]。
夫人自有兮美子，荪何以兮愁苦[3]？
秋兰兮青青，绿叶兮紫茎。
满堂兮美人，忽独与余兮目成[4]。
入不言兮出不辞，乘回风兮载云旗。[5]
悲莫悲兮生别离，乐莫乐兮新相知。[6]
荷衣兮蕙带[7]，儵而来兮忽而逝[8]。
夕宿兮帝郊，君谁须兮云之际。[9]
与女沐兮咸池，晞女发兮阳之阿。[10]
望美人兮未来，临风怳兮浩歌。[11]
孔盖兮翠旍，登九天兮抚彗星。
竦长剑兮拥幼艾，荪独宜兮为民正。[12]

【注释】

〔1〕麋芜：即蘼芜，一种香草。详见《离骚》注〔8〕。罗生：并生。罗，列也。两句写祭祀神堂的周围环境。

〔2〕予：诗歌抒情主人公的自指。此句即宋陆游所谓“花气袭人”。如“花气袭人知骤暖”（《村居书喜》）、“花气袭人浑欲醉”（《东窗遣兴》）。

〔3〕夫：发语词。荪：香草名，这里借指少司命。此两句言：人

们都会有自己娇美的儿女，你为什么还要替他们担忧受累呢？ 言外之意是希望少司命尽快从天而降，接受祭飨。

〔4〕目成：指两心相悦，眉目传情。 从下文看，这是大司命因爱恋之情过于深切而产生的错觉。

〔5〕“入不”二句：写少司命来去匆匆，并未同自己打招呼。 载云旗，指乘云而去。

〔6〕“悲莫”二句：是少司命离开的一刹那，诗歌主人公的内心感受。 一方面感受到与亲友离别是人生的最大悲哀，另一方面又仍对少司命抱一线希望：若能与她相恋相知，便是人生最大的快乐。 可以看出，这位大司命的心正在“生别离”与“新相知”之间颤动。

〔7〕荷衣兮蕙带：写少司命的服饰。

〔8〕儵（shū）：同“倏”，忽然，极快地。

〔9〕帝郊：天国的郊野。 帝，天帝。 须：等待。 此两句言：你宿在云端的天国郊野，是在等谁呢？ 此言外是问：你的情人是谁呢？

〔10〕“与女”二句：是大司命的内心愿望——多么想在咸池为你洗头发呀，然后再到阳之阿为你把头发晒干。 沐，洗头。 详见《诗经·卫风·伯兮》注〔6〕。 咸池，见《离骚》注〔120〕。 晞（xī），晒干。 阳之阿，神话中地名，疑即日出之处的旸谷。 阿，曲隅。

〔11〕“望美人”二句：言自己为少司命洗发的愿望没有实现，因此只好临风高歌，以排遣胸中的愁闷。 怳（huǎng），失意的样子。

〔12〕“孔盖”四句：言少司命来去匆匆并不是去会什么情人，而是忙着履行她的司命职责。 孔盖，孔雀羽毛制成的车盖。 翠旍（jīng），翠鸟羽毛装饰的旌旗。 旍，同“旌”。 抚彗星，挥动彗星。 彗星形似扫帚，古人想象可以拿它扫除污秽，祛除灾病。《左传·昭公二十六年》：“天之有彗也，以除秽也。”竦，挺出。 这里是高举的意思。 拥，抱。 幼艾，指美丽的婴儿。 艾，美好。 诗句描绘出少司命一手举长剑，一手抱婴儿的生命守护神形象。 最后说：唯有你最适合做人类的主宰。 正，官长。 这里是主宰的意思。

【解说】

与《湘君》《湘夫人》的情况相似，本篇与《九歌》中的《大司命》也可视作姐妹篇。大司命是掌管人类生命的男神，少司命是专司儿童生命的女神。正像《湘夫人》一篇的抒情主人公是湘君一样，本篇的抒情主人公是大司命（《大司命》篇是扮演大司命男巫的自唱自舞）。诗通篇是大司命（的扮演者）对少司命的礼赞，赞美中还流露出对少司命的爱慕与追求。

九歌·东君

暾将出兮东方，照吾槛兮扶桑[1]。
抚余马兮安驱，夜皎皎兮既明。[2]
驾龙辀兮乘雷[3]，载云旗兮委蛇[4]。
长太息兮将上，心低徊兮顾怀。[5]
羌声色兮娱人，观者憺兮忘归。[6]
緪瑟兮交鼓[7]，箫钟兮瑶簴[8]；
鸣篪兮吹竽[9]，思灵保兮贤姱[10]。
翾飞兮翠曾[11]，展诗兮会舞[12]，
应律兮合节，灵之来兮蔽日[13]。
青云衣兮白霓裳[14]，举长矢兮射天狼[15]。
操余弧兮反沦降[16]，援北斗兮酌桂浆[17]。
撰余辔兮高驰翔，杳冥冥兮以东行[18]。

【注释】

〔1〕暾（tūn）：暾暾，形容初升太阳的温暖与明亮。槛：栏杆。扶桑：神话中树名。《山海经·海外东经》：“汤谷上有扶桑。”汤谷是太阳所出之处，出则先上扶桑。此两句言：东君将暾暾东出，光芒先照在居处栏杆前的扶桑树上。

〔2〕“抚余”二句：言东君控着马儿慢慢走，天就要亮了。

〔3〕驾龙辀（zhōu）：即驾龙车。辀，车辕，代指车。乘雷：犹言车声隆隆似雷。雷，借指车行之声。在神话传说中，太阳神乘着六龙所驾之车，羲和是龙车的驭手。

〔4〕云旗：指云。这里将太阳周围的云彩比作龙车上的旗帜。委蛇（yí）：飘动舒卷的样子。

〔5〕“长太息”二句：写太阳神将出未出之际，顾恋所居之处的心情。这反映出太阳将要升上天空时那种摇曳多姿的瑰丽景象。

〔6〕“羌声色”二句：写东君在天上所听到、看到的娱神场面。羌，发语词。观者，围观之人。憺（dàn），安。这里有贪恋的意思。

〔7〕緪（gēng）瑟：把瑟弦绷紧。交鼓：相对击鼓。

〔8〕箫：“捄”的借字，击也。瑶：“摇”的借字。簴（jù）：悬挂钟磬的木架。这里是说用力敲钟，使挂钟的木架都为之摇动。

〔9〕篪（chí）、竽：古代竹制管乐器。篪，同“箎”，单管横吹。竽，与笙类似，有三十六簧管，纵向发声。

〔10〕灵保：扮神的巫。贤姱（kuā）：温柔美好。

〔11〕翾（xuān）：小飞轻扬之貌。翠曾：翠羽轻举。此句喻随同“灵保”登场的女巫舞姿轻妙，如翠鸟展翅。

〔12〕展诗兮会舞：展开诗章吟诵，以与舞蹈相配合。

〔13〕灵之来：有众多神灵前来。蔽日：形容来者之众。以上是东君所闻所见的“声”“色”。

〔14〕“青云”句：东君自谓他以青云为上衣，以白霓为下裳。

〔15〕“举长”句：言东君举起长箭射天狼星。长矢，即太阳的光

芒。天狼，全天最亮的恒星（唯春季金星亮度会超过天狼星），白色。古以为天狼是主侵掠的恶星。宋苏轼《江城子·密州出猎》亦有“西北望，射天狼”的词句。

〔16〕弧：星名。在天狼星的东南，正对着天狼星。弧共九星，八星形状如弓，外一星像矢，亦名天弓，古以为此星主防备盗贼。反：同“返”。沦降：沦没，降落。此言太阳西落。

〔17〕“援北斗”句：谓东君以北斗七星作勺，拿来舀美酒喝。这一构思已见于《诗经·小雅·大东》：“维北有斗，不可以挹酒浆。”此句描写日落星出的景象。

〔18〕撰：持，抓住。辔：缰绳。杳：深远的样子。冥冥：黑暗。此两句言：东君在幽深的黑暗中又急急东行，以便能重新出现在东方的扶桑树上。

【解说】

本篇的抒情主人公是东君——太阳神。诗篇描绘了太阳神从东出到西入这轰轰烈烈的行程，体现出壮丽辉煌的美。

九歌·河伯

与女游兮九河，冲风起兮横波。〔1〕
乘水车兮荷盖〔2〕，驾两龙兮骖螭〔3〕。
登昆仑兮四望〔4〕，心飞扬兮浩荡。
日将暮兮怅忘归，惟极浦兮寤怀〔5〕。
鱼鳞屋兮龙堂〔6〕，紫贝阙兮珠宫〔7〕，
灵何为兮水中〔8〕？
乘白鼋兮逐文鱼〔9〕，与女游兮河之渚〔10〕，

流澌纷兮将来下[11]。

子交手兮东行，送美人兮南浦[12]。

波滔滔兮来迎，鱼隣隣兮媵予[13]。

【注释】

〔1〕女：同“汝”。《文选》作“汝”。 九河：黄河。 相传禹分黄河为九道，曰徒骇、太史、马颊、覆鬴、胡苏、简、洁、钩盘、鬲津。 冲风：暴风。 横波：水波横起。 此两句是河伯对洛嫔说的话。

〔2〕荷盖：以荷叶为车盖。

〔3〕“驾两龙”句：言以两龙驾车服辕，以螭为骖马。 古时一车四马，中间两匹曰“服”，两边的两匹曰“骖”。 螭（chī），无角的龙。这两句仍是河伯唱辞。

〔4〕昆仑：山名，河水的源头。 此句及下六句是巫迎接河伯的唱辞。

〔5〕惟：思念。 极浦：遥远的水边。 寤：觉。 怀：念。 此谓触景生情，思念不止。

〔6〕鱼鳞屋：以鱼鳞为屋。 龙堂：壁上画龙的厅堂。

〔7〕紫贝阙：以紫贝建成宫室的门楼。 珠宫：珍珠建成的宫殿。

〔8〕“灵何”句：联系上文，意思是我已为你建起华丽的神堂，你为何还在水中不肯出来接受祭飨？ 灵，指河伯。

〔9〕白鼋（yuán）：白色大鳖。 鳖多青黄色，白者，言其神异。

〔10〕女：当是“与女游兮九河”之“女”，疑指洛嫔——扮演洛嫔的女巫。

〔11〕流澌（sī）：流冰。 澌，正在融化的碎水。 下：流下来。 此句是写河水解冻时，百川灌河的情况。

〔12〕子：亲昵的第二人称。 这里指河伯的恋人，亦即下句中的“美人”。 一本“子”前有“与”字。 交手：执手，意指执手相拜而

别。南浦：南面的水边。洛水在河水之南。此亦为河神与洛神相恋之一证。后以南浦泛指送别之地，如梁江淹《别赋》："送君南浦，伤如之何？"本诗两句是写河伯送洛神返回洛水，自己继续东行，准备返回日常居处。

〔13〕隣隣：即"鳞鳞"。鳞次栉比的意思。媵（yìng）：原意指陪嫁女子，这里用为动词，是护送陪伴之意。此两句写河伯将返，波涛来迎，群鱼相送。

【解说】

本篇是祭黄河之神的诗。"河伯"是战国时代对黄河之神的通称，黄河与地处南方的楚国关系不大，楚人之所以祭黄河神，一是由于楚地的淫祀之俗，二是由于楚国久已流传着河伯的爱情故事。屈原《天问》曰："帝降夷羿，革孽夏民。胡射夫河伯而妻彼雒（洛）嫔？"洛嫔即神话中的洛水女神宓妃。据《天问》所称，洛嫔乃河伯之妻，因与后羿发生过一段暧昧关系，致使后羿演出射河伯而夺其妻的一幕。本篇当是对河伯、洛嫔恋爱故事的演绎，诗歌由男巫和女巫联手表演。

九歌·山鬼

若有人兮山之阿〔1〕，被薜荔兮带女罗〔2〕。
既含睇兮又宜笑〔3〕，子慕予兮善窈窕〔4〕。
乘赤豹兮从文狸，辛夷车兮结桂旗。〔5〕
被石兰兮带杜衡，折芳馨兮遗所思。〔6〕
余处幽篁兮终不见天，路险难兮独后来。〔7〕
表独立兮山之上，云容容兮而在下。〔8〕
杳冥冥兮羌昼晦，东风飘兮神灵雨。〔9〕

留灵修兮憺忘归[10]，岁既晏兮孰华予[11]！
采三秀兮于山间[12]，石磊磊兮葛蔓蔓。
怨公子兮怅忘归[13]，君思我兮不得闲[14]。
山中人兮芳杜若，饮石泉兮荫松柏，[15]
君思我兮然疑作[16]。
雷填填兮雨冥冥，猨啾啾兮狖夜鸣。
风飒飒兮木萧萧，[17]思公子兮徒离忧[18]。

【注释】

〔1〕若：发语词。人：指山中女神。山之阿：山的深处。阿，曲隅。

〔2〕被：同“披”。薜荔：香草。见《离骚》注〔48〕。带女罗：以女萝为带。女罗，今作“女萝”，地衣门植物，亦名松萝，常大批悬垂于高山针叶林枝干间，长者可达一米以上。

〔3〕含睇（dì）：双目含情而视。宜笑：笑得很美。

〔4〕子：山鬼的意中人，也就是下文中出现的“灵修”“公子”“君”。此句言：你一定喜欢我这美好的仪容。以上四句表现出热恋中女子的欢愉与自信。

〔5〕“乘赤豹”二句：写山鬼的山神风采——以毛赤而文黑的豹驾车，以有花纹的狸猫为随从，以辛夷香木为车，以桂花枝编织成旗。

〔6〕“被石兰”二句：言自己不仅披挂着石兰、杜衡等香草，还采摘了不少香草准备送给心上人。

〔7〕“余处”二句：言自己住在深山里，道路很不好走，故担心赴约时要比情人晚到。幽篁（huáng），竹林深处。

〔8〕“表独立”二句：写等待情人时的情景。容容，形容云的流动。

〔9〕“杳冥冥”二句：言天色转暗，雨神开始降雨。杳冥冥，见《东君》注〔18〕。昼晦，白昼变得晦暗。

〔10〕“留灵修”句：山鬼的内心活动。她打算待情人来后便把他留住，使他乐而忘返。憺忘归，参见《东君》“欢者憺兮忘归”注。

〔11〕岁晏：岁晚，喻青春逝去。孰华予：谁能使我再像花一样鲜美？华，同“花”，此作动词用。

〔12〕三秀：即灵芝。植物开花为秀。灵芝草一年开花三次，故称“三秀”。

〔13〕怅忘归：因惆怅而忘归。

〔14〕“君思”句：你是爱我的，只因没有空闲，所以才没来赴约。这是在用自己的借口为对方开脱。

〔15〕“山中”二句：表白自己资质高洁。芳杜若，品格之美芳如杜若。饮石泉，喻饮食之芳洁。荫松柏，喻居处之清幽。

〔16〕“君思”句：你到底爱不爱我？使我信疑参半。然，肯定。疑，疑问。

〔17〕“雷填填”三句：渲染凄苦悲凉的气氛。填填，形容雷声之大。猨，同“猿”。啾啾，猿的叫声。狖（yòu），长尾猴。

〔18〕徒离忧：徒遭忧伤。离，借作“罹”，遭受。

【解说】

山鬼即山中之神。诗中描述的是她满腔热情出来与情人相会，但情人未至，最后怅然而归的一段故事。这位形貌昳丽、内心纯洁的女性精灵，是《九歌》中塑造得最完美的一位女神。诗通篇以山鬼为抒情主人公。

九歌·国殇

操吴戈兮被犀甲[1]，车错毂兮短兵接[2]。
旌蔽日兮敌若云[3]，矢交坠兮士争先[4]。
凌余阵兮躐余行[5]，左骖殪兮右刃伤[6]。
霾两轮兮絷四马[7]，援玉枹兮击鸣鼓[8]。
天时怼兮威灵怒，严杀尽兮弃原野。[9]
出不入兮往不反[10]，平原忽兮路超远[11]。
带长剑兮挟秦弓，首身离兮心不惩。[12]
诚既勇兮又以武[13]，终刚强兮不可凌[14]。
身既死兮神以灵[15]，魂魄毅兮为鬼雄[16]。

【注释】

〔1〕吴戈：吴地所产之戈。戈，兵器名。参见《秦风·无衣》注〔3〕。犀甲：犀牛皮制成的铠甲。

〔2〕“车错毂”句：谓敌我双方兵车交错，短兵相接。错毂，谓两车交错而过。毂（gǔ），车轮中央固定辐条的圆木，中间有孔，用以插轴。短兵，短制兵器。

〔3〕“旌蔽日”句：形容敌人之众。

〔4〕矢交坠：对射之箭因撞在一起而坠地。此句形容战斗之激烈。

〔5〕凌：侵犯。阵：阵地。躐（liè）：践踏。行：行列。此句言敌人冲进了我方阵营。

〔6〕“左骖”句：言驾车四马中的两匹骖马左边的倒地而死，右边的为兵刃所伤。骖，见《诗经·郑风·大叔于田》注〔3〕。殪（yì），死。

〔7〕霾（mái）：通“埋，掩埋”。絷（zhí）：绊。此句言两个车轮陷于泥中，四匹驾车的马又为缰绳绊住。

〔8〕枹（fú）：同“桴”，鼓槌。

〔9〕怼（duì）：怨。威灵：神灵。此两句言敌人的疯狂屠杀使天怨神怒。

〔10〕反：同“返”。此句言出征的将士再也不能回还。

〔11〕忽：荒阔。超远：遥远。

〔12〕“带长剑”二句：言那些弃尸荒原的烈士仍然佩着剑、持着弓，虽身首异处，但灵魂并没有屈服。惩，惩戒，以失败为教训。此用为怯懦。

〔13〕勇：英勇，指精神。武：孔武有力，指身体。

〔14〕不可凌：志不可夺。

〔15〕神以灵：精神还活着。

〔16〕鬼雄：鬼中的英雄。宋代女词人李清照《乌江》诗“生当作人杰，死亦为鬼雄”，即用此句之意。

【解说】

在抵御强秦的战斗中，楚军多次为秦兵所败，死伤甚重。本篇为悼念死难将士而作，表现出强烈的爱国情怀和坚定的复仇信念。殇（shāng），未成年而死者。国殇，指为国战死的英雄。

九章·涉江

余幼好此奇服兮〔1〕，年既老而不衰。
带长铗之陆离兮，冠切云之崔嵬〔2〕。
被明月兮佩宝璐〔3〕；
世溷浊而莫余知兮〔4〕，吾方高驰而不顾〔5〕。

驾青虬兮骖白螭[6]，吾与重华游兮瑶之圃[7]。

登昆仑兮食玉英[8]；

与天地兮比寿，与日月兮齐光。

哀南夷之莫吾知兮[9]，旦余济乎江湘[10]。

乘鄂渚而反顾兮[11]，欸秋冬之绪风[12]。

步余马兮山皋，邸余车兮方林[13]。

乘舲船余上沅兮[14]，齐吴榜以击汰[15]；

船容与而不进兮，淹回水而疑滞。[16]

朝发枉陼兮，夕宿辰阳[17]；

苟余心之端直兮，虽僻远之何伤？[18]

入溆浦余儃佪兮[19]，迷不知吾所如；

深林杳以冥冥兮[20]，猨狖之所居[21]。

山峻高以蔽日兮，下幽晦以多雨；

霰雪纷其无垠兮[22]，云霏霏而承宇[23]。

哀吾生之无乐兮，幽独处乎山中；

吾不能变心而从俗兮，固将愁苦而终穷。

接舆髡首兮，桑扈臝行。[24]

忠不必用兮，贤不必以[25]；

伍子逢殃兮[26]，比干菹醢[27]。

与前世而皆然兮，吾又何怨乎今之人？

余将董道而不豫兮[28]，固将重昏而终身[29]。

乱曰：

鸾鸟凤皇，日以远兮；[30]

燕雀乌鹊，巢堂坛兮[31]。

露申辛夷[32]，死林薄兮[33]；

腥臊并御[34]，芳不得薄兮[35]。

阴阳易位，时不当兮；[36]

怀信侘傺[37]，忽乎吾将行兮[38]。

【注释】

〔1〕好此奇服：即《离骚》“退将复修吾初服”所谓的“制芰荷以为衣兮，集芙蓉以为裳……高余冠之岌岌兮，长余佩之陆离”。

〔2〕铗（jiá）：剑柄，这里指剑。切云：干云，上触云霄。形容其高。崔嵬：高耸之貌。两句与《离骚》“高余冠之岌岌兮，长余佩之陆离”意思相同。可参看《离骚》注〔78〕。

〔3〕被：同“披”。明月：宝珠名。璐：美玉名。此句与下文“登昆仑兮食玉英”为单句，闻一多先生《楚辞校补》认为有错简。

〔4〕溷（hùn）浊：污秽，肮脏。

〔5〕高驰：指远离浊世。

〔6〕“驾青虬”句：言驾车登天，以青色的虬为辕马，以白色的螭为骖马。虬，见《离骚》注〔115〕。螭，见《河伯》注〔3〕。二者皆是龙属。

〔7〕重华：见《离骚》注〔96〕。瑶：美玉名。瑶之圃，即下句中所说的“昆仑”。相传昆仑山产玉，是天帝的花园。

〔8〕昆仑：见《离骚》注〔192〕。食玉英：采玉而食。玉英，玉的精华。此即《离骚》所谓“折琼枝以为羞兮，精琼靡以为粻”。

〔9〕南夷：指楚国南部未开化的土著人。

〔10〕旦：清晨。济：渡，此指行水路。江湘：长江、湘水。由鄂至溆浦的路线是由长江入洞庭湖，由洞庭湖人沅水，无须经过湘水。但湘水汇入洞庭湖，此或以湘水代指洞庭湖。

〔11〕乘：登，升上。鄂渚：地名，在今湖北省武昌县西。反顾：返顾，回顾。

〔12〕欸（āi）：叹。绪风：余风。此诗作于春初，故为秋冬之余

寒未尽而伤怀悲叹。

〔13〕邸：舍，停车之意。方林：指树林旁边。方，同“傍”。

〔14〕舲（líng）：有窗的船。上沅：溯沅水而上。沅水今称沅江，源出贵州省云雾山，自湖南省黔阳县黔城镇以下始称沅江，向东北流经沅陵、常德等县市，至汉寿县入洞庭湖。上游有支流名溆水。

〔15〕吴榜：朱熹的解释是“吴谓吴国，榜，棹也。盖效吴人所为之棹，如云越舲、蜀艇也”。一说“吴”为“吾”字之误。汰（tài）：水波。

〔16〕淹：滞留。回水：旋涡。疑滞：即“凝滞”，滞留不前。此两句谓逆水而上，船行艰难。

〔17〕枉陼：地名，今属湖南省常德。陼，同“渚”。辰阳：地名，故城在今湖南省辰溪县西。枉渚距辰阳五百里，逆水行舟，断非一日可到，这里是以“朝发……夕至”的叙述程式写行船路线。

〔18〕端直：端正，正直。此两句言：只要我内心端直，即使把我放逐到僻远的地方，对我也没有什么损害。

〔19〕溆浦：溆水之滨。溆水是沅水上流支流。参见本诗注〔14〕。儃佪：同“邅迴”，犹言“旋转”，指回旋在曲折的路上。

〔20〕“深林”句：即《山鬼》“杳冥冥兮羌昼晦”句意。

〔21〕猨狖：见《山鬼》注〔17〕。

〔22〕霰（xiàn）：形似小米粒般的雪珠。无垠：漫无边际。此形容雪下得很大。

〔23〕霏霏：盛貌。承宇：犹言“接天”。此句谓阴云蔽空。

〔24〕接舆：见《楚狂接舆歌》“解说”。髡首：古代的一种剃发之刑。相传接舆曾自髡其首，避世不仕。桑扈：旧说即《庄子·大宗师》中提到的子桑户。朱熹《楚辞集注》：“或疑《论语》所谓子桑伯子亦是此人，盖夫子称其简。《家语》又云：‘伯子不衣冠而处。’夫子讥其‘欲同人道于牛马’，即此裸行之证也。”臝（luǒ）行：即裸行，赤身露体而行。此两句以古代狂士、隐者不容于世的行为来为自己宽解。

〔25〕以：与“用”互文，意思同“用”。

〔26〕伍子：即伍子胥。春秋时楚大夫之子，为报父仇投吴，为吴

王阖闾所用，终助吴攻破楚国。吴王夫差时，因劝王拒绝越国求和并停止伐齐而被疏，后王赐剑命其自杀。

〔27〕比干：商代贵族，纣王的叔父，官少师。相传因屡劝纣王而被剖心致死。菹醢：见《离骚》注〔103〕。据《史记·殷本纪》记载，被菹醢者是纣王之臣梅伯。此言比干菹醢，恐是误记。

〔28〕董道：守正道。董，正。豫：犹豫。

〔29〕重昏而终身：置身于重重昏暗之中，永远看不到光明。

〔30〕“鸾鸟”二句：以鸾凤日远，喻君子之远离朝廷。鸾、凤，祥瑞之鸟，以喻贤人。

〔31〕燕雀乌鹊：凡鸟，以喻庸人。巢：筑巢。堂坛：殿堂，祭坛。此两句以凡鸟居于高贵、神圣之所，喻小人得势。

〔32〕露申：瑞香花。辛夷：落叶小乔木或灌木，早春先叶开花，花大，有红白两种，白者又呼为玉兰，红者称为木兰，或红玉兰。此以喻清高贤士。

〔33〕林薄：草木杂错的丛林。

〔34〕腥臊：指污秽恶臭之物，喻小人。并御：并进，指被国君所用。

〔35〕芳：指芳香之物。薄：近。此言芳洁之人反不得接近国君。

〔36〕“阴阳”二句：言昼夜、黑白颠倒，失去正常秩序。喻小人在朝，君子在野。

〔37〕怀信：怀抱忠信之心。侘傺（chà chì）：失意惆怅貌。

〔38〕忽：飘忽。将行：将上路远行，指身赴放逐之地溆浦。

【解说】

本篇约作于楚顷襄王三年（前296）前后。在此之前，诗人被逐出郢都，沿江、夏东浮来到鄂渚，《哀郢》前半部分所反映的便是从郢都到鄂渚的一段行程。而今，又被从鄂渚远放到溆浦——楚国南部偏远的蛮荒之地，此诗大约便是诗人临行前所作。

九章·哀郢

皇天之不纯命兮，何百姓之震愆？[1]
民离散而相失兮，方仲春而东迁[2]。
去故乡而就远兮，遵江夏以流亡[3]。
出国门而轸怀兮[4]，甲之鼂吾以行[5]。
发郢都而去闾兮[6]，怊荒忽其焉极[7]。
楫齐扬以容与兮[8]，哀见君而不再得。
望长楸而太息兮[9]，涕淫淫其若霰[10]。
过夏首而西浮兮[11]，顾龙门而不见[12]。
心婵媛而伤怀兮，眇不知其所蹠[13]。
顺风波以从流兮，焉洋洋而为客[14]。
凌阳侯之氾滥兮[15]，忽翱翔之焉薄？
心絓结而不解兮[16]，思蹇产而不释[17]。
将运舟而下浮兮，上洞庭而下江[18]。
去终古之所居兮[19]，今逍遥而来东[20]。
羌灵魂之欲归兮，何须臾而忘反[21]！
背夏浦而西思兮[22]，哀故都之日远。
登大坟以远望兮[23]，聊以舒吾忧心。
哀州土之平乐兮[24]，悲江介之遗风[25]。
当陵阳之焉至兮[26]，淼南渡之焉如[27]？
曾不知夏之为丘兮，孰两东门之可芜[28]？
心不怡之长久兮，忧与愁其相接。
惟郢路之辽远兮，江与夏之不可涉。

忽若去不信兮，至今九年而不复[29]。

惨郁郁而不通兮[30]，蹇侘傺而含慼[31]。

外承欢之汋约兮，谌荏弱而难持。[32]

忠湛湛而愿进兮，妒被离而鄣之[33]。

尧舜之抗行兮，瞭杳杳而薄天[34]。

众谗人之嫉妒兮，被以不慈之伪名[35]。

憎愠惀之修美兮，好夫人之忼慨[36]。

众踥蹀而日进兮，美超远而逾迈[37]。

乱曰[38]：

曼余目以流观兮[39]，冀壹反之何时[40]？

鸟飞反故乡兮，狐死必首丘。[41]

信非吾罪而弃逐兮，何日夜而忘之？[42]

【注释】

〔1〕皇天：苍天，亦兼指楚君。不纯命：失其常道。纯，正。震愆（qiān）：惶恐获罪。震，惧。愆，罪。此两句言天道失常，百姓遭殃。

〔2〕“民离”二句：写百姓流亡。据《史记·楚世家》载，顷襄王元年（前298），秦“大败楚军，斩首五万，取析十五城而去”。这次战争给汉水上游的汉北地区带来严重灾难，百姓纷纷沿汉水南逃至江夏一带。东迁，又指自己被放逐而东行。屈原大约是与逃难的灾民一同向东南方向行进的。

〔3〕遵：沿着。江夏：长江、夏水。夏水是沟通长江与汉水的一条水流，连通江水一端称夏首，位于湖北荆州沙市东南，流经云梦泽，于湖北沔阳县西北入汉水。其水因夏盈冬枯而名曰“夏水”，今已改道。诗句是说他离开郢都后，沿着长江、夏水向东漂流。

〔4〕国门：指郢都的东城门。 轸（zhěn）怀：犹“伤怀”，心情沉痛。 轸，痛。

〔5〕甲之鼂（zhāo）：甲日的清晨。 甲，天干纪日。 鼂，通“朝”。

〔6〕去闾：指离开故乡。 闾，里门。

〔7〕怊：悲伤。 荒忽：谓路途邈远。 焉极：不知何处是尽头。极，终点。

〔8〕楫：船桨。 容与：形容船徘徊不进的样子。

〔9〕长楸（qiū）：高大的楸树。 楸，即梓树，落叶乔木。 古时多种于乡里之间，故多用为故里的象征。

〔10〕淫淫：形容泪水之多。 霰（xiàn）：雨雪凝冻成的冰粒。 此形容泪珠纷落。

〔11〕夏首：夏水从长江分流而出的地方。《汉书·地理志》：“夏水，首受江。”其位置在郢都东南。 西浮：指向西南行。 江水过夏首后曲折向西南流，然后再向东南。

〔12〕龙门：指郢都东门。 不见：指江水向西南纡曲后，郢都为江岸的景物所遮挡。

〔13〕蹠（zhí）：践踏之意。 此句言前路渺茫，不知所之。

〔14〕洋洋：漂泊无定。

〔15〕凌阳侯：即凌波。 凌，渡，逾越。 阳侯，指水波。 相传伏羲氏时陵阳国侯溺水而死，成为波神。 阳侯即陵阳国侯的省称，代指波涛。

〔16〕絓（guà）：牵挂。 结：郁结不解。

〔17〕蹇（jiǎn）产：思绪纠缠，心情不舒畅、不开朗。

〔18〕上洞庭而下江：谓经过洞庭湖口时，若船南向驶入洞庭湖，则逆流而上，以入沅湘水系；若船东向沿长江行驶，则顺流而下。

〔19〕终古之所居：世代居住的地方。

〔20〕逍遥：作“飘荡”解。

〔21〕须臾：一会儿。 反：同“返”。 此句言没有一刻忘记返回故乡。

〔22〕夏浦：指夏水入汉后，兼流入江的一段水域。后确指夏汭，即汉水入江处的湖北汉口市。背夏浦，言江行经过夏浦，继续向东。西思：指思念西方的郢都。

〔23〕大坟：水旁高堤。远望：指遥望郢都方向。

〔24〕州土：指江行所经过的乡邑。平乐：土地宽博，人民生活富足。长江自汉口以下，两岸一马平川，水土丰足，极利于发展农业。

〔25〕江介：犹言“江边”。介，侧，畔。遗风：指先人遗留下来的古朴民风。

〔26〕陵阳：陵阳国侯，代指波涛。详见本篇注〔15〕。

〔27〕淼：大水茫茫。（以上为第一部分，写九年前沿江东来的经过。）

〔28〕夏：同“厦”，高大的房屋。丘：荒废的丘墟。两东门：指郢都东关之二门。两句言：不知高楼是否夷为平地，唯郢都之门可是不能荒芜的啊。其中包含着作者对离开九年的郢都的怀念，和对楚国命运的忧虑。

〔29〕不复：未能返回郢都。两句言他在恍惚中度过了难以置信的九年，但仍然未能被朝廷召还。

〔30〕不通：郁结。

〔31〕侘傺：见《离骚》注〔65〕。慼（qī）：忧。（以上为第二部分，写流放中的愁怀和思归之情。）

〔32〕“外承”二句：指斥楚王身边的佞臣表面上很能讨君王的喜欢，实际上却软弱无能。汋（chuò）约，同“绰约”，容态美好，此指小人谄媚之态。谌（chén），同“诚”，实际上。荏（rěn）弱，软弱。荏，与“弱”同义。难持，没有坚定的操守。

〔33〕忠：指忠贞之士。湛湛（zhàn）：忠心耿耿。进：进身君前。被离：同“披离”，纷然之状。鄣：同“障”，阻挡。两句言：虽有忠义之士很愿意为君效力，但深怀嫉妒之心的小人却纷纷出来设置障碍。

〔34〕“尧舜”二句：言尧、舜的德行高可及天。抗，通“亢”，高。抗行，高尚伟大的行为，主要指传位给贤人。瞭杳杳，形容高远。

瞭，通“辽”，辽远。薄，迫近。

〔35〕被：加上。不慈之伪名：因尧、舜二君传贤不传子，小人便可以给他们加上对子不慈的罪名。这里所要表达的，是“欲加之罪，何患无辞”的意思。

〔36〕愠惀（yùn lǔn）：指心中有所蕴积却不善言辞的人。夫人：犹言“那些小人”。夫，彼。忼慨：激昂忼慨，口头上说得天花乱坠的人。此两句中“憎”“好”的主语当指国君。

〔37〕踥蹀（qiè dié）：行走貌，指钻营奔走的小人。美：指修美的君子。超远：疏远。两句言：由于君王的好恶，使小人日进而日亲，君子愈疏而愈远。（以上为第三部分，指斥小人蔽贤误国。）

〔38〕乱：见《离骚》注〔210〕。

〔39〕曼余目：即纵目、放开眼目。

〔40〕冀：希望。壹反：一返，回去一次。

〔41〕“鸟飞”二句：鸟无论飞出去多远，都会返回旧巢；狐狸死的时候，头必定朝向它出生的土丘。两句寓情鸟兽，表达了对祖国、对故乡的执着眷恋。

〔42〕“信非”二句：我遭到放逐，实在不是由于我有什么罪过，而我对故国的思念，日日夜夜都不曾忘记。

【解说】

本篇约作于顷襄王十年（前 289）前后。诗人回顾了九年前被逐出郢都“遵江夏以流亡”时的路途见闻，抒发了对楚国政治的忧虑和深切的故国之思。郢都，为秦将白起所破的郢都，在今湖北江陵纪山之南，又称纪南城，今有楚故都纪南城国家考古遗址公园。

九章·橘颂

后皇嘉树[1]，橘徕服兮[2]。
受命不迁[3]，生南国兮[4]。
深固难徙[5]，更壹志兮[6]。
绿叶素荣[7]，纷其可喜兮[8]。
曾枝剡棘[9]，圆果抟兮[10]。
青黄杂糅，文章烂兮。[11]
精色内白，类可任兮[12]。
纷缊宜修[13]，姱而不丑兮[14]。
嗟尔幼志，有以异兮。[15]
独立不迁，岂不可喜兮。
深固难徙，廓其无求兮。[16]
苏世独立[17]，横而不流兮[18]。
闭心自慎，不终失过兮。[19]
秉德无私，参天地兮[20]。
愿岁并谢，与长友兮。[21]
淑离不淫[22]，梗其有理兮[23]。
年岁虽少，可师长兮。
行比伯夷，置以为像兮[24]。

【注释】

〔1〕后皇：后土、皇天，指天地之间。

〔2〕徕：同“来”。 服：习惯。 此句言橘树生来就习惯于南国的水土。

〔3〕受命：受命于天地。 迁：迁移。《周礼·考工记》：“橘逾淮而北为枳。”

〔4〕南国：指楚国。

〔5〕难徙：即上文所说的“不迁”。

〔6〕壹志：没有二心。 此句暗喻与楚王同宗的屈原只能为楚国效力，而不可能到别国去。

〔7〕绿叶：橘是常绿灌木，其叶经冬不凋。 唐张九龄《感遇》诗曰：“江南有丹橘，经冬犹绿林。”素荣：白色的花朵，橘在初夏开白色小花。

〔8〕纷：美盛貌。

〔9〕曾：同“层”。 剡（yǎn）棘：指橘枝上的尖刺。 剡，锐利。

〔10〕抟：同“团”。 此句写橘树结出的圆形果实。

〔11〕“青黄”二句：写橘果由青变黄，半青半黄时色彩斑斓的状态。 文章，花纹，色彩。

〔12〕精色：橘子表皮的美丽颜色。 内白：内瓤纯洁。 两句言：橘子的外形和内质都很美好，如同担负道德责任的君子。

〔13〕纷缊：同“氛氲”，雾气。 此指橘子剖开时，橘皮受挤而喷散出的香雾。 宜修：适宜，美好。

〔14〕姱（kuā）：美好。

〔15〕“嗟尔”二句：言橘自幼便有与其他树不同的志向。 有人因此以为此诗是屈原的早期之作。

〔16〕“独立”四句：写橘树扎根南国，不向他处迁移的美好品格。廓，旷远之貌，此作“无求”的状语。

〔17〕苏世独立：清醒地独立于世。

〔18〕横：横绝。 指独特的性格行为。 不流：不随波逐流。

〔19〕“闭心”二句：言谨慎处世，不犯错误。 闭心，即“自慎”意，封闭自己的内心世界。 失过，“过失”的倒文。

〔20〕参天地：与天地相合。

〔21〕“愿岁”二句：希望在岁末万木凋零之时，能一直与橘树为友。

〔22〕淑：善。离：“丽”的假借字。

〔23〕梗其有理：言橘树枝干挺直而有纹理。

〔24〕伯夷：商朝末年孤竹君长子，反对武王伐纣。商亡后，耻食周粟，饿死于首阳山。是一位“苏世独立，横而不流”的古代圣贤。此两句言：橘的品行可比伯夷，因此当树立为自己的榜样。

【解说】

本篇是对橘树的歌颂和礼赞。通过对橘的形貌、品质的拟人化描写，表现了作者的崇高人格和鲜明个性。《橘颂》是中国诗坛上的第一首咏物诗，开创了后世托物言志一类咏物诗的先河。

招魂

朕幼清以廉洁兮[1]，身服义而未沬[2]。主此盛德兮[3]，牵于俗而芜秽[4]。上无所考此盛德兮，长离殃而愁苦[5]。帝告巫阳曰[6]：“有人在下，我欲辅之。魂魄离散，汝筮予之[7]。”巫阳对曰：“掌梦，上帝其命难从！[8]若必筮予之，恐后之谢不能复用巫阳焉。[9]”乃下招曰[10]：

魂兮归来[11]！
去君之恒干，何为四方些？[12]
舍君之乐处，而离彼不祥些[13]。
魂兮归来！东方不可以托些[14]。
长人千仞，惟魂是索些[15]。

十日代出[16],流金铄石些[17]。
彼皆习之,魂往必释些。[18]
归来、归来!不可以托些。
魂兮归来!南方不可以止些。
雕题黑齿,得人肉以祀,
以其骨为醢些。[19]
蝮蛇蓁蓁[20],封狐千里些[21]。
雄虺九首,往来儵忽,[22]
吞人以益其心些[23]。
归来、归来!不可以久淫些[24]。
魂兮归来!西方之害,流沙千里些[25]。
旋入雷渊,爢散而不可止些。[26]
幸而得脱,其外旷宇些。[27]
赤蚁若象,玄蠭若壶些。[28]
五谷不生,藂菅是食些。[29]
其土烂人,求水无所得些。[30]
彷徉无所倚[31],广大无所极些[32]。
归来、归来!恐自遗贼些[33]。
魂兮归来!北方不可以止些。
增冰峨峨[34],飞雪千里些。
归来、归来!不可以久些。
魂兮归来!君无上天些。
虎豹九关[35],啄害下人些[36]。
一夫九首[37],拔木九千些[38]。
豺狼从目[39],往来侁侁些[40]。
悬人以娭,投之深渊些。[41]

致命于帝，然后得瞑些。[42]
归来、归来！往恐危身些。
魂兮归来！君无下此幽都些[43]。
土伯九约[44]，其角觺觺些[45]。
敦胨血拇[46]，逐人駓駓些[47]。
参目虎首[48]，其身若牛些。
此皆甘人[49]，归来、归来！恐自遗灾些[50]。
魂兮归来！入修门些[51]。
工祝招君[52]，背行先些[53]。
秦篝齐缕，郑绵络些。[54]
招具该备[55]，永啸呼些[56]。
魂兮归来！反故居些。
天地四方，多贼奸些。
像设君室[57]，静闲安些。
高堂邃宇[58]，槛层轩些[59]。
层台累榭[60]，临高山些。
网户朱缀，刻方连些。[61]
冬有突厦，夏室寒些。[62]
川谷径复，流潺湲些。[63]
光风转蕙，泛崇兰些。[64]
经堂入奥，朱尘筵些。[65]
砥室翠翘，挂曲琼些。[66]
翡翠珠被，烂齐光些。[67]
蒻阿拂壁，罗帱张些。[68]
纂组绮缟，结琦璜些。[69]
室中之观，多珍怪些。

兰膏明烛，华容备些。[70]

二八侍宿，射递代些。[71]

九侯淑女[72]，多迅众些[73]。

盛鬋不同制[74]，实满宫些[75]。

容态好比，顺弥代些[76]。

弱颜固植[77]，謇其有意些[78]。

姱容修态[79]，絙洞房些[80]。

蛾眉曼睩，目腾光些[81]。

靡颜腻理[82]，遗视矊些[83]。

离榭修幕，侍君之闲些。[84]

翡帷翠帐，饰高堂些。

红壁沙版，玄玉梁些。[85]

仰观刻桷，画龙蛇些。[86]

坐堂伏槛，临曲池些。[87]

芙蓉始发，杂芰荷些。[88]

紫茎屏风，文缘波些。[89]

文异豹饰，侍陂陁些。[90]

轩辌既低，步骑罗些。[91]

兰薄户树，琼木篱些。

魂兮归来！何远为些。

室家遂宗，食多方些。[92]

稻粢穱麦[93]，挐黄粱些[94]。

大苦咸酸，辛甘行些。[95]

肥牛之腱，臑若芳些。[96]

和酸若苦，陈吴羹些[97]。

胹鳖炮羔[98]，有柘浆些[99]。

鹄酸臇凫[100]，煎鸿鸧些[101]。
露鸡臛蠵，厉而不爽些。[102]
粔籹蜜饵，有餦餭些。[103]
瑶浆蜜勺，实羽觞些。
挫糟冻饮，酎清凉些。
华酌既陈，有琼浆些。[104]
归来反故室，敬而无妨些。[105]
肴羞未通，女乐罗些。[106]
陈钟按鼓[107]，造新歌些。
《涉江》《采菱》，发《扬荷》些。[108]
美人既醉，朱颜酡些[109]。
娭光眇视，目曾波些。[110]
被文服纤，丽而不奇些。[111]
长发曼鬋，艳陆离些[112]。
二八齐容，起郑舞些。[113]
衽若交竿，抚案下些。[114]
竽瑟狂会，搷鸣鼓些。[115]
宫庭震惊，发《激楚》些[116]。
吴歈蔡讴[117]，奏大吕些[118]。
士女杂坐，乱而不分些。
放陈组缨，班其相纷些。[119]
郑卫妖玩[120]，来杂陈些[121]。
《激楚》之结[122]，独秀先些[123]。
菎蔽象棋，有六簙些[124]。
分曹并进[125]，遒相迫些[126]。
成枭而牟[127]，呼五白些[128]。

晋制犀比[129]，费白日些[130]。

铿钟摇簴，揳梓瑟些。[131]

娱酒不废，沉日夜些。[132]

兰膏明烛，华镫错些[133]。

结撰至思，兰芳假些。

人有所极，同心赋些。[134]

酎饮尽欢，乐先故些[135]。

魂兮归来！反故居些。

乱曰[136]：

献岁发春兮，汩吾南征[137]。

菉蘋齐叶兮，白芷生。[138]

路贯庐江兮，左长薄。[139]

倚沼畦瀛兮，遥望博。[140]

青骊结驷兮，齐千乘。[141]

悬火延起兮，玄颜烝。[142]

步及骤处兮[143]，诱骋先[144]。

抑鹜若通兮[145]，引车右还[146]。

与王趋梦兮[147]，课后先[148]。

君王亲发兮，惮青兕。[149]

朱明承夜兮，时不可以淹。[150]

皋兰被径兮，斯路渐。[151]

湛湛江水兮，上有枫。

目极千里兮，伤春心。[152]

魂兮归来，哀江南[153]！

【注释】

〔1〕朕：屈原自指。

〔2〕服义：行义，履行正义。 沬（mèi）：同“昧”，昏暗。 未沬，指行义不衰。

〔3〕主：固守，秉持。 盛德：指上述清、廉、洁、义诸美德。

〔4〕牵于俗：为尘俗所牵扯。 芜：当是“无”之误。 这句是说虽然受世俗的牵累，却没有同流合污。

〔5〕上：上天，天帝。 考：考察。 离：同“罹”，遭逢。 殃：病。此两句言：上天不能明察我的美德，故使我常抑郁如病，愁眉不展。

〔6〕帝：天帝。 巫阳：神巫，名阳。

〔7〕“有人”四句：“有人在下界，我要帮助他；他的魂魄四散了，你通过卜筮把魂魄还给他。”这是天帝命令巫阳的话人，指屈原。 筮，以筮草占卜。 予，给予。

〔8〕“掌梦”二句：“我是掌管占梦的，您的这个命令我很难服从。”这是巫阳的回答。 掌梦，《周礼·春官》曰：“占梦，掌其岁时，观天地之会，辨阴阳之会。”

〔9〕“若必”二句：如果一定要让我通过卜筮的方式为人招魂，恐怕也只此一次，以后决不能再干。“恐后之谢不能复用巫阳焉”，诸家理解不同，断句也不同。 朱熹断在“谢”字之后，致使意思不顺，故在解说中言：“此一节巫阳对语，不可晓，恐有脱误。”也有人将“巫阳焉”三字从下句，“焉”为句终语气词，放在句中与“乃”连用很不稳妥，未若不作断句，此为先秦散文句法。 谢不能，以不能来推辞。 谢，辞谢。全句意思是：您若再让我筮招亡魂，我将以“不能”来推辞。 宋黄庭坚《答黄几复》诗：“我居北海君南海，寄雁传书谢不能。”

〔10〕下：从天帝处下降到人间。 招：招魂。 以上通过天帝与巫阳的对话，引出正文，可以看作夹杂散文句式的诗体小序，故作诗序处理。 这种样式开汉代骈体赋加散体序的先河，具有重要意义。

〔11〕“魂兮”句：反复出现的招魂呼唤。

〔12〕“去君”二句：言灵魂离开人的躯体到四方游荡。君，指死者。恒干，指人有形的、日常的躯体。恒，常。干，躯干，躯体。这是灵魂得以寄居的地方。些（suò），语尾助词，无实义，作用同“兮”，系楚地方言。

〔13〕舍：舍弃，离开。君：指死者。乐处：快乐的处所，指“恒干”。离：同“罹”，遭逢。不祥：指下文中四方上下的险恶环境。此两句进一步言灵魂不应离开人的躯体。

〔14〕托：托身，寄居其地。

〔15〕“长人”二句：言东方有身体极高的巨人，专门寻鬼魂来吃。蒋骥《山带阁注楚辞》曰：“《大荒经》‘有神名赤郭，好食鬼’；《神异经》‘东方有食鬼之父’，即长人之类也。”

〔16〕十日代出：十个太阳轮流更替而出。《山海经·大荒东经》：“汤谷上有扶木，十日所浴，一日方至，一日方出。”此即“代出”之意。

〔17〕流金铄石：言太阳热度很高，可以熔化金属，销毁石头。

〔18〕“彼皆”二句：言那里的人都已习惯了太阳的高热，灵魂初次前往，必将被那里的炎热所熔化。释，化解。

〔19〕雕题：文身的一种，在额上雕刻花纹并染色。题，额头。黑齿：牙齿染成黑色。南方土著人喜嚼槟榔，故使牙齿被染。此三句言南方野人以人肉为祭品，以人骨为肉酱。

〔20〕蝮（fù）蛇：毒蛇的通称。蓁蓁：积聚众多之貌。

〔21〕封狐：大狐狸。千里：谓遍野皆是。

〔22〕“雄虺（huǐ）”二句：言九头毒蛇往来穿梭，行动迅速。虺，毒蛇名。大者长九尺，扁头大眼，色如泥土，俗称土虺蛇。儵忽，迅速。屈原《天问》中有曰：“雄虺九首，儵忽焉在？”

〔23〕益其心：谓补益其毒汁。

〔24〕久淫：长久淹留。

〔25〕流沙：沙漠地带随风移动的沙丘。

〔26〕旋（xuàn）：旋转。雷渊：神话中雷神所住的大泽。爢：同“糜”，粉碎。此两句言灵魂若被风卷入雷神居住的渊薮，就将破碎而不可收拾。

〔27〕“幸而”二句：承上二句，言即便不被卷入雷渊，那里也是空旷无人的荒凉之地。

〔28〕蚃：同“蚁”。 螽：同“蜂”。 两句极写其地的可怕，言红蚁大如象、黑蜂大如葫芦。 壶，葫芦。

〔29〕“五谷”二句：言那里不生五谷，只能以野草为食。 藂，同“丛”，丛生野草。 菅（jiān），茅草。

〔30〕“其土”二句：言那里的泥土让人皮肤腐烂，而且无处找寻水源。

〔31〕彷徉（páng yáng）：彷徨，徘徊。 倚：依靠。

〔32〕无所极：达不到边际。

〔33〕自遗贼：自己给自己带来伤害。 遗，给。 贼，害。

〔34〕增：同“层”。 峨峨：形容冰层堆积之高。

〔35〕虎豹九关：虎豹把守九重天门。

〔36〕啄：用口咬食。 下人：下界凡人。

〔37〕九首：言其人形象之怪诞。

〔38〕拔木九千：言其人力量之巨大。 木，树木。

〔39〕从目：即“纵目”，竖着眼睛。

〔40〕侁（shēn）侁：众多的样子。

〔41〕“悬人”二句：把人悬吊起来玩耍，然后便将其投入深渊。 娭，同“嬉”。

〔42〕“致命”二句：承上言被投入深渊的人求死不得，只有向天帝申请并得到批准后才能瞑目。

〔43〕幽都：阴间。

〔44〕土伯：掌管阴间各处的魔王。 九约：旧注以“约”为曲，谓土伯其身九曲；也有人疑“约”为尾，此说也有道理。 因“九尾”正可与上文之“九首”相照应。

〔45〕觺（yí）觺：形容角的锐利。

〔46〕敦脄（méi）：形容魔怪脊肉丰隆。 敦，厚。 脄，背上的肉。 血拇：言攫食人肉，故指爪带血。 拇，大拇指。 此代指魔怪的指爪。

〔47〕駓（pī）駓：迅速奔跑的样子。

〔48〕参目：即“三目”。

〔49〕此：指上述土伯等各种魔怪。甘人：以人为甘，即喜吃人肉。甘，甘美。此为意动用法。

〔50〕自遗灾：自己给自己带来灾害。

〔51〕修门：祭典场所的高门。修，修长。

〔52〕工祝：工巧的巫祝。祝，男巫。君：指亡魂。

〔53〕背行先：后背朝前，倒退着走在前面领路。

〔54〕“秦篝（gōu）”二句：写招魂时所用器物。秦篝，产于秦地的竹笼，形状似篮，用以盛物。齐缕，产于齐地的丝绳。郑绵，产于郑地的丝绵。络，粗绵。

〔55〕该备：齐全。

〔56〕永啸呼：长声呼啸。此为招魂之声。

〔57〕像设君室：仿照死者生前居室的模样造室，用以招魂。像，仿照。以下分述所造之室的恢宏结构和屋内布置。

〔58〕邃宇：与“高堂”同义，指深宅。

〔59〕槛：栏杆。此用作动词，指建起栏杆。轩：堂之外廊。宋洪兴祖《楚辞补注》：“一云檐宇之末曰轩。”依此说，层轩指重重叠叠的飞檐，亦可通。

〔60〕榭：平台上的屋子。

〔61〕网户：镂空、花纹如网的门。朱缀：涂成朱红色的“网户”的边缘。方连：相连属的方形花纹。此两句写门。

〔62〕“冬有”二句：言所建屋宇冬暖夏凉。突厦（yào shà）：结构重深、不受寒气侵扰的温室。突，深密之意。厦，大屋。

〔63〕“川谷”二句：言庭院中有溪水流过。径复，回环往复。潺湲，水流动的样子。

〔64〕“光风”二句：言兰蕙在轻风中摇动。光风，晴天的风。转，转动。此指风吹而草动。泛，形容草的起伏变化。崇兰，丛生的兰草。崇，通“丛”。此仍是庭院中景象。

〔65〕奥：与“堂”相对，指屋的深处，即内室。尘：承尘，即房间的顶棚、天花板。筵：借为“延”。此两句言从外堂到内室都有朱红色

的顶棚相连接。

〔66〕“砥室”二句：用来打扫房间的翠翘悬挂在玉钩上。砥，磨刀石。此用作动词，取其揩、磨之意，言将房间拂拭得很光洁。翘，鸟的尾羽。翠翘，用翠鸟尾羽做成的拂尘工具，类似后世的鸡毛掸子。曲琼，弯曲的琼玉，即玉钩。

〔67〕“翡翠”二句：用翡翠鸟羽毛织成的锦被，与被上缀饰的珍珠交相辉映、灿烂生光。

〔68〕“蒻阿”二句：墙上蒙着壁衣，床上张着罗帐。蒻（ruò），嫩香蒲，此指用香蒲草编成的蒻席。阿，细缯。“缯”是丝织物的总称。拂壁，言以细蒲席和丝织物装饰、蒙盖墙壁。拂，遮蔽。罗帱（chóu），罗帐。帱，单帐。张，张挂。

〔69〕“纂组”二句：言以各色丝带系美玉悬于罗帐之上以为装饰。此与后世的流苏帐颇多近似。纂，赤色丝绦。组，五彩丝绦。绮，有花纹的丝织品。缟，白色的丝织品。琦，美玉。璜，半璧（璧为圆形中有孔）形的玉。

〔70〕“兰膏”二句：言室中灯火通明，美女齐集。兰膏，带有香气的油脂，供燃灯之用。华容，华美的容颜，代指美女。

〔71〕“二八”二句：言室内美女是荐枕席的，供亡魂归来依次求取而成欢。二八，指美女人数。八，以八人为一行。“二八”共十六人。侍宿，侍寝。射，旧注为“厌”；但“射”还有一意思是指物而取，较“厌”更为恰切。递代，递相更替，轮换。

〔72〕九侯淑女：王逸解释为“九国诸侯好善之女”，今人多以为是楚国所封列侯之女，也就是出身于贵族的女子。但这并不一定就是定说，参见本篇解说。

〔73〕讯：通“洵”，诚然。

〔74〕盛鬋（jiǎn）：指对鬓发的修饰、妆束。鬋，鬓的别称。不同制：指不同发式。

〔75〕实满：充满。

〔76〕“容态”二句：言这些女子容貌、体态美好，均是绝代佳人。比，并也。顺，通“洵”，实在是，真是。弥代，犹言“绝代”“盖

世”。

〔77〕弱颜：柔弱的容颜。固植：坚定的心志。植，借作“志”。

〔78〕謇：发语词。有意：有情意。

〔79〕姱容：容貌娇艳。修态：体态窈窕。

〔80〕絙：通“亘”，有无处不在的意思。洞房：深房，深邃的内宅。

〔81〕蛾眉：见《诗经·卫风·硕人》注〔8〕。曼睩（lù）：轻柔的一瞥。曼，长，柔细。睩，非正式地看。目腾光：眼睛发光闪亮。此两句写女子眉眼之美。

〔82〕靡颜腻理：即唐杜甫《丽人行》所谓“肌理细腻骨肉匀”，今之所谓“细皮嫩肉”。靡，细。

〔83〕遗视：留下眼波，即三国魏曹植《美女篇》所谓“顾盼遗光彩”。矊（mián）：含情脉脉。

〔84〕“离榭”二句：言九侯淑女可在离榭中、大幕下，侍君以闲暇。离榭，别亭，别墅。修，长。

〔85〕“红壁”二句：言高堂是红墙壁、黑屋梁。沙版，丹砂涂饰的壁板。玄玉梁，黑色玉石装饰的房梁。

〔86〕“仰观”二句：言屋顶桷木上雕刻有龙蛇图形。桷（jué），方形屋椽。

〔87〕“坐堂”二句：言高堂槛外有曲池。

〔88〕“芙蓉”二句：言曲池荷叶间杂有初生的荷花。芰，高出水面的荷。这里与“芙蓉”对举，专指荷叶。

〔89〕屏风：一种水生植物，又名水葵、荇菜，其茎紫色。文：同“纹”，此指水的波纹。此两句言水葵因风而动，使水面泛起一层层涟漪。

〔90〕文异：纹彩奇异。豹饰：以豹皮装饰的衣服。《礼记·玉藻》：“君子狐青裘豹褎，玄绡衣以裼之……羔裘豹饰，缁衣以裼之。”《诗经·唐风》亦有“羔裘豹褎”之句。此以衣代人，指侍卫楚王的武士。陂陁（pō tuó）：高低不平的山坡。此两句言祭典场所周围布置了侍卫武士。

〔91〕“轩辌（liáng）”二句：步兵、骑兵在王车旁前呼后拥。轩，有篷的轿车。辌，旁开窗牖、可供卧息的轿车。低，通“抵”，到达。罗，罗列。

〔92〕“室家”二句：全家族的人聚集在一起祭飨亡魂，供奉着各种各样的食品。室家，指同族的人。宗，聚集。多方，多种多样。以下描述各种美味食物和饮品。

〔93〕粢（zī）：稷的别名，一说为高粱。穱(zhuō)：早熟的麦。

〔94〕挐（rú）：掺杂。黄粱：黏小米。

〔95〕“大苦”二句：言甜酸苦辣咸五味并陈。

〔96〕“肥牛”二句：肥牛的筋腱之肉煨得又烂又香。臑（ér），通“胹”，软烂。若，词义同“而”。

〔97〕吴羹：吴地风味的羹。羹，用肉和蔬菜制成的浓汤。

〔98〕胹（ér）：煮。炮（páo）：用火烤。羔：小羊。

〔99〕柘浆：甘蔗汁。柘，同“蔗”。

〔100〕鹄（hú）酸：《艺文类聚》引作“酸鹄”，此与“臇凫”句法相同，当以“酸鹄”为是。酸，以醋烹制。鹄，天鹅。臇（juǎn）：用少量的汁烧制食物。凫（fú）：野鸭。

〔101〕鸿：鸿雁。鸧（cāng）：鸧鸹，一种水鸟。

〔102〕露鸡：一种加工鸡的方式，其法不详。郭沫若《屈原赋今译》译为“卤鸡”，高亨《楚辞选》疑“露”为“烙”的借字。臛蠵（huò xī）：以蠵为臛。臛，不加蔬菜的肉羹。蠵，大龟。湖北至今仍有以龟做羹汤的习俗。厉：浓烈。爽：败。此两句言以“露”法和“臛”法烹制的食物味浓而不腻。

〔103〕粔籹（jù nǚ）：一种类似麻花、馓子的甜面点。蜜饵：一种蜜制的糕饼。餦餭(zhāng huáng)：饴糖。此两句写甜食。

〔104〕“瑶浆”六句：列举各种美酒。瑶浆，清澄如美玉的好酒。蜜勺，甜酒。勺，同“酌”。实，充满，斟满。羽觞，耳杯。杯口处相对称有水平两耳，便于把持，亦可在曲水流觞时增加浮力。以其耳形似羽翼，故又称羽觞。此处的羽觞为何形其说不一。宋洪兴祖《楚辞补注》以为是“杯上缀羽，以速饮也”。挫糟冻饮，滤去酒糟的冷酒。

酎（zhòu），指酒味醇厚。华酌，华丽的酒杓。酌，同“杓”。琼浆，同“瑶浆”。

〔105〕“归来”二句：言亡魂返回故居后，周围的人会恭谨待之而绝无妨害。归来，有本无“来”字。

〔106〕“肴羞”二句：言尚未进食，已先准备好侑酒的女乐。肴羞，珍馐美味。女乐，歌舞作乐的女子。

〔107〕陈：奏。按：击。

〔108〕《涉江》《采菱》：楚流行歌曲名。《扬荷》：又作《阳阿》，楚舞曲名，又说乃《采菱曲》之和声。

〔109〕酡（tuó）：因有酒意而面色泛红。

〔110〕娭光：嬉戏的目光。眇视：眯着眼看。目曾波：眼光流动如层层水波。曾，同“层”。此两句写美人眼波。

〔111〕被：同“披”。文：绣有文彩的衣服。服：身穿。纤：精细的丝织品。丽而不奇：美艳而不单调。此两句写美人服饰。

〔112〕曼鬋：与“长发”同义，谓鬓发很长。艳：“陆离”的形容词，谓长发之美。陆离：参差貌，即《离骚》所谓“长余佩之陆离”。此两句写美人长发。

〔113〕二八：言女乐共分两队，每队八人。齐容：谓装束相同。郑舞：郑国舞蹈。此两句写美人起舞。可与上文“二八侍宿”（注〔71〕）对读。

〔114〕衽（rèn）：衣袖。交竿：言衣袖抛起成直线状，好似相交叉的竹竿。抚案下：言将舞袖轻抚按下。此两句写舞蹈动作。

〔115〕“竽瑟”二句：写音乐之声大作。搷（tián），急击。

〔116〕《激楚》：楚乐曲名，大约旋律比较激昂。

〔117〕歈（yú）、讴（ōu）：均是歌的别称。

〔118〕大吕：古乐调名，六律之一。

〔119〕“士女”四句：当是表演音乐、歌舞者演出后卸装的场面，参见本篇解说。放陈，随意放置。组，衣带。缨，冠缨，此指冠。班，座位的次序。相纷，互相对换而混乱。

〔120〕郑卫妖玩：当指上文中表演郑舞的姑娘。妖玩，王逸注曰：

“好女也。”

〔121〕杂陈：错杂其间。

〔122〕结：尾声。

〔123〕秀先：言其美妙动听超出前面所奏的所有音乐。

〔124〕菎蔽（kūn bì）：玉制的筹码。菎，通“琨”，美玉。蔽，博筹。象棋：象牙制作的棋子。六簙（bó）：一种两人对弈的游戏。共用六支筹码，每人掌握六枚棋子，故曰“六簙”。簙，也可写作“博”。此两句及下四句写以六博之戏娱乐消遣。

〔125〕分曹：两两对局。并进：共同向前进子。

〔126〕遒：紧迫。相迫：双方互相紧逼。

〔127〕枭、牟：簙戏中术语。枭，当是决定胜负的关键棋势。《韩非子·外储说》：“博者贵枭，胜者必枭。”牟，通“侔”，有相对之意。

〔128〕五白：掷骰的彩名，大约指五个骰子都得到没有刻画的白面。在双方均成枭势的情况下，掷得五白方可杀灭对方的枭棋。

〔129〕晋制犀比：当是晋国所制的一种赌具。孙诒让以为是金带钩（见《札迻》卷十二）本书不取。

〔130〕费白日：消磨了一整天的时光。

〔131〕铿钟摇簴（jù）：洪亮的钟声震动了悬钟的木架。簴，悬挂编钟、编磬的木架。横木曰簨，直木曰簴。揳（jiá）：通“戛”，打击。这里是弹奏的意思。梓瑟：梓木所制之瑟。此两句言奏乐佐食。

〔132〕“娱酒”二句：言日夜沉湎于酒中。不废，不止。

〔133〕镫：同“灯”。错：交错。

〔134〕“结撰”四句：言写作《招魂》。结撰，结构，撰写。至思，深至的情思。兰芳假些，借助于兰芳。兰芳，指美好的言辞。人有所极，言每人心中各自有所专注。同心赋，同心赋诗。

〔135〕乐先故：使先故去的人得到安乐。

〔136〕乱：见《离骚》注〔210〕。

〔137〕献岁发春：送旧岁，迎新春。此两句言南行招魂之地的时间是初春。

〔138〕菉蘋：绿色的蘋草。齐叶：长齐了叶子。南朝宋谢灵运《登

上戍石鼓山》诗化用此二句曰："白芷竞新苔，绿蘋齐初叶。"

〔139〕贯：贯通，直行。 庐江：旧注以为地名，今人或以为是生长着芦苇的长江。 庐，通"芦"。 薄：杂草丛生的水泽之地。 此两句或谓他们一行人的"南征"是沿江直行，左侧是延绵的林薄。 联系下文的"趋梦"来看，这里的"长薄"当即云梦泽之"梦"。 因长江从云梦泽穿过，江北之泽称云，江南之泽称梦。 南行而言"江左"者，正谓江南。

〔140〕倚：依傍。 沼：小塘。 畦：一块块水田。 瀛：湖泊一类的大泽。 遥望博：一望无边。此两句当是指云梦泽。

〔141〕青骊：青黑色的马。 结驷：结四马共驾一车，此为"一乘"。 齐千乘：千乘马车一齐出发。 此两句言"南征"队伍之庞大。

〔142〕悬火：焚烧林木用的火把。 古时射猎，先放火烧林，以将鸟兽逐出。 延起：蔓延烧起。 玄颜：指烟火黑中透红的颜色。 烝：烟火上腾。此两句及以下十句写招魂途中所进行的蒐猎活动。

〔143〕步：行步之人。 及：赶上。 骤处：骑马者驰骤之处。

〔144〕诱：诱导者，前导。 朱熹注曰："盖为前导而驰骋，以先诱猎众，若《仪礼·射仪》之有诱射也。"

〔145〕抑：勒住马。 骛：纵马飞奔。 通：畅。 此句即今之所谓"进退自如"。

〔146〕右还：向右转。 还，义同"旋"。

〔147〕与王趋梦：随王驾奔赴云梦泽。 参看本篇注〔139〕。

〔148〕课后先：考察谁后到、谁先到。 课，考课，考察。 这句的实际意义是说在长驱途中进行了愉快的比赛。

〔149〕亲发：亲自射箭。 惮青兕（sì）：使青色犀牛受到惊吓。 两句写君王射猎时的神威。

〔150〕朱明：红亮的太阳。 此两句言日夜相承接，光明难挽留。

〔151〕"皋兰"二句：岸边兰草遮住了路径。 斯路，来时所经之路。 渐，侵没，遮没。 此两句写出时间的推移。

〔152〕湛（zhàn）湛：清澈之貌。 此四句为篇中名句，与《九歌·湘夫人》中的名句"嫋嫋兮秋风，洞庭波兮木叶下"奠定了中国文学中

伤春与悲秋的两大基调，颇为后世所称道。

〔153〕哀江南：在江南之地对亡魂表示哀悼。庾信借为题，作《哀江南赋》。以上写招魂归途中的余哀。

【解说】

关于本篇的作者，旧有二说。王逸《楚辞章句》认为是宋玉作，司马迁《史记·屈原贾生列传》认为是屈原作。今人多从司马迁说，定此篇为屈原作品。关于本篇的内容，旧有宋玉招屈原生魂、屈原自招、屈原招怀王亡魂等多种说法。今有研究者认为，所谓“招魂”，非属单纯的个人哀悼，而是楚国在春天举行的一场规模宏大、仪式隆重的典礼。此说与篇中所写内容最为切合。《周礼·春官》曰：“男巫掌望祀、望衍、授号、旁招以茅。冬堂赠无方无算，春招弭以除疾病，王吊则祝前。”郑玄注引杜子春说：“旁招以茅，招四方之所望祭者。”郑注还说：“招，招福也……弭……安凶祸也。”篇中安礼亡魂和向四方招魂的描写：招魂仪式由巫阳主持，又有王亲自参加的内容，都与《周礼》之说相合。从篇中所述招魂仪式之隆重、场面之盛大、殿堂之华丽、食物之精美看，所招者断非弃尸荒野的野鬼孤魂，而应是阵亡的贵族武臣之魂。在这一点上，《招魂》则与《国殇》性质相类而对象有所不同。由篇末的“乱辞”可知：这次活动的地点是云梦泽，时间是从初春到暮春——从“献岁发春兮，汩吾南征”，到“目极千里兮，伤春心”。那么我们不免会生出一个疑问：在这样长的时间里，一定会有多种精彩的娱神活动，绝非喊几声“魂兮归来”，大家吃喝一顿便可了事。那些依山傍水建起的“层台累榭”，一方面是招徕亡魂居住的象征性房屋，另一方面也可作为娱神的舞台。虽然娱神的表演在篇中没有记载，但我们不妨推断：屈原的《九歌》便是为在此舞台上进行娱神表演而提供的剧本。这一点，我们似可从《招魂》中找到印证。《招魂》曰：“九侯淑女，多迅众些。”王逸解释为“九国诸侯好善之女”，此说殊觉牵强。“九侯”，不妨理解为《九歌》中东皇太一、云中君、湘君、湘夫人、大司命、少司命、东君、河伯、山鬼这九个自然界的神；“淑女”，不妨解作他们在表演中所用的配角。她们穿着各式盛装，在后台等待着盛典的开始。《招魂》又有“士女杂坐，乱而不分些”云云，王逸解释为“男女杂坐，比肩齐膝，恣意调戏，乱而不分也”。尽管当时并无男女之大防，但在一个有国君参加的隆重典礼上怎能有此公然调情的举动呢?“士女杂坐”很可能是扮演角色的巫觋和配角们演出结束后的情况。他们除去冠缨、组缓和佩带，很随便地坐在一起卸妆。朱熹《楚辞集注·九歌序》曰:“蛮荆陋俗，词既鄙俚。而其阴阳人鬼之间又或不能无亵慢荒淫之杂。”此说有一定道理。既然南方信奉泛神，那么人与神、神与鬼之间的界限便不会很明确，亡灵与自然神灵的中介就是“山鬼”。楚人在礼魂的典祀中加入迎神、娱神的内容是完全可能的。可以说:《九歌》是祭典中演出的娱神歌舞剧，《招魂》是对这次悼亡活动的全面总结。

宋玉

宋玉是战国后期楚国辞赋家，生卒年未详。据《史记·屈原贾生列传》说："屈原既死之后，楚有宋玉、唐勒、景差之徒者，皆好辞而以赋见称。然皆祖屈原之从容辞令，终莫敢直谏。"由此可知，宋玉直接受到屈原的影响，但文坛上的活动时期是在"屈原既死之后"。关于他的生平歧说不一。王逸《楚辞章句》说他是楚大夫；习凿齿《襄阳耆旧记》说他是楚王的小臣；刘向《新序》说他"事楚襄王而不见察"；他自己则在作品中自称"寒士"，因此可以判定他是出身清寒的下层士人。

宋玉的作品，《汉书·艺文志》记有十六篇，但多已亡佚，保存至今而无争议的唯有《九辩》。另有见诸《文选》的《高唐赋》《神女赋》《登徒子好色赋》和《风赋》，亦为宋玉所作，他是跨于"辞""赋"之间的一位作家。

九辩（节选）

其一

悲哉！秋之为气也。
萧瑟兮，草木摇落而变衰[1]。
憭慄兮，若在远行[2]。
登山临水兮，送将归。[3]
泬寥兮[4]，天高而气清；
宗廖兮[5]，收潦而水清[6]。
憯悽增欷兮，薄寒之中人；[7]
怆怳圹悢兮[8]，去故而就新[9]。
坎廪兮[10]，贫士失职而志不平[11]；
廓落兮，羁旅而无友生[12]；
惆怅兮，而私自怜。
燕翩翩其辞归兮，蝉宗寞而无声。[13]
雁廱廱而南游兮[14]，鹍鸡啁哳而悲鸣[15]。
独申旦而不寐兮[16]，哀蟋蟀之宵征[17]。
时亹亹而过中兮，蹇淹留而无成。[18]

其三

皇天平分四时兮[19]，窃独悲此廪秋[20]。
白露既下百草兮[21]，奄离披此梧楸[22]。
去白日之昭昭兮，袭长夜之悠悠。[23]
离芳蔼之方壮兮，余萎约而悲秋。[24]

秋既先戒以白露兮[25]，冬又申之以严霜[26]。

收恢台之孟夏兮[27]，然欿傺而沉臧[28]。

叶菸邑而无色兮[29]，枝烦挐而交横[30]。

颜淫溢而将罢兮，柯仿佛而萎黄。[31]

萷櫹椮之可哀兮[32]，形销铄而瘀伤[33]。

惟其纷糅而将落兮，恨其失时而无当[34]。

擥騑辔而下节兮[35]，聊逍遥以相佯[36]。

岁忽忽而遒尽兮[37]，恐余寿之弗将[38]。

悼余生之不时兮，逢此世之俇攘[39]。

澹容与而独倚兮[40]，蟋蟀鸣此西堂。

心怵惕而震荡兮[41]，何所忧之多方[42]。

卬明月而太息兮[43]，步列星而极明[44]。

【注释】

〔1〕秋之为气：指秋天的肃杀气氛。萧瑟：草木被风吹动的声音。两句写出秋季最主要的特征，曹丕《燕歌行》中“秋风萧瑟天气凉，草木摇落露为霜”二句便直接由此生发。

〔2〕憭慄（liáo lì）：凄清之貌。若：语助词。远行：出门在外。此两句言身在客中，便更能感受到秋的凄怆。

〔3〕“登山”二句：登山临水，以送将归之人。此时极目远望，最能感到秋的萧条，加之送归乡之人所引起的乡愁，此时情绪，最为悲凉凄恻。晋潘岳《秋兴赋》套用《九辩》诗句曰：“憀慄兮若在远行，登山临水送将归。”

〔4〕泬寥（xuè liáo）：空旷貌。

〔5〕宋廖：即“寂寥”。宋，“寂”的本字，无人声。廖，虚空。此形容秋水的冷寂清澄。

〔6〕潦（lǎo）：沟坑低洼处的积水。水清：夏季雨水多，百流俱下，河川浑浊，至秋始平静清澄。唐王勃《滕王阁序》有“潦水尽而寒潭清，烟光凝而暮山紫”的句子，当由此出。

〔7〕憯（cǎn）悽：惨凄，悲伤。欷：欷歔，抽泣、叹息之声。薄寒：轻微的寒意。两句言秋天的寒意使人增加伤感。

〔8〕怆（chuàng）怳：失意貌。圹悢（kuǎng lǎng）：失意怅惘的样子。

〔9〕去故就新：指宋玉离开楚都到新的地方去，意即离别。

〔10〕坎廪：不平貌，此指遭遇的坎坷。

〔11〕贫士：清寒之士，宋玉自指。

〔12〕廓落：空寂。友生：朋友。《诗经·小雅·棠棣》：“虽有兄弟，不如友生。”联系上下文来看，宋玉当时失官去职，并因家境贫寒而在外漂泊谋生。

〔13〕“燕翩翩”二句：写秋天物候。燕因秋凉辞北而归南，蝉因风寒沉寂而不鸣。诗句以燕之南归反衬自己羁旅在外，以蝉之不鸣暗喻自己遭谗缄口。

〔14〕廱（yōng）廱：同“雍雍”，鸟的和鸣声。《诗经·邶风·匏有苦叶》：“雍雍鸣雁。”此句与“燕翩翩”句同义。

〔15〕鹍鸡：一种似鹤的鸟，黄白色。啁哳（zhāo zhā）：繁杂而细碎的声音。

〔16〕申旦：通宵达旦。申，犹“达”。不寐：不能成眠。

〔17〕宵征：夜行。这里是指蟋蟀在夜间鸣叫。蟋蟀摩翅发声，此呼彼应，且又极善蹦跳，故闻其声忽而在此，忽而在彼，故谓“宵征”。

〔18〕亹（wěi）亹：前进不息的样子。过中：日过中天，人过中年。淹留：滞留。无成：没有成就。此两句谓人过中年而一事无成。

〔19〕四时：指春、夏、秋、冬四季。因每季三个月，各占全年的四分之一，故谓“平分”。

〔20〕廪秋：寒冷的秋天。廪，同“凛”。

〔21〕“白露”句：即曹丕《燕歌行》所谓“草木摇落露为霜”。

〔22〕奄：奄忽，言其迅疾。离披：分散貌。梧楸：梧桐、楸梓，

都是早凋的树木。

〔23〕“去白日”二句：言自己的处境是远离白日之光明而置身于无尽长夜。昭昭，光明貌。袭，承受。悠悠，形容漫长无尽。

〔24〕芳蔼（ǎi）：芬芳繁盛，形容人的强盛之年。萎约：枯萎，干缩。此两句言自己已告别壮盛之年，只剩下萎靡的悲秋心态。

〔25〕戒：示警。

〔26〕申：复加的意思。严霜：严寒。

〔27〕恢台：广大润泽的样子。这里是指夏季自然界的勃勃生机。

〔28〕欿（kǎn）：同“坎”，陷。傺：止。沉臧：藏没，掩藏。臧，同“藏”。此句言夏季一过，生发之气完全停止，繁盛景象被掩藏起来。

〔29〕菸邑：黯淡的样子。

〔30〕烦挐（rú）：形容叶落后，空枝丫杈杂乱的样子。

〔31〕淫溢：形貌羸瘦无润泽。罢：音义同“疲”。柯：树枝。仿佛：犹言“模糊”，指不鲜明的枯黄颜色。此两句言秋寒中植物形貌枯萎，似乎生命力已经耗尽。

〔32〕萷：同“梢”。櫹椮（xiāo sēn）：意同“箫森”，树枝空秃错落上耸貌。

〔33〕销铄（shuò）：销毁。瘀伤：指植物内部的损伤。

〔34〕惟：思。纷糅：犹纷杂。当：遇合。此两句惜树之失时，并暗寓自家身世之慨。

〔35〕騑：车辕两旁的骖马，参见《九歌·河伯》注〔3〕。下节：即《离骚》中的“弥节”，参见《离骚》注〔118〕。

〔36〕“聊逍遥”句：用《离骚》成句。

〔37〕遒：迫近。

〔38〕“恐余”句：即《离骚》所谓“恐年岁之不吾与”。

〔39〕俇攘（kuāng rǎng）：纷扰不宁的样子。

〔40〕澹：枯寂的心情。容与：闲散貌。

〔41〕怵（chù）惕：戒惧。

〔42〕所忧之多方：忧思万端。

〔43〕卬：同“仰”，仰望。

〔44〕“步列星”句：言在星光下徘徊直到天明。

【解说】

《九辩》共分九章，是具有连贯性的自叙体抒情诗。作者借悲秋抒写“贫士失职”的“不平”，在一定程度上揭露和批判了社会的黑暗，但情调相对低沉，缺少屈原式的对理想的热烈追求和对现实的强烈反抗。《九辩》辞意婉转，描写细致，情景交融，在艺术上有其独到之处。特别是其开创了中国文学中悲秋的传统，对后世影响很大。曹丕《燕歌行》、夏侯湛《秋可哀》、何瑾《悲秋夜》等都与之一脉相承。这里所选的两章，便是其中最著名的悲秋文字。

淮南小山

淮南小山，系汉高祖刘邦之孙淮南王刘安（前 179—前 122）的门客。宋章如愚《群书考索》曰：“安好古爱士，招致宾客，客有八公之徒，分造词赋，以类相从，或称大山，或称小山。”因此，小山是作者别名，抑或作品体制名，已不可知。

招隐士

桂树丛生兮山之幽[1]，偃蹇连蜷兮枝相缭[2]。
山气巃嵸兮石嵯峨[3]，溪谷崭岩兮水曾波[4]。
猨狖群啸兮虎豹嗥[5]，攀援桂枝兮聊淹留[6]。
王孙游兮不归，春草生兮萋萋[7]。
岁暮兮不自聊[8]，蟪蛄鸣兮啾啾[9]。
坱兮轧[10]、山曲岪[11]，心淹留兮恫慌忽[12]。
罔兮沕[13]、憭兮栗[14]、虎豹穴[15]，丛薄深林兮人上栗[16]。
嵚岑碕礒兮碅磳磈硊[17]，树轮相纠兮林木茷骫[18]。
青莎杂树兮薠草靃靡[19]，白鹿麏麚兮或腾或倚[20]。
状皃崟崟兮峨峨，凄凄兮漇漇[21]。
猕猴兮熊罴，慕类兮以悲。[22]
攀援桂枝兮聊淹留，虎豹斗兮熊罴咆[23]，
禽兽骇兮亡其曹[24]。
王孙兮归来，山中兮不可以久留！[25]

【注释】

〔1〕山之幽：山的深处。

〔2〕偃蹇：形容桂树树姿屈曲而美好的样子。 连蜷：形容树枝盘曲。 相缭：相缠绕。

〔3〕巃嵸（lóng sǒng）：云雾涌起貌。 嵯峨：高大貌。

〔4〕崭（chán）岩：高峻的山石。崭，通“巉”。曾波：同“层波”，层层生波。

〔5〕猨狖：见《九歌·山鬼》注〔17〕。嗥：同“嚎”，嚎叫。

〔6〕聊：姑且。淹留：滞留。这里是居住的意思。

〔7〕王孙：指淹留山中者。大约秦汉时隐士多是贵族后裔，所以后代便用王孙来泛称隐士和远游之人。萋萋：繁茂的样子。此两句是篇中警语，此后人们便把春草与离别联系起来，并常化用这两句的诗意。如南朝宋谢灵运《悲哉行》“萋萋春草生，王孙游有情”，唐白居易《赋得古原草送别》“又送王孙去，萋萋满别情”，南唐李煜《清平乐》词“离恨恰如春草，更行更远还生”。

〔8〕不自聊：犹言“无聊”。

〔9〕蟪蛄：蝉科小虫。五六月间作“吱——吱吱”的鸣声，危害果树及桑茶。诗中所言，当是代指蟋蟀一类秋虫。啾啾：拟声词。

〔10〕坱（yǎng）兮轧：即“坱圠（yà）”，形容漫无边际。

〔11〕曲岪（fú）：形容山势盘曲。

〔12〕恫（dòng）：恐惧。慌忽：同“恍惚”，迷乱不安。

〔13〕罔兮沕（mì）：忧愁疑惑。罔，同“惘”。

〔14〕憭兮栗：恐惧颤栗。栗，发抖。

〔15〕穴：动词，打穴，指虎豹在山中穴居。

〔16〕“丛薄”句：言人进入这样的深山密林便会胆怯。上，登山。

〔17〕嵚（qīn）岑：山高貌。碕礒（qǐ yǐ）：山石不平貌。硱磳（jūn zēng）：高耸貌。磈硊（guǐ wěi）：形容山石险怪可怕。此句开汉赋堆砌同部首近义形容词的风气。

〔18〕“树轮”句：《太平御览》卷九百五十三引作“树轮囷以相纷兮林木茷骫”，以“轮囷”为是，形容树干盘曲纠结。茷（fá），树叶茂密。骫（wěi），树枝屈曲。

〔19〕莎（suō）：莎草，又名“香附子”。多年生草本，茎直立，三棱形，叶片线形，夏季开花，地下块茎可以入药。树：立。薠草：一种与莎草相类的秋草。靃（suǐ）靡：犹“披靡”，草随风披拂的样子。

靡，倒伏。

〔20〕麏（jūn）：同“麕”，见《诗经·召南·野有死麕》解说。 麚（jiā）：公鹿。 腾：腾跳奔跑。 倚：指停下来休息。

〔21〕皃：古“貌”字。 崟崟（yín）、峨峨：形容鹿角高耸。 凄凄、漇（xǐ）漇：均形容毛色光润。 此两句写鹿。

〔22〕“猕猴”二句：言各类野兽皆因思慕同类而悲鸣。 以此劝隐士当与人相类聚。

〔23〕咆：咆哮，吼叫。

〔24〕骇：惊惧。 亡其曹：失群奔散。 曹，群，指同类。 此句言各种禽兽都惧怕虎豹熊罴之威。

〔25〕“王孙”二句：劝隐士出山。 唐王维《山居秋暝》：“随意春芳歇，王孙自可留。”反其意而咏之。

【解说】

本篇系汉代人仿楚辞的作品，始见于王逸《楚辞章句》。 虽为仿作，但“视汉诸作最为高古”（王逸语）。 诗极力描述山中景物的荒寂和恐怖，希望隐居山林的贤士及早出山，成为后世招隐诗的始祖。 所不同者，此是招隐士出山，至晋代张华等人的招隐诗则逆之而表现名山吸引贤士归隐的内容。

汉乐府

乐府，在汉代本是指掌管音乐的官署。虽汉初惠帝时已有乐府令的官职，但乐府作为一个机构则是汉武帝刘彻开始设置的。乐府机构的主要任务是编制乐曲供朝廷各种典礼、宴会使用，另外也训练乐工、收集民歌俗曲。乐府机构编录和演奏的诗篇，汉人称之为“歌诗”，因为它的实际意义只是一首歌的歌词。直到南北朝时期，这些“歌诗”才被称为“乐府”或“乐府诗”。

两汉乐府诗留传下来的不多，总共也就数十首，且多是后来收集到的东汉作品。大体说来，存于官府的两汉乐府由南朝梁人沈约著录于《宋书·乐志》，流于民间的则散见诸集。到宋朝郭茂倩编《乐府诗集》，始将其所见两汉官私所存各类歌辞都汇编进去。因沈约曾称流传下来的汉乐府为“古辞”，所以人们又称汉乐府为“乐府古辞”。依照郭茂倩对乐府诗的十二项分类，汉乐府诗主要保存在“郊庙”“鼓吹”“相和”“杂曲”四类中。“郊庙”是贵族乐章，好作品不多，其余三类则多是民歌。“鼓吹”是汉武帝时吸收的北方少数民族的新声，多用于军乐。其中的“铙歌十八曲”全是西汉作品，本书所选《战城南》《有所思》《上邪》即其中的优秀之作。“相和”是美妙的民间音乐，有丝竹相和、人声相和两层含义。相和歌大部分产生于东汉。“杂曲”是声调失传的杂牌曲辞，年代最晚，其中已掺入不少文人的五言作品，体现出民间文学对作家文学的影响。

汉乐府“感于哀乐，缘事而发”（《汉书·艺文志》），反映了广泛的社会生活内容，其中有贵族集团的相互倾轧、下层百姓的困苦生活、游子思妇的缠绵情思、热恋中人的执着追求，更有对人生短促的无尽怅叹和对死亡的思索，这是在此前诗歌中绝少见到的。最有价值的是诗歌还为我们描绘了秦罗敷、董娇饶、刘兰芝、酒家胡女等一系列美丽善良、勤劳聪慧、颇具个性特点的女性形象。这些不朽的人物形象，昭示着汉乐府诗歌艺术的巅峰。

汉乐府在创作上的最大特点是叙事性。许多叙事诗或情节曲折，故事完整，或截取生活片断，夹叙夹议。即便是抒情作品，也多采取第一人称自述的结构。

汉乐府的体制是杂言体。一般以五、七言为主，间杂以长短不等的各种句式。正由于五、七言的反复出现，才使这两种句式在节奏和表现力上所具有的优点逐渐为文人所认识，从而成为后世五、七言古体诗赖以生存的土壤。

鼓吹曲辞三首

战城南

战城南，死郭北，[1]野死不葬乌可食[2]。
为我谓乌："且为客豪[3]！
野死谅不葬，腐肉安能去子逃！[4]"
水深激激[5]，蒲苇冥冥[6]。
枭骑战斗死，驽马徘徊鸣。[7]
梁筑室，何以南，何以北。[8]
禾黍不获君何食？愿为忠臣安可得！[9]
思子良臣[10]，良臣诚可思。
朝行出攻，暮不夜归！[11]

【注释】

〔1〕郭：外城。此两句为互文，谓城南、城北都有战事，亦都有战死者。

〔2〕野死：暴尸荒野。乌：乌鸦，相传乌鸦嗜食腐肉。此句表现出诗人的愤激之情。

〔3〕客：指战死者。因战死者多为异乡人，故称之为"客"。豪：即"嚎"，大声哭喊。此句是诗人让乌鸦在啄食战死者之前先为他们号哭招魂。

〔4〕“野死”二句：这些战死他乡的人想必得不到埋葬，而他们腐烂的尸体还能从你口下逃开吗？ 子，指乌鸦。

〔5〕激激：清澈貌。

〔6〕冥冥：昏暗貌。 此指蒲苇的葱郁。

〔7〕“枭（xiāo）骑”二句：言勇健的马在战斗中死去，劣马在荒野里徘徊鸣叫。 此两句描绘出激战后战场上死寂悲凉的景象，同时也是以马喻人，言勇士在战斗中牺牲，怯懦的人还庸碌地苟活。 唐李白《战城南》“野战格斗死，败马号鸣向天悲”，当由此生发。

〔8〕“梁筑室”三句：言战乱中桥梁上修起作战工事，阻绝了南北交通。 一说“梁”为表声之词，原来当是小字，流传中与歌辞正文相混杂。 由此，这两句便是指修筑宫室、营垒等徭役。 亦可通。

〔9〕“禾黍”二句：言战争中壮劳力尽被征兵，田地无人耕作；而战士乏粮，饥困不能力战，也就不得为忠臣。

〔10〕子、良臣：同位语，均指战死者。

〔11〕“朝行”二句：写战士出征阵亡，表现出对战死者的深切哀悼。 此两句与《国殇》中“出不入兮往不反（返）”一句意思相同。

【解说】

这是一首诅咒战争、哀悼阵亡战士的民歌。 通过描写前方战士暴尸荒野，后方田园荒废、禾黍不获，控诉了战争给人民带来的灾难。 本篇与下两篇均属“铙歌十八曲”，产生的年代不出西汉武帝和宣帝两朝。 “铙歌”本是军乐，但歌辞庞杂，有叙战争、记祥瑞及关涉男女恋情等多方面的内容。

有所思

有所思，乃在大海南〔1〕。

何用问遗君[2]？双珠玳瑁簪[3]。
用玉绍缭之[4]。
闻君有他心，拉杂摧烧之[5]。
摧烧之，当风扬其灰。[6]
从今以往，勿复相思。
相思与君绝[7]！
鸡鸣狗吠，兄嫂当知之。[8]
妃呼狶[9]！
秋风肃肃晨风飔，东方须臾高知之。[10]

【注释】

〔1〕“有所思”二句：有个我所思念的人，他在大海南边。

〔2〕何用：用何。问遗（wèi）：赠送。句意是：我拿什么送给他呢？

〔3〕双珠玳瑁（dài mào）簪：缀有双珠的玳瑁质簪子。《后汉书·舆服志》：“簪以玳瑁为擿，长一尺，端为华胜（花形饰物），上为凤凰爵，以翡翠为毛羽，下有白珠。”玳瑁，指海龟科动物玳瑁的角质背壳。其壳褐、黄二色相杂成纹，可制成饰物。女子以此簪为传情之物，意在取“双珠”以表示自己愿与情郎成双的爱恋之心。

〔4〕“用玉”句：言玳瑁簪柄上还环有玉饰。绍缭，缠绕。此句之前，疑应有“玳瑁簪”的叠文，一如下面“摧烧之”的句式。

〔5〕拉杂：折碎。摧烧：摧毁，烧掉。

〔6〕“摧烧”二句：言将准备传情之物摧烧、扬弃，以示决绝。当风，迎风。

〔7〕相思与君绝：绝不再思念你。

〔8〕“鸡鸣”二句：是全诗的转关。女主人公在发过决绝之誓后，

转念想道：自己以前与情郎交往，难免惹得鸡鸣犬吠，兄嫂一定有所觉察。言下之意是：如今猛然与情郎断交，又该向兄嫂作何解释呢？

〔9〕妃呼狶：感叹之词，疑是不配音乐的衬字。

〔10〕肃肃：风的拟声词，犹今之所言“飕飕”。晨风：晨风鸟，即雉。常朝鸣以求偶。飔：凉风。须臾：片刻。高：音义同“皓”。此两句意思是：雉鸡在秋风中鸣叫求偶，天就要亮了，那时我就能知道该怎么办了。

【解说】

这是一首感情炽烈的情歌，通篇以女子口吻写成，反映出她得知情郎“有他心”后，由爱而恨，又由恨而至犹疑的复杂心态，人物性格鲜明生动。

上邪

上邪！
我欲与君相知〔1〕，长命无绝衰〔2〕。
山无陵〔3〕，江水为竭〔4〕；
冬雷震震，夏雨雪〔5〕；
天地合，乃敢与君绝！〔6〕

【注释】

〔1〕相知：相爱相亲。

〔2〕“长命”句：联系上文，意思是乞求上天让我们的爱情永不泯

灭、永不衰减。命，命令，使。

〔3〕山无陵：山无峰，即高山夷为平地。

〔4〕竭：枯竭，干涸。

〔5〕雨（yù）雪：落雪。雨，动词，降落之意。

〔6〕天地合：天与地合到一起。与君绝：实际意思是决不与君绝，相守到底，决不离分。

【解说】

这是一首出自女子之口的民间情歌。歌中用“山无陵”等五种情况赌咒发誓，表明了要与恋人永远相爱的决心。上，上天；邪，音义同“耶”。“上邪”的意思是：“苍天啊！”

相和歌辞十六首

江 南

江南可采莲，莲叶何田田[1]。
鱼戏莲叶间。
鱼戏莲叶东，鱼戏莲叶西；
鱼戏莲叶南，鱼戏莲叶北。[2]

【注释】

〔1〕田田：形容莲叶盛密。

〔2〕“鱼戏莲叶东”四句：描绘出鱼儿在莲叶间四面游动的情态。其句式之朴拙、音韵之流转、情调之欢娱历来为赏家所称道。由此，我们不禁联想起甲骨卜辞中的相类句式：“今日雨。其自西来雨？其自东来雨？其自北来雨？其自南来雨？”（郭沫若《卜辞通纂》）

【解说】

这是一首颇具江南水乡特色的劳动歌，与《诗经·周南·芣苢》在格调上多有相似，大约是劳动中一人唱、多人和的作品。《乐府诗集》将其归入相和歌。

薤露

薤上露，何易晞[1]。

露晞明朝更复落，人死一去何时归。[2]

【注释】

〔1〕薤（xiè）：俗称“藠（jiào）头”，百合科宿根草本植物。狭卵形鳞茎上有叶数枚，半圆柱状线形。薤上露，薤叶之露。因薤叶形异，较片状叶更不易存留露水，故特为诗句所咏。晞（xī）：干燥。

〔2〕“露晞”二句：言人的生命不如露水。露水干了明朝又会出现，人死却不可复生。此两句与今天所说的“人生一世，草木一秋”意思相同。另外，喻人生为薤露，言其短促易晞灭。魏曹操《短歌行》喻人生为“朝露”，或即与此歌有关。

【解说】

本篇与下篇《蒿里》均是挽歌。相传原是齐国东部的歌谣，汉代为出殡时挽柩人所唱。此曲送王公贵人，《蒿里》送士大夫和平民。汉时挽歌亦用于酒席宴上，如《后汉书·左周黄列传·周举传》载：“六年三月上巳日，（梁）商大会宾客，宴于洛水。举时称疾不往，商与亲昵酣饮极欢。及酒阑倡罢，继以《薤露》之歌，坐中闻者皆为掩涕。太仆张种时亦在焉，会还，以事告举。举叹曰：‘此所谓哀乐失时，非其所也。殃将及乎？’商至秋果薨。”文中虽言“哀乐失时”，但绝非个例。《太平御览·挽歌》引《风俗通》曰：“京师殡婚嘉会，酒酣之后，续以挽歌。”（卷五百五十二）《搜神记》载：“汉时，京师宾婚嘉会，皆作魁

偏，酒酣之后载续以挽歌。魁儡，丧家之乐；挽歌，执绋相偶和之者。”（卷六）

蒿里

蒿里谁家地，聚敛魂魄无贤愚。〔1〕
鬼伯一何相催促，人命不得少踟蹰。〔2〕

【注释】

〔1〕“蒿里”二句：言鬼伯索命时对人一律平等，不论贤愚贵贱。

〔2〕“鬼伯”二句：犹今之民间俗语：“阎王叫你三更死，谁敢留人到五更。”可以理解为是对活人的开导，但对死者却毫无顾惜留恋之情。汉人以此歌送葬，在生死问题上可谓通达。

【解说】

蒿里，系汉时挽歌篇名。参见《薤露》解说。

平陵东

平陵东，松柏桐〔1〕，
不知何人劫义公〔2〕。
劫义公，在高堂下，交钱百万两走马。〔3〕
两走马，亦诚难。

顾见追吏心中恻[4]。
心中恻，血出漉[5]。
归告我家卖黄犊[6]。

【注释】

〔1〕松柏桐：指陵墓上种植的冢树。东汉仲长统《昌言》曰：“古之葬者，松柏梧桐以识其坟。”此两句点出“绑票”之地。

〔2〕不知何人：是讥刺之语，因下句中的“高堂”已点破是官府所为。义公：“义”为形容词，言被劫者是个好人。

〔3〕高堂：指官府衙门。交：交换。走马：善跑的好马。此两句言义公被劫到衙门里，并需用一百万钱和两匹快马才能赎出。

〔4〕“两走马”三句：两匹快马实在难找，所以一见到前来催逼的差吏，心中便悲痛忧伤。

〔5〕漉：滤出，此作“流干”“流尽”解。

〔6〕犊：小牛，这里是泛称黄牛。犊者，是为了与“漉”押韵。此言走马不可得，故卖牛以凑足赎身之费。

【解说】

本篇揭露官府用“绑票”方式压榨平民百姓。平陵，汉昭帝陵墓，在今咸阳市西六公里处。

陌上桑

日出东南隅[1]，照我秦氏楼。

秦氏有好女，自名为罗敷。[2]
罗敷喜蚕桑，采桑城南隅。
青丝为笼系，桂枝为笼钩，[3]
头上倭堕髻[4]，耳中明月珠[5]。
缃绮为下裙，紫绮为上襦。[6]
行者见罗敷，下担捋髭须。[7]
少年见罗敷，脱帽著帩头。[8]
耕者忘其犁，锄者忘其锄。
来归相怨怒，但坐观罗敷。[9]　一解

使君从南来[10]，五马立踟蹰[11]。
使君遣吏往，问是谁家姝[12]。
"秦氏有好女，自名为罗敷。"
"罗敷年几何？"
"二十尚不足，十五颇有余。"
使君谢罗敷："宁可共载不[13]？"
罗敷前置辞[14]："使君一何愚！
使君自有妇，罗敷自有夫。"　二解

"东方千余骑，夫婿居上头[15]。
何用识夫婿？白马从骊驹。[16]
青丝系马尾，黄金络马头。
腰中鹿卢剑，可值千万余。[17]
十五府小吏，二十朝大夫；
三十侍中郎，四十专城居。[18]
为人洁白皙[19]，鬑鬑颇有须[20]。

盈盈公府步，冉冉府中趋。[21]
坐中数千人，皆言夫婿殊[22]。” 三解

【注释】

〔1〕隅（yú）：角落，此作“方位”解。

〔2〕“秦氏”二句：道出女主人公姓秦名罗敷。“秦罗敷”，是当时人对妇女的泛称。

〔3〕青丝：青丝绳。笼：篮子。系：指篮上的络绳。笼钩：篮的提梁。此两句写罗敷所提桑笼的精美。

〔4〕倭堕髻：即堕马髻。其髻偏在一边，呈欲坠之状，是当时一种时髦的发式。

〔5〕明月珠：一种产于西域的宝珠。据《后汉书·西域传》载，大秦国（罗马帝国）产明月珠。

〔6〕缃：杏黄色。绮：织有细密花纹的绫。襦：短袄。此两句写罗敷华美的服装。

〔7〕捋（lǔ）：用手顺着抚摸。髭（zī）须：胡须在唇上曰髭，在下曰须。此两句言行路的人看见罗敷，便放下担子捋胡须，言下之意是想借此多看罗敷两眼。写法上是用旁观者的表现来映衬罗敷的美貌，后四句与此笔法相同。

〔8〕著：戴。帩（qiào）头：即“绡头”，包头发的纱巾。古人先用头巾束发，然后加冠。此言少年们脱帽重整发巾，以在罗敷面前炫耀自己。

〔9〕“来归”二句：言男子们因为看到美丽的罗敷，还家后便嫌自己的妻子丑陋。（以上一解，极写罗敷之美。清陈祚明《采菽堂古诗选》曰：“写罗敷全须写容貌，今止言服饰之盛耳，偏无一言及容貌；特于看罗敷者尽情描写，所谓虚处著笔，诚妙手也。”）

〔10〕使君：东汉人对太守、刺史的称呼。

〔11〕五马：指太守的车马。据《汉官仪》载，太守常制驷马，出行时增为五马。后即以五马为太守的代称。立踟蹰：停车不前。

〔12〕姝：美女。

〔13〕谢：告也，此作“问”解。共载：同车。此两句是小吏传达使君的意思，言：使君想与你同车共载，你愿意和他一道走吗？

〔14〕前置辞：言罗敷走上前去直接与使君对话。（以上二解，写罗敷拒绝使君的请求。）

〔15〕居上头：居于前列。

〔16〕骊（lí）：深黑色马。驹：小马。此两句言：根据什么标志来辨认我丈夫呢？身骑白马并有小黑马相随的那一位便是。

〔17〕“青丝”四句：以坐骑之华美、佩剑之精良衬托人物的英武不凡，与一解写罗敷装束的笔法正相呼应。鹿卢剑，即辘轳剑。古时长剑柄首用玉作成辘轳形。

〔18〕“十五”四句：言其夫在不同年龄上所任的不同官职。朝大夫，朝中大夫的官职。侍中郎，皇帝的侍从官。汉时侍中是加官，即在原官职上特加的荣衔。专城居，犹言为一城之主，如太守、刺史之类。

〔19〕洁白皙：面容白净。

〔20〕鬑鬑（lián）：形容胡须之长。

〔21〕“盈盈”二句：形容其夫的步态很有风度。盈盈，步履轻盈。公府步，犹后代所谓的“官步”。冉冉，行步舒缓貌。

〔22〕殊：出众。（以上三解，以夸夫作结，使用了民歌中的夸张铺排手法。罗敷之夫定不像其所说的那样，因为府小吏很难成为朝大夫，一城之主的夫人也绝不会去提篮采桑。之所以要这样说，是为了在精神上战胜“使君”，巧妙回绝他的挑逗。）

【解说】

这是一首民间叙事诗，叙述采桑女子罗敷严词拒绝太守调戏之事。诗中歌颂了采桑女的美丽坚贞与聪慧，同时也暴露了太守的荒淫与无耻。本篇《宋书·乐志》题作《艳歌罗敷行》，《玉台新咏》题作《日出东南隅行》。全诗分三解，“解”犹“章”，是乐歌的段落。本书后面所选《羽林郎》写酒家胡姬拒绝金吾子调戏的故事，与本篇的罗敷拒绝使君，在情节和诗歌语言上颇有相近之处，可以对读。

长歌行

青青园中葵〔1〕，朝露待日晞〔2〕。
阳春布德泽，万物生光辉。〔3〕
常恐秋节至〔4〕，焜黄华叶衰〔5〕。
百川东到海，何时复西归？〔6〕
少壮不努力，老大徒伤悲。〔7〕

【注释】

〔1〕葵：冬葵，亦名冬寒菜或葵菜，是我国古代重要蔬菜之一。《诗经·豳风·七月》中即有“七月亨（烹）葵及菽”的诗句。

〔2〕“朝露”句：言葵叶上的露水会在阳光下蒸发而干。晞（xī），干燥。《诗经·秦风·蒹葭》：“蒹葭萋萋，白露未晞。”

〔3〕“阳春”二句：温暖的春光向万物布施着恩惠，使它们充满生机。

〔4〕秋节：秋凉时节。

〔5〕焜（kūn）：“熉”（yún）的借字，与“黄”同义。华叶：花与叶。衰（cuī）：凋零。

〔6〕“百川”二句：喻时不能再。

〔7〕“少壮”二句：劝人及时努力，系全篇主旨。宋岳飞《满江红》“莫等闲白了少年头，空悲切”即由此化出。

【解说】

此诗在《乐府诗集》中属相和歌平调曲。长歌者，是就歌词的音节而言。歌词内容是借自然界的春荣苦短、川不复西，比喻时间的飞逝不回，从而敦促人们积极努力、奋发向上。

鸡鸣

鸡鸣高树巅，狗吠深宫中。[1]
荡子何所之[2]，天下方太平。
刑法非有贷，柔协正乱名。[3]
黄金为君门，碧玉(为)轩阑堂[4]。
上有双樽酒，作使邯郸倡。[5]
刘王碧青甓，后出郭门王。[6]
舍后有方池，池中双鸳鸯。
鸳鸯七十二，罗列自成行。
鸣声何啾啾，闻我殿东厢。[7]
兄弟四五人，皆为侍中郎[8]。
五日一时来[9]，观者满路旁。
黄金络马头[10]，颎颎何煌煌[11]！
桃生露井上[12]，李树生桃旁。
虫来啮桃根，李树代桃僵。[13]
树木身相代，兄弟还相忘！[14]

【注释】

〔1〕“鸡鸣”二句：形容天下太平景象。《史记·律书》：“天下殷富，粟至十余钱，鸣鸡吠狗，烟火万里，可谓和乐者乎！”晋陶渊明《归园田居》化此二句作“狗吠深巷中，鸡鸣桑树颠”，以表现田园生活的恬静与安适。

〔2〕荡子：游手好闲之人。何所之：去往何处，出路何在。

〔3〕贷：宽免，饶恕。柔协：柔服，安抚顺服。正：犹制裁。乱名：指触犯国法。此两句言：朝廷的法律没有丝毫宽容，对顺服者怀柔安抚，对乱名忤法者严正治罪。言外之意是荡子可以投靠朝廷。

〔4〕碧玉：碧，一作“璧”，当以“碧”字为是，“碧玉”方可与“黄金”为对文。为：当是衍文，全句应为五字句。

〔5〕“上有”二句：言荡子每日饮酒纵乐。双樽，言不止一樽。邯郸倡，指生长于赵地的歌伎。邯郸，战国时赵国的首都，故址即今河北省邯郸市。倡，同“娼”，此指女乐。

〔6〕刘王：汉同姓诸侯王。碧青甓（pì）：青碧色的砖。甓，砖的一种，闻一多以为是琉璃瓦。依汉制，唯宗室王家可以用青甓建造宫殿。郭门王：郭门外之侯王，指异姓王。此两句言最初是刘姓王孙公子用青甓修建宫室，后来异姓诸侯也竞相效法起来。

〔7〕殿：高堂大屋。东厢：东厢房。此两句言鸳鸯的鸣声闻于堂内。

〔8〕侍中郎：见《陌上桑》注〔18〕。

〔9〕五日：休沐之日。汉制五日一休沐，即在朝为官者每五日回私宅休息、沐浴一次。

〔10〕络：笼罩。此句言马的笼头涂饰着黄金。

〔11〕颎颎：音义同“炯炯”，辉煌明亮。

〔12〕露井：没有遮盖物的井。

〔13〕“虫来”二句：言虫来咬食桃树的根，李树却替桃树受灾，僵枯而死。言外之意是指桃树嫁祸李树。诗句借此喻指权贵兄弟间的互

相倾轧。后世“李代桃僵”的成语，便是由这两句诗化出。

〔14〕“树木”二句：言树木还肯替同伴受难，而人类却只知保全自己。

【解说】

本篇始见于《宋书·乐志》，当是讥刺时事的作品，因事件已无可考，读来不免使人感到逻辑上不够连贯。诗分三大段，第一段写天下太平，荡子一变而成显贵，但终不免触犯刑法；第二段写荡子显贵时的骄奢；第三段以比兴手法写荡子遇祸后兄弟间互相倾轧的情况。清陈祚明《采菽堂古诗选》评此诗曰：“当时必有为而作，其意不传，无缘可知，但觉淋漓古雅。古雅，辞也，淋漓，情也。彼自有情，即事不传，而情未尝不传。”本书所选《相逢行》一篇，与本篇辞句多相仿，可以对读。

相逢行

相逢狭路间，道隘不容车。〔1〕
不知何年少，夹毂问君家。〔2〕
君家诚易知，易知复难忘。
黄金为君门，白玉为君堂。〔3〕
堂上置樽酒，作使邯郸倡。
中庭生桂树，华灯何煌煌。
兄弟两三人，中子为侍郎。
五日一来归，道上自生光。
黄金络马头，观者盈道旁。
入门时左顾，但见双鸳鸯。
鸳鸯七十二，罗列自成行。

音声何噰噰，鹤鸣东西厢。[4]
大妇织绮罗，中妇织流黄；
小妇无所为，挟瑟上高堂：
“丈人且安坐，调丝方未央。”[5]

【注释】

〔1〕“相逢”二句：以路之狭隘，喻车之高广。

〔2〕“不知”二句：言不知是谁家少年，在隔车打探车中主人的情况。夹毂，犹夹车，站在车的两边。毂，详见《国殇》注〔2〕，此代指车。君家，你家，此指车主之家。以下是对“君家”的赞美。

〔3〕“黄金”二句：《鸡鸣》篇作“黄金为君门，碧玉（为）轩阑堂”。此二句及至“鹤鸣东西厢”，均与《鸡鸣》中诗句相仿，可以参读。

〔4〕“音声”二句：言“君家”不仅有鸳鸯，还有仙鹤。噰（yōng）噰，众鸟和鸣之声，此指鹤鸣。

〔5〕“大妇”六句：写三位儿媳的劳作、弹奏情况。丈人，儿媳对公婆的尊称。调丝，调弄琴弦，指弹琴瑟。方未央，尚未尽。有本作“未遽央”。诗中“大妇”“中妇”“小妇”的写法，曾为宋代词人辛弃疾所袭用，其《清平乐·村居》曰：“大儿锄豆溪东，中儿正织鸡笼；最喜小儿无赖，溪头卧剥莲蓬。”

【解说】

本篇始见于《玉台新咏》，虽中间一大段的诗句与《鸡鸣》篇极其相似，但诗的主旨并不在讥刺而在于祝颂。诗篇描绘了贵族之家的种种享乐，结构上也较《鸡鸣》篇更为完整。比较两诗的内容与形式，可以清晰地看出民间文学的传承性及传承中的变异性。“相和歌辞”中又有《长安有狭斜行》一篇，几乎完全撮取本诗，录以参读：“长安有狭斜，狭斜不容车。适逢两少年，夹毂问君家。君家新市旁，易知复难忘。大子二千石，中子孝廉郎。小子无官职，衣冠仕洛阳。三子俱入室，室中自生光。大妇织绮纻，中妇织流黄。小妇无所为，挟琴上高堂。丈人且徐徐，调弦讵未央。”

陇西行

天上何所有，历历种白榆[1]。
桂树夹道生[2]，青龙对道隅[3]。
凤凰鸣啾啾，一母将九雏。[4]
顾视世间人，为乐甚独殊[5]。
好妇出迎客，颜色正敷愉[6]。
伸腰再拜跪[7]，问客平安不。
请客北堂上，坐客毡氍毹。[8]
清白各异樽[9]，酒上正华疏[10]。
酌酒持与客，客言主人持。[11]
却略再拜跪[12]，然后持一杯。
谈笑未及竟[13]，左顾敕中厨[14]。
促令办粗饭，慎莫使稽留[15]。
废礼送客出[16]，盈盈府中趋[17]。
送客亦不远，足不过门枢[18]。
取妇得如此，齐姜亦不如[19]。
健妇持门户，一胜一丈夫[20]。

【注释】

〔1〕历历：分明貌。白榆：星名，在北斗星旁。“种白榆”是天上有白榆星的巧妙说法。下句亦同。

〔2〕桂树：指星。古人有“阳星之精生椒桂”的说法。道：指黄道，古人想象中太阳绕地球而行的轨道。诗人有意将其写成天上一条种满桂花树的林荫大道，想象奇丽。

〔3〕青龙：星名。古人将周天二十八宿分为东、西、南、北四区，分别名之曰青龙、白虎、朱雀、玄武。青龙，即东方七宿。隅：旁。以上四句又见于《步出夏门行》篇末。精彩的诗句在乐府诗中常被互相取用，有时很难辨清究竟谁是承袭者。

〔4〕凤凰：指星，即青龙七宿中的第六宿尾宿，一名“天鸡”。有星九颗，故巧言之曰“一母将九雏”。

〔5〕独殊：特殊。

〔6〕敷愉：和悦美丽。

〔7〕伸腰再拜跪：直起腰来行拜礼，然后恢复原来的姿势。古人坐时，双膝着地成跪姿。

〔8〕北堂：正房靠内里的半边。《毛诗注疏·卫风·伯兮》孔颖达疏：“堂者，房室所居之地总谓之堂。房半以北为北堂，房半以南为南堂也。”氍毹（qú shū）：毛毡、地毯之类。精细者为毾㲪。是西域物产。《后汉书·西域传》：天竺国“又有细布、好毾㲪”。《三国志》引《魏略·西戎传》：“或云非独用羊毛也，亦用木皮或野蚕丝作，织成氍毹、毾㲪、罽帐之属皆好，其色又鲜于海东诸国所作也。”此句言请客人坐在毡毯上。寓指待客礼仪的隆重。

〔9〕清白：指清酒和白酒。

〔10〕正华疏：华疏，华美的镂刻，此以酒勺柄上的镂刻代指酒勺。此句言酒端上来时妇人将酒勺摆正。

〔11〕“酌酒”二句：写主人与客人互敬互让。

〔12〕却略：即“略却”，稍稍后退，以示谦恭。

〔13〕竟：完毕。

〔14〕左顾：回顾。 敕：命令，吩咐。 中厨：指内厨房。

〔15〕稽留：久留，这里是延误的意思。

〔16〕废礼：罢礼。

〔17〕盈盈：形容女子的轻盈步态。

〔18〕枢：门扇的转枢。 此两句写女主人送客到门口为止，持礼待客，恰如其分。

〔19〕齐姜：周朝齐侯姜姓之女，详见《诗经 · 卫风 · 硕人》注〔3〕。 古人后以“齐姜”代指高贵美丽的女子。

〔20〕健妇：指有男子气概的女性。 此两句直言女胜于男，赞叹之情，溢于言表。 末句或作“亦胜一丈夫”“胜一大丈夫”，均通。

【解说】

陇西，郡治狄道，在今甘肃省临洮县西南，是交通西域的要道。 当时沿途住户多兼营客栈、酒店生意，本篇即写一开店女子的泼辣和能干。

东门行

出东门，不顾归〔1〕。
来入门，怅欲悲〔2〕。
盎中无斗米储〔3〕，还视架上无悬衣〔4〕。
拔剑东门去〔5〕，舍中儿母牵衣啼：
“他家但愿富贵，贱妾与君共铺糜〔6〕。
上用仓浪天故，下当用此黄口儿。〔7〕”
“今非咄行，吾去为迟〔8〕！

白发时下难久居[9]。”

【注释】

〔1〕东门：城市的东城门。 东门外似是主人公准备为非的地方。 顾：思，念。 由此二句可知，他已在东门外走过一遭。

〔2〕“来入”二句：由于思想斗争，主人公终于转回家来。 但入门后所见的凄凉景象，使他更加惆怅与悲愤。

〔3〕盎（àng）：肚大口小的瓦罐。 无斗米储：言家中无一斗米的存粮。

〔4〕架：衣架。

〔5〕“拔剑”句：言主人公准备再去东门。

〔6〕铺糜：吃粥。 此两句是妻子的劝阻之词，言“别人家富贵我不羡慕，我情愿与你一起喝粥过穷日子”。

〔7〕“上用”二句：妻子求丈夫上看在苍天的分上，下看在孩子的分上，不要干非法的事。 言下之意：干非法的事为天理所难容，一旦事发，孩子可就更惨了。 仓浪天，苍天。 仓浪，青苍色。 黄口儿，幼雀口角为黄色，故用以指幼儿。

〔8〕“今非”二句：从黄节、萧涤非先生的断句方式。 余冠英、王季思先生在此处断作：“‘……今非！’‘咄！ 行！ 吾去为迟！’”将“今非”断为从上句的妻子语吻。 从诗歌的语言特点考虑，当以黄、萧的断法更为恰切。 咄，顷刻。《晋书·石崇传》：“为客做豆粥，咄嗟便办。”咄行，犹言“快去”。 此两句说：我现在若是不快走，就来不及了。

〔9〕白发时下：白发时常脱落。

【解说】

本篇写一个穷汉因不堪官府压榨，准备铤而走险。 其中妻子劝他安守贫贱和他执意而行的一段对话颇具声口，刻画出两人的性格形象。《乐府诗集》又录晋乐所奏《东门行》，与本辞文字稍异。

饮马长城窟行

青青河边草，绵绵思远道〔1〕。
远道不可思〔2〕，宿昔梦见之〔3〕。
梦见在我旁，忽觉在他乡。〔4〕
他乡各异县，展转不可见〔5〕。
枯桑知天风，海水知天寒。〔6〕
入门各自媚，谁肯相为言。〔7〕
客从远方来，遗我双鲤鱼〔8〕。
呼儿烹鲤鱼〔9〕，中有尺素书〔10〕。
长跪读素书，书中竟何如？
上言加餐食，下言长相忆。〔11〕

【注释】

〔1〕绵绵：缠绵不断。此词上关青草，下关相思。此两句意思是：河畔青草连绵伸向远方，自己对远方亲人的思念也像这青草一样向远方延伸着。

〔2〕不可思：思念也是徒劳的。

〔3〕宿昔：昨夜。一说同“夙夕”，可解作“早晚”“日夜”。两说均可。

〔4〕“梦见”二句：言梦中与丈夫非常接近，醒后却猛然意识到他还远在他乡。通过梦中与醒后的对照，突出了思妇的抛闪之感。

〔5〕展转：同“辗转”。

〔6〕“枯桑”二句：枯桑无叶，同样能感到风吹；海水无冰，同样能感到寒冷。言下之意，离别之苦无须言说。

〔7〕“入门”二句：别人回到家里，只顾自己一家人亲亲热热，又有谁肯来对我说句安慰的话呢？媚，爱悦，亲热。

〔8〕遗（wèi）：赠送，这里是“带给我”的意思。双鲤鱼：指信函。古时信置于函中，函由刻为鱼形的两片木板制成，一盖一底，分而为双鱼，故有此说。

〔9〕烹鲤鱼：打开信函的灵活说法。

〔10〕尺素书：信。古时书信一般用长约一尺一寸的木板或绢帛书写，因此称“尺牍”或“尺素”，又可称为“尺书”。

〔11〕“上言”二句：指信的内容。上文是劝妻子保重身体，下文是写对妻子的相思之情。加餐食，系当时熟语，古诗《行行重行行》中亦有“弃捐勿复道，努力加餐饭”的诗句。

【解说】

此篇《文选》作古辞，《玉台新咏》题蔡邕作。蔡邕（132—192），字伯喈，陈留圉（今河南杞县南）人，东汉文学家、书法家。因《文选》之说早出，今从《文选》。这是一首思妇诗。前半部分写闺妇因相思之切而恍然入梦，醒后倍觉孤清；后半部分写丈夫来信的内容。

妇病行

妇病连年累岁，传呼丈人前一言〔1〕。
当言未及得言，不知泪下一何翩翩〔2〕。
“属累君两三孤子〔3〕，莫我儿饥且寒。
有过慎莫笪笞，行当折摇，

思复念之！[4]”

乱曰[5]：

抱时无衣，襦复无里。[6]

闭门塞牖[7]，舍孤儿到市。

道逢亲交[8]，泣坐不能起。

从乞求与孤儿买饵[9]。

对交啼泣[10]，泪不可止。

我欲不伤悲不能已，探怀中钱持授交[11]。

入门见孤儿，啼索其母抱[12]。

徘徊空舍中，行复尔耳，

弃置勿复道[13]。

【注释】

〔1〕丈人：此指丈夫。此两句言妇人卧病多年，自知时日无多，招呼丈夫前来，嘱托身后之事。

〔2〕翩翩：泪流不止的样子。此两句言妇人还未开口，眼泪便先流了出来。

〔3〕属（zhǔ）：同“嘱”，嘱托。累：拖累。此句言：这两三个没娘的孤儿以后可就要拖累你了。

〔4〕过：过失。笪笞（dá chī）：此处两字同义，谓用鞭、杖、竹板抽打。折摇：即“折夭”，夭折。此三句言：孩子们有了过失，千万不要重打，他们恐怕也活不多久了，请多顾念他们吧！

〔5〕乱：见《离骚》注〔210〕。以下是写妇人死后的情况。

〔6〕“抱时”二句：丈夫想抱孩子出门时发现孩子没有长衣，短衣也是单的。因此下文才有把孩子留在家中的描写。

〔7〕塞牖（yǒu）：堵好窗户以防寒。牖，窗。

〔8〕亲交：亲近的朋友。

〔9〕饵：糕饼之类的食品。 此句言请求路途上所逢的朋友代自己为孩子们买食物。

〔10〕交：指亲交。

〔11〕“探怀”句：从怀中取出钱来交给所托的亲交朋友，因他还惦念着家中的孤儿。

〔12〕啼索其母抱：哭着找妈妈抱。

〔13〕行复尔耳：又将如此。 此及下句是说：孩子们也将像他妈妈一样地死去，什么也别说了！ 这是父亲无可奈何的慨叹之言。

【解说】

本篇描述一个妇人因病而死，留下丈夫、孤儿继续在死亡线上挣扎的悲惨一幕，具有深刻的社会现实意义。

孤儿行

孤儿生，
孤子遇生〔1〕，命独当苦。
父母在时，
乘坚车，驾驷马。〔2〕
父母已去〔3〕，兄嫂令我行贾〔4〕。
南到九江〔5〕，东到齐与鲁〔6〕。
腊月来归，不敢自言苦。
头多虮虱，面目多尘〔7〕。
大兄言办饭，大嫂言视马。〔8〕
上高堂，行取殿下堂。〔9〕

孤儿泪下如雨。

使我朝行汲[10]，暮得水来归。

手为错[11]，足下无菲[12]。

怆怆履霜，中多蒺藜。[13]

拔断蒺藜肠月中[14]，怆欲悲。

泪下渫渫，清涕累累。[15]

冬无复襦[16]，夏无单衣。

居生不乐[17]，不如早去，下从地下黄泉！

春气动，草萌芽。

三月蚕桑，六月收瓜。

将是瓜车[18]，来到还家。

瓜车反覆[19]，

助我者少，啖瓜者多[20]。

愿还我蒂，兄与嫂严。[21]

独且急归[22]，当兴校计[23]。

乱曰[24]：

里中一何譊譊[25]！愿欲寄尺书，

将与地下父母，兄嫂难与久居。[26]

【注释】

〔1〕遇生：犹“逢生”，指落入不幸的境地。

〔2〕坚车：坚固结实的车乘。驾驷马：用四匹马驾着车。此两句言父母在时生活优越。

〔3〕已去：已死。

〔4〕行贾：往来经商，长途贩运。

〔5〕九江：郡名。西汉时郡治在寿春，即今安徽省寿县；东汉移治陵阴，即今安徽省定远县。

〔6〕齐与鲁：泛指今山东省境内地区。

〔7〕“面目”句：疑“尘”字后脱一“土”字。因此处句末应是韵字，“土”恰与“贾”“鲁”“苦”相押。

〔8〕“大兄”二句：孤儿刚进家门便受驱使，大哥命令他去做饭，大嫂命令他去喂马。

〔9〕“上高堂”二句：承上“办饭”“视马”二事而言，谓一会儿上堂，一会儿下堂，屋里屋外，忙个不停。行，复。取，通“趋”，急走。殿下堂，高堂下的另一处房屋，当即后世所谓的“下房”。

〔10〕行汲：出外打水。

〔11〕错：同“锉”，形容皮肤受冻皴裂，毛糙如锉刀。

〔12〕菲：通“扉”，草鞋。

〔13〕怆怆：当读作“跄跄”（qiàng），踉跄之意，形容脚步不稳。蒺藜：一种伏地生草本植物，果实上有棘刺。此两句言孤儿赤脚走在满是蒺藜的霜地上。

〔14〕月：同“肉”。

〔15〕“泪下”二句：互文，写流泪。渫渫，泪流不止的样子。涕，即泪。累累，形容珠泪滚滚。

〔16〕复襦：短夹袄。

〔17〕居生：活在世上。

〔18〕将：携持，这里作“推”解。是：此。

〔19〕反覆：翻覆。

〔20〕啖（dàn）：吃。

〔21〕“愿还”二句：孤儿希望吃瓜人把瓜蒂留给他，以拿回去向兄嫂交代。蒂，连接瓜与瓜秧的短茎。

〔22〕独且（cú）：独往，与“急归”互文。且，音义同“徂”。

〔23〕当兴校计：言兄嫂当要发难，与他算账。校计，计较。

〔24〕乱：音乐的最后一段。

〔25〕里中：指家中。谚（náo）谚：喧叫声。

〔26〕“愿欲”三句：言孤儿想给地下的父母寄信，告诉他们自己很难和这样的兄嫂共同生活下去。

【解说】

这是一篇反映孤儿受兄嫂虐待的诗，具有很强的真实感，揭示了当时家庭关系的一个侧面，有助于读者认识当时的社会现实。

白头吟

皑如山上雪，皎若云间月。〔1〕
闻君有两意〔2〕，故来相决绝。
今日斗酒会，明旦沟水头。〔3〕
躞蹀御沟上〔4〕，沟水东西流〔5〕。
凄凄复凄凄，嫁娶不须啼。
愿得一心人，白头不相离。〔6〕
竹竿何袅袅，鱼尾何簁簁。〔7〕
男儿重意气，何用钱刀为！〔8〕

【注释】

〔1〕“皑如”二句：女子对其爱情的自况，言她的一颗心如“山上雪”一般清纯，如“云间月”一般皎洁。皑，白。皎，洁白，光明。

〔2〕两意：二心，指喜新厌旧之心。

〔3〕“今日”二句：今日置酒作最后的相聚，明早我们便在沟水边分手。此两句表现出女子决绝中的一丝留恋。斗，盛酒器。沟水，指

御沟水，皇城外的护城河。唐李峤《饯骆四》“明日临沟水，青山几万重”，即暗用此二句诗意。

〔4〕躞蹀（xiè dié）：小步徘徊。

〔5〕“沟水”句：以水之东西分流，喻人之分手不复相聚。

〔6〕“凄凄”四句：言只要能嫁与一个用情专一的男子，两人白头相守，那么出嫁时就不必悲伤啼哭。嫁娶，偏义复词，指“嫁”。

〔7〕竹竿：此指钓竿。袅袅：轻轻摇动的样子。簁（xǐ）簁：形容鱼尾的甩动。此两句以钓鱼喻男女之欢。

〔8〕“男儿”二句：言男子汉应看重情义，追求金钱又有什么用呢？钱刀，钱币。古钱币有铸成刀形者，故称。追求钱刀，或即是男子“有两意”的缘由。

【解说】

这是一篇女子对负心爱人表示决绝的作品。《乐府诗集》另录晋乐所奏《白头吟》，与本辞文字有异。

梁甫吟[1]

步出齐城门[2]，遥望荡阴里[3]。
里中有三坟，累累正相似。
问是谁家墓，田疆古冶氏[4]。
力能排南山，文能绝地纪[5]。
一朝被谗言，二桃杀三士。[6]
谁能为此谋？国相齐晏子。

【注释】

〔1〕梁甫：山名，在泰山下。

〔2〕齐城：指齐都临淄。

〔3〕荡阴里：地名，在临淄城东南。《水经注·淄水》曰："淄水又东北，迳荡阴里西。水东有冢，一基三坟，东西八十步，是烈士公孙接、田开疆、古冶子之坟也。"

〔4〕田疆古冶氏：田开疆、古冶子。诗举二人以代"三士"。

〔5〕"力能"二句：言三勇士文武双全。南山，指齐国境内的牛山，以位于齐都之南，故又名齐南山。绝，毕，尽。地纪，犹"地纲"，指天地间的大道理，如仁、义、礼、智、信等。

〔6〕二桃杀三士：对晏婴毒计和三勇士之死的高度概括，后被用为成语，表达畏谗、避祸之意。唐李白《惧谗》："二桃杀三士，讵假剑如霜。"清吴伟业《桃核船》："三士漫成齐相计，五湖好载越姝行。"

【解说】

本篇咏"二桃杀三士"故事，曾被误传为诸葛亮所作。其实诸葛亮只是好吟之而已，《三国志·诸葛亮传》载："亮躬耕陇亩，好为梁父吟。"《四库全书总目》于《诸葛忠武书》目下著录曰："今世所传亮集四卷，由后人采摭而成，文多依托。如《梁父吟》乃褚亮之作，见于唐欧阳询《艺文类聚》。乃因与亮本传'好为梁父吟'事相合，又褚亮姓名与诸葛亮字相近，遂讹为亮作。"诗歌对正直慷慨的三勇士因遭毒计而死深表同情，后被用为一般葬歌。据《晏子春秋·谏下》记载：齐景公手下有三位勇士，名叫公孙接、田开疆、古冶子。他们力能排山，勇堪搏虎，内可禁暴，外可威敌，是国家的有用之才。只因没有对宰相晏婴表示恭敬，晏婴便想出一条二桃杀三士的计谋，劝景公除去他们。于是景公派人给他们送去两颗桃子。三人无法分吃二桃，便决定论功而食。首先，公孙接自报打虎功，取过一桃，接着田开疆自报征战功，也取过一桃。这时古冶子站起来说："当年随主上渡黄河，有只大鼋衔去一匹骖马，我逆流潜行百步，顺流追了九里，终于捉住大鼋，将它杀死。当我左手提马尾、右手提鼋头从水里跳出来时，岸上人还以为我是河神呢！这样的功劳，有谁能同我一起吃桃呢？你们两位还是把桃退回来吧！"公孙接、田开疆满面羞愧地说："我们的勇气不如你，功劳也不如你，反而毫不客气地先取了桃子，太贪心了。贪而不死，便是无勇。"于是，二人自刎而死。古冶子见状，说："二友皆死，而我独生，不仁；矜夸己功，羞死二友，不义；不仁不义而不就死，便是无勇。"于是也引颈自杀了。这个故事，便是诗的本事。

怨歌行

新裂齐纨素〔1〕，鲜洁如霜雪〔2〕。
裁为合欢扇〔3〕，团团似明月〔4〕。
出入君怀袖，动摇微风发。
常恐秋节至，凉飙夺炎热〔5〕。
弃捐箧笥中〔6〕，恩情中道绝。

【注释】

〔1〕裂：裁，从织机上截下来。齐纨素：因齐地所产的纨素最著名，故以齐纨素代指精美的绢。纨，较为精细的绢。素，生绢。

〔2〕"鲜洁"句：既形容纨素的洁白无瑕，也暗喻女子的纯洁品质。

〔3〕合欢扇：团扇。合欢，暗寓男女和合之意。

〔4〕团团：圆貌。

〔5〕凉飙（biāo）：带有寒意的疾风。此句是说秋风吹走炎热。

〔6〕箧笥（qiè sì）：盛放衣物的竹箱。箧，竹制长方形小箱。笥，苇编或竹编长方形箱。

【解说】

本篇以扇为喻，嗟叹女子的可悲命运。旧题为班婕妤作，但《文选》李善注认为是古辞，今人多从李善之说。

杂曲歌辞八首

悲歌

悲歌可以当泣，远望可以当归〔1〕。
思念故乡，郁郁累累〔2〕。
欲归家无人，欲渡河无船。〔3〕
心思不能言，肠中车轮转。〔4〕

【注释】

〔1〕当：代替。两句的实际意思是：惟其欲泣，所以悲歌；惟不能归，所以远望。（张玉穀《古诗赏析》）

〔2〕郁郁累累（léi léi）：心情忧郁纠结。

〔3〕“欲归”二句：是心情忧郁的原因。一方面在为诗人实际上已无家可归，另一方面诗人目前也没有条件回家，所以才说无船渡过江河的隔阻。

〔4〕“心思”二句：言愁思如车轮般在肠中转动。车轮，双向喻体，既喻回环的愁思，也暗示乡思如轮正向家乡滚动。

【解说】

本篇是战乱年代征人思乡之作。

羽林郎

昔有霍家奴[1]，姓冯名子都[2]。
依倚将军势，调笑酒家胡[3]。
胡姬年十五，春日独当垆[4]。
长裾连理带，广袖合欢襦。[5]
头上蓝田玉，耳后大秦珠。[6]
两鬟何窈窕[7]，一世良所无。
一鬟五百万，两鬟千万余。[8]
“不意金吾子[9]，娉婷过我庐[10]。
银鞍何煜爚[11]，翠盖空踟蹰[12]。
就我求清酒，丝绳提玉壶。
就我求珍肴，金盘脍鲤鱼[13]。
贻我青铜镜，结我红罗裾。[14]
不惜红罗裂，何论轻贱躯。[15]
男儿爱后妇，女子重前夫。
人生有新故，贵贱不相逾。[16]
多谢金吾子，私爱徒区区[17]。”

【注释】

〔1〕霍家：指霍光家。霍光，霍去病异母弟，西汉昭帝时任大司马、大将军。因初受汉武帝托孤之诏，左右朝政数十年，权倾内外，族人多有为暴者。

〔2〕冯子都：名殷，是颇受霍光宠幸的奴监——家奴头子。据《汉书·霍光传》称，他曾多次犯法。

〔3〕酒家胡：卖酒的胡女。胡，汉朝对西域人的称谓。

〔4〕当垆（lú）：犹今之所言"站柜台"。当，值。垆，安置酒坛的柜台，以土垒成，四边隆起，一面稍高，形似煅垆，故名"垆"。

〔5〕裾：衣的前襟。连理带：两条对称的衣带，用以系束衣服。合欢：指织物上一种象征和合欢乐的花纹图案。襦：短袄。此两句写胡姬的穿着。

〔6〕蓝田：山名，在今陕西省蓝田县东三十里。据《汉书·地理志》称，此山出美玉。大秦珠：即明月珠，参见《陌上桑》注〔5〕。此两句写胡姬的佩饰，与《陌上桑》"头上倭堕髻，耳中明月珠"两句语多近似。

〔7〕鬟：一种挽成环形的发髻。古时年轻女子多挽双鬟或三鬟。窈窕：美好貌。此形容胡姬鬟髻之美。

〔8〕"一鬟"二句：言胡姬鬟髻上的首饰非常贵重，价值千万。

〔9〕金吾子：执金吾。冯子都只是霍光家臣，并不曾任过此职，此系泛称。且作品本为假托，更不必拘泥史实。

〔10〕娉婷（pīng tíng）：美好貌。这里有满面春风或嬉皮笑脸的意思。

〔11〕煜爚（yù yuè）：光彩耀目。

〔12〕翠盖：翠鸟羽毛装饰的华丽车盖。

〔13〕鲙鲤鱼：细切成鲙的鲤鱼肉。鲙，细切之鱼肉，此处用作动词。

〔14〕"贻我"二句：言金吾子送给胡姬一面铜镜，并要系在胡姬红罗衣的前襟上。此两句写金吾子在店里享受了一顿美酒佳肴之后便渐渐轻薄起来，开始有了"调笑"的举动。

〔15〕"不惜"二句：你若将铜镜系在我的红罗衣上，我就裂裾以抗，更何况你对我身体的侮辱了。此二句表现出胡姬的决绝态度。轻贱躯，胡姬自指。

〔16〕"男儿"四句：男人往往喜新厌旧，女人往往看重旧情。我

是有丈夫的人，不会以新凌旧，更何况你贵我贱，我也不愿高攀。

〔17〕“私爱”句：犹言“你是白白地自作多情了”。

【解说】

本诗作者辛延年，东汉人，生平未详。羽林，即羽林骑，西汉武帝时所置的皇家禁卫军。羽林郎是掌管羽林骑的军官。本篇题为《羽林郎》，但诗中提到的却是“金吾子”，讲述了一个卖酒胡姬拒绝金吾子调戏的故事。金吾，即秦时所置中尉，汉武帝时改称“执金吾”，以其手执两端涂饰黄金的铜质仪仗棒“金吾”而得名。主要职责是掌京城戒备、巡徼传呼及禁人夜行。东汉和帝时，外戚窦宪为大将军，其弟窦景为执金吾，为非作歹，横行一时，百姓避之如寇仇。因此，有研究者以为《羽林郎》可能是乐府旧题，本诗借旧题、托往事以讽刺当世的窦氏兄弟。

本篇与前面所选《陌上桑》中使君欲调戏采桑女罗敷一事在篇章结构及诗歌语言方面颇多近似之处，不妨对照来读。

董娇饶

洛阳城东路〔1〕，桃李生路旁。
花花自相对，叶叶自相当〔2〕。
春风东北起，花叶正低昂。
不知谁家子〔3〕，提笼行采桑〔4〕。
纤手折其枝，花落何飘飏〔5〕。
“请谢彼姝子，何为见损伤？〔6〕”
“高秋八九月，白露变为霜。
终年会飘堕，安得久馨香。〔7〕”

"秋时自零落，春月复芬芳。
何时盛年去，欢爱永相忘！[8]"
吾欲竟此曲，此曲愁人肠。
归来酌美酒，挟瑟上高堂[9]。

【注释】

〔1〕洛阳：东汉帝都。

〔2〕相当：与"相对"同义，都是对称、相映衬的意思。

〔3〕子：年轻女郎。

〔4〕笼：篮子。

〔5〕飘飏：形容花瓣飘飞散落。

〔6〕"请谢"二句：托为花的问词。请谢，请问。彼姝子，那个美丽的姑娘。何为，为何。见损伤，被攀折。

〔7〕"高秋"四句：此为折花女的回答。意谓：待到秋来霜降，你反正是要飘零坠落的，哪能总是这么芳香呢？言下之意是现在受到折损也没有什么。白露变为霜，《诗经·秦风·蒹葭》曰："蒹葭苍苍，白露为霜。"

〔8〕"秋时"四句：我秋时飘落，春天还可再开；而你一旦红颜老去，喜欢你的人就会永远把你忘掉！这是花对女子所说的话。盛年，少壮之年。

〔9〕"吾欲"四句：我想唱完这支曲子，但此曲太使人悲伤了。我只有回去，在高堂上弹瑟饮酒以解忧了。这是诗人自叙之语。瑟，拨弦乐器，参见《诗经·关雎》注〔11〕。

【解说】

本诗作者宋子侯，东汉人，生平未详。诗人假托在洛阳城东散步时听到的花与采花女的一段对话，通过这段对话，传达出人不如花的伤叹。董娇饶，当是歌姬一类女子的名字，有人因此怀疑本篇是乐府旧题。唐人多以董娇饶为美女、歌伎的代称，如杜甫《春日戏题恼郝使君》曰：“细马时鸣金腰袅，佳人屡出董娇饶。”

焦仲卿妻

汉末建安中[1]，庐江府小吏焦仲卿妻刘氏[2]，为仲卿母所遣[3]，自誓不嫁。其家逼之，乃没水而死，仲卿闻之，亦自缢于庭树。[4]时人伤之，为诗云尔。

孔雀东南飞，五里一徘徊。[5]
“十三能织素，十四学裁衣；
十五弹箜篌[6]，十六诵诗书。
十七为君妇，心中常苦悲。
君既为府吏，守节情不移。
贱妾留空房，相见常日稀。[7]
鸡鸣入机织，夜夜不得息。
三日断五匹[8]，大人故嫌迟[9]。
非为织作迟，君家妇难为。
妾不堪驱使[10]，徒留无所施[11]。
便可白公姥，及时相遣归[12]。”
府吏得闻之，堂上启阿母[13]：
“儿已薄禄相，幸复得此妇。[14]
结发同枕席，黄泉共为友。[15]
共事三二年，始尔未为久。

女行无偏斜，何意致不厚？[16]”
阿母谓府吏：“何乃太区区[17]！
此妇无礼节，举动自专由[18]。
吾意久怀忿，汝岂得自由[19]！
东家有贤女，自名秦罗敷[20]。
可怜体无比[21]，阿母为汝求。
便可速遣之，遣之慎莫留。[22]”
府吏长跪告[23]，伏惟启阿母[24]：
“今若遣此妇，终老不复取[25]！”
阿母得闻之，槌床便大怒：
“小子无所畏，何敢助妇语！
吾已失恩义，会不相从许！[26]”

府吏默无声，再拜还入户。
举言谓新妇，哽咽不能语：
“我自不驱卿，逼迫有阿母。
卿但暂还家，吾今且报府[27]。
不久当归还，还必相迎取。
以此下心意[28]，慎勿违吾语。”
新妇谓府吏：“勿复重纷纭[29]。
往昔初阳岁[30]，谢家来贵门[31]。
奉事循公姥，进止敢自专？[32]
昼夜勤作息[33]，伶俜萦苦辛[34]。
谓言无罪过，供养卒大恩[35]。
仍更被驱遣，何言复来还？
妾有绣腰襦[36]，葳蕤自生光[37]。

红罗复斗帐，四角垂香囊[38]。
箱帘六七十[39]，绿碧青丝绳[40]。
物物各自异，种种在其中。[41]
人贱物亦鄙，不足迎后人。
留待作遗施，于今无会因。[42]
时时为安慰，久久莫相忘。[43]”

鸡鸣外欲曙，新妇起严妆[44]。
著我绣夹裙[45]，事事四五通[46]。
足下蹑丝履[47]，头上玳瑁光[48]。
腰若流纨素[49]，耳著明月珰[50]。
指如削葱根[51]，口如含朱丹[52]。
纤纤作细步，精妙世无双。
上堂谢阿母，阿母怒不止。[53]
“昔作女儿时，生小出野里。
本自无教训，兼愧贵家子。
受母钱帛多，不堪母驱使。[54]
今日还家去，念母劳家里。[55]”
却与小姑别[56]，泪落连珠子。
“新妇初来时，小姑始扶床。
今日被驱遣，小姑如我长。
勤心养公姥，好自相扶将。
初七及下九，嬉戏莫相忘。[57]”
出门登车去，涕落百余行[58]。

府吏马在前，新妇车在后。

隐隐何甸甸[59]，俱会大道口。
下马入车中，低头共耳语：
“誓不相隔卿，且暂还家去。
吾今且赴府，不久当还归。
誓天不相负！”
新妇谓府吏：“感君区区怀[60]。
君既若见录，不久望君来[61]。
君当作磐石，妾当作蒲苇。
蒲苇纫如丝，磐石无转移[62]。
我有亲父兄[63]，性行暴如雷。
恐不任我意，逆以煎我怀。”
举手长劳劳，二情同依依[64]。

入门上家堂，进退无颜仪[65]。
阿母大拊掌[66]：“不图子自归！
十三教汝织，十四能裁衣。
十五弹箜篌，十六知礼仪。
十七遣汝嫁，谓言无誓违[67]。
汝今无罪过，不迎而自归？”
兰芝惭阿母：“儿实无罪过。”
阿母大悲摧[68]。

还家十余日，县令遣媒来。
云有第三郎，窈窕世无双[69]。
年始十八九，便言多令才[70]。
阿母谓阿女：“汝可去应之。”

阿女衔泪答[71]:“兰芝初还时,
府吏见丁宁[72],结誓不别离。
今日违情义,恐此事非奇[73]。
自可断来信,徐徐更谓之[74]。”
阿母白媒人:
“贫贱有此女,始适还家门[75]。
不堪吏人妇,岂合令郎君?
幸可广问讯[76],不得便相许。”

媒人去数日,寻遣丞请还[77]。
说有兰家女,承籍有宦官。
云有第五郎,娇逸未有婚。
遣丞为媒人,主簿通言语。[78]
“直说太守家,有此令郎君。
既欲结大义,故遣来贵门。[79]”
阿母谢媒人:
“女子先有誓,老姥岂敢言[80]。”
阿兄得闻之,怅然心中烦。
举言谓阿妹:“作计何不量[81]!
先嫁得府吏,后嫁得郎君。[82]
否泰如天地[83],足以荣汝身。
不嫁义郎体[84],其往欲何云[85]?”
兰芝仰头答:“理实如兄言。
谢家事夫婿,中道还兄门。
处分适兄意[86],那得自任专?
虽与府吏要[87],渠会永无缘[88]。

登即相许和[89]，便可作婚姻[90]。”
媒人下床去，诺诺复尔尔[91]。
还部白府君[92]：
“下官奉使命，言谈大有缘。”
府君得闻之，心中大欢喜。
视历复开书[93]，便利此月内[94]，
六合正相应[95]。
“良吉三十日，今已二十七。
卿可去成婚。[96]”
交语速装束[97]，络绎如浮云[98]。
青雀白鹄舫，四角龙子幡。[99]
婀娜随风转，金车玉作轮。[100]
踯躅青骢马，流苏金镂鞍。[101]
赍钱三百万[102]，皆用青丝穿。
杂彩三百匹，交广市鲑珍[103]。
从人四五百，郁郁登郡门[104]。

阿母谓阿女：
“适得府君书，明日来迎汝。
何不作衣裳？莫令事不举[105]！”
阿女默无声，手巾掩口啼，
泪落便如泻。
移我琉璃榻[106]，出置前窗下。
左手持刀尺，右手执绫罗。
朝成绣夹裙，晚成单罗衫。
晻晻日欲暝[107]，愁思出门啼。

府吏闻此变，因求假暂归。
未至二三里，摧藏马悲哀[108]。
新妇识马声，蹑履相逢迎[109]。
怅然遥相望，知是故人来。
举手拍马鞍，嗟叹使心伤。
“自君别我后，人事不可量。
果不如先愿，又非君所详。[110]
我有亲父母，逼迫兼弟兄。
以我应他人，君还何所望！”
府吏谓新妇：“贺卿得高迁。
磐石方且厚，可以卒千年。
蒲苇一时纫，便作旦夕间。[111]
卿当日胜贵[112]，吾独向黄泉。”
新妇谓府吏：“何意出此言！
同是被逼迫，君尔妾亦然[113]。
黄泉下相见，勿违今日言！”
执手分道去，各各还家门。
生人作死别，恨恨那可论！
念与世间辞，千万不复全[114]。

府吏还家去，上堂拜阿母：
“今日大风寒，寒风摧树木，
严霜结庭兰。[115]
儿今日冥冥[116]，令母在后单。
故作不良计，勿复怨鬼神。[117]
命如南山石，四体康且直。[118]”

阿母得闻之，零泪应声落。
“汝是大家子，仕宦于台阁[119]。
慎勿为妇死，贵贱情何薄[120]？
东家有贤女，窈窕艳城郭[121]。
阿母为汝求，便复在旦夕。”
府吏再拜还，长叹空房中，
作计乃尔立[122]。
转头向户里，渐见愁煎迫[123]。
其日牛马嘶，新妇入青庐[124]。
奄奄黄昏后[125]，寂寂人定初。
“我命绝今日，魂去尸长留[126]。”
揽裙脱丝履[127]，举身赴清池[128]。
府吏闻此事，心知长别离。
徘徊庭树下，自挂东南枝[129]。

两家求合葬，合葬华山傍[130]。
东西植松柏，左右种梧桐。
枝枝相覆盖，叶叶相交通。
中有双飞鸟，自名为鸳鸯。
仰头相向鸣，夜夜达五更。
行人驻足听，寡妇起彷徨。
多谢后世人[131]，戒之慎勿忘！

【注释】

〔1〕建安：东汉献帝的年号（196—219）。

〔2〕庐江：汉郡名。 初治在今安徽庐江县西南，汉末徙治今安徽潜山县。

〔3〕遣：遣归，休弃。

〔4〕“其家”四句：写仲卿妻被逼投水而死，仲卿在自家庭院上吊殉情。

〔5〕“孔雀”二句：起兴之语，以孔雀的徘徊喻夫妻离别时的恋恋不舍。 此两句源出汉乐府《艳歌何尝行》：“飞来双白鹄，乃从西北来……五里一返顾，六里一徘徊。”

〔6〕箜篌：古拨弦乐器，分卧式、立式两种。

〔7〕“贱妾”二句：一本无此二句。

〔8〕三日断五匹：言其善织。 汉五言古诗《上山采蘼芜》曰：“织缣日一匹，织素五丈余。”可知当时妇女日织一匹（四丈）已是快手，而刘兰芝一日可织近一点七匹（六丈有余），比《上山采蘼芜》中的两位巧妇更胜一筹。 断，将织好的布从织机上截下来。

〔9〕大人：对长辈的尊称，此处是兰芝称呼其婆母。

〔10〕妾：兰芝自称。 驱使：使唤。

〔11〕无所施：无所用，无所为。

〔12〕白：禀告。 公姥（mǔ）：公婆。 此处为偏义复词，单指仲卿之母。 通观全篇，未言及仲卿之父。 大约仲卿无父，其母对他的爱才褊狭到近乎残虐的程度。 及时：趁早。 此两句言：你可禀告婆母，如果她对我不满意，可及时把我打发回娘家去。 从“十三能织素”至此句，是刘兰芝对焦仲卿的倾诉之词。

〔13〕启：禀告。

〔14〕薄禄相：命中注定不会有高官厚禄。 古人相信相术，认为从人的骨相、面相上，可看出其贫富贵贱和寿考。 此两句言：我并非富贵之人，得到这样一个妻子，已经很幸运了。

〔15〕结发：束发，指男女初成年时。 古制，男子二十岁束发加冠，女子十五岁束发加笄，以示成年，通称结发。 同枕席：为夫妻。《文选》载苏武诗曰：“结发为夫妻，恩爱两不疑。”后以“结发夫妻”——初成年结婚的夫妻特指元配夫妻。“结发”又衍为婚俗，成婚之夕，男左女右共

髻束发，表示成婚。

〔16〕“女行”二句：女子的行为并无不正当的地方，哪想到您竟不喜欢她呢？偏斜，不正当。何意，何料。厚，爱。

〔17〕“何乃”句：你怎么这样死心眼！区区，见识狭小，愚钝。

〔18〕自专由：自作主张。

〔19〕自由：由着自己的性子做事。

〔20〕秦罗敷：指品貌出众的女子，并非真正姓秦名罗敷的人。参见《陌上桑》注〔2〕。

〔21〕可怜：可爱。此句言东家女子姿态无比可爱。

〔22〕“便可”二句：阿母让仲卿赶快把现在的妻子打发走。

〔23〕长跪：古人席地跪坐，为表示恭敬就将上身伸直，臀部离开脚后跟，成长跪姿势。

〔24〕伏惟：表示恭敬的发语词。

〔25〕取：同“娶”，下同。

〔26〕“吾已”二句：我与她已恩断义绝，决不会依从、允许你的请求。会不，定不。（以上第一段，写刘兰芝嫁到焦家后受婆母虐待，直至被驱遣。）

〔27〕报府：指回郡府奉职。

〔28〕“以此”句：由于这个缘故，你可放下心。此，指上六句暂时分手、日后必定重聚的相约之言。下心意，定决心，拿定主意。

〔29〕“勿复”句：不必再添麻烦了。联系下文，此处是指不必再迎我回来。

〔30〕初阳岁：指农历十一月。旧有冬至日“阳气初动”之说。

〔31〕谢家：辞家。贵门：指仲卿家。

〔32〕奉事：行事。循：顺。此两句言自己处处按照婆婆的意志行事，进退举止不敢自作主张。

〔33〕作息：劳作和休息。此处为偏义复词，指劳作。

〔34〕伶俜（pīng）：孤独的样子。萦：萦绕。此句言自己孤独而辛苦。

〔35〕“谓言”二句：自以为到你家后没有什么过失，原只想好好侍

奉婆婆，以报其大恩。

〔36〕绣腰襦（rú）：绣花的齐腰短袄。

〔37〕葳蕤（wēi ruí）：草木繁盛的样子。此是形容绣襦上的花样。

〔38〕红罗复斗帐：红罗做的双层斗帐。此两句言：我有一床红罗双层斗帐，帐的四角垂挂着香囊。古代帐子的四角多有缀物，晋乐府《清商曲辞·长乐佳》曰“红罗复斗帐，四角垂朱珰”；南朝陈徐陵《杂曲》曰“流苏锦帐挂香囊”。

〔39〕箱帘：读作“箱奁”。此句言自己的大小箱匣共有六七十个。

〔40〕绿碧：与“青”同义。此句言箱奁系有青丝绳。

〔41〕“物物”二句：言箱奁中有自己使用的各种东西。

〔42〕“人贱”四句：言自己的东西因人而鄙，不配留给后娶的新娘，就由你随便送给什么人吧，反正从今以后我是无缘再看到了。遗施，馈赠、施舍之物。会因，相会的因由。

〔43〕“时时”二句：仍就箱奁诸物而言。言你看到这些东西，也算是一种安慰，并使你久久不会把我忘掉。（以上第二段，写夫妻离别之前的絮语叮咛。）

〔44〕严妆：梳妆打扮。

〔45〕绣夹裙：绣花夹裙。

〔46〕“事事”句：言穿衣、打扮中的每一件事都要做上四五遍。此极写兰芝悉心打扮，以使自己华美光艳。

〔47〕蹑（niè）：踩、踏，此处引申为“穿着”的意思。丝履：丝织物缝成的便鞋。

〔48〕玳瑁：指玳瑁簪。此句言头上的玳瑁簪闪闪发光。玳瑁簪，参见《有所思》注〔3〕。

〔49〕“腰若”句：言腰间束着的白绢轻柔飘动如流水。若，或疑为“著”。纨素，精致的白绢。

〔50〕明月珰：明月珠做的耳珰。

〔51〕“指如”句：言手指尖细、白嫩。

〔52〕朱丹：朱砂。此句形容兰芝唇色红艳。

〔53〕“上堂”二句：言兰芝向婆母辞别，婆母一脸怒气，并不加以

劝阻。谢，辞别。以下八句即兰芝的辞别之语。

〔54〕“受母”二句：言我出嫁时接受了你家的许多钱财，但我嫁过来以后却不足以供婆母驱使。钱帛，当指聘礼。不堪，此处的意思是不能胜任。

〔55〕“今日”二句：言我走后，婆母在家一定更加辛劳。此两句反映出兰芝的善良性格。

〔56〕却：退。

〔57〕初七：指农历七月初七。这一天晚上，妇女要供祭织女星，穿针乞巧。下九：指每月的十九日。宋无名氏《采兰杂志》载：“古人以二十九日为上九，初九日为中九，十九日为下九。每月下九，置酒为妇女之欢……女子于是夜为藏钩诸戏。”此两句是希望小姑不要忘记平日里姑嫂一起游戏的快乐时光。

〔58〕“涕落”句：写出兰芝的悲苦心情。（以上第三段，叙兰芝华服盛妆，辞婆母、别小姑，挥泪登车。其间透露出她对丈夫的留恋、对婆婆的恭谨和对小姑的友善。）

〔59〕隐隐、甸甸：车行之声。

〔60〕“感君”句：感谢你一片诚挚的爱心。区区，形容挚爱的状语。

〔61〕见录：记着我。此两句言：既然承蒙不弃，希望你能很快来接我。

〔62〕“君当”四句：以磐石之稳固、蒲苇之柔韧，喻爱情之坚贞和不可动摇。纫，读作“韧”。

〔63〕亲父兄：同父之兄，胞兄。

〔64〕举手：告别的表示。劳劳：忧伤不已。此两句言怀着依依不舍的心情分手。（以上第四段，写道口相送，仲卿、兰芝约誓互不相负。）

〔65〕无颜仪：无脸面。

〔66〕拊掌：拍手。通常表示欢乐，这里表示惊异。

〔67〕誓违：违誓，违背约誓。

〔68〕悲摧：悲痛忧伤。摧，疑作“慛”，忧伤。（以上第五段，写

兰芝初回娘家，与母亲相见的情况。）

〔69〕窈窕：美好。参见《诗经·周南·关雎》注〔3〕。

〔70〕便（pián）言：善于辞令。便，作“辩”解。令才：美才。

〔71〕衔泪：一作“含泪”，意同。

〔72〕府吏见丁宁：府吏叮咛我。

〔73〕非奇：不妙。奇，意近于“佳”“美”，故古书中常见“奇遇”“奇计”“奇树”的用法。

〔74〕“自可”二句：言还是先谢绝媒人，以后再慢慢解释。断，回绝。来信，犹言“来使”，指媒人。

〔75〕“始适”句：言出嫁未久又被休回娘家来了。适，适人，出嫁。

〔76〕广问讯：意思是让媒人多打听一些别人家的姑娘。

〔77〕寻：随即，不久。遣丞：县令差遣县丞。丞，县令的下属，职位仅次于县令。请还：请示以后回还。此指县丞奉命向太守述职后回到县中。

〔78〕“说有”六句：县丞向县令复述太守欲与刘兰芝家通婚的打算。兰家，应作“刘家”，指刘兰芝家。承籍，承继先人的仕籍，此谓兰芝是官宦人家的女儿。娇逸，娇美俊逸。主簿，掌管文书档案的官员，此指郡府中主簿。

〔79〕“直说”四句：县丞向刘家传达郡府主簿的话，内容是主簿代太守向刘家提亲。

〔80〕老姥（mǔ）：老妇，刘母自称。

〔81〕作计：打主意。不量：不思量，不考虑。

〔82〕“先嫁”二句：言你开始嫁的是府中小吏，而今却可嫁给府中太守的公子。言外之意：这不是一步登天的好事吗？

〔83〕否（pǐ）泰：《周易》中卦象。否，坏运气；泰，好运气。形容两次婚嫁差距有如天地之遥。

〔84〕义郎：犹言“公子”。“义”是美称。

〔85〕其往：从今往后。欲何云：作何打算呢？

〔86〕适：顺从。

〔87〕要（yāo）：犹“约”，约定。

〔88〕渠会：与渠相会。渠，他，指仲卿。

〔89〕登即：当即，立即。许和：许应，答应婚事。

〔90〕作婚姻：结成姻缘。

〔91〕诺诺、尔尔：答应声。犹言：好，好，就这样，就这样。

〔92〕还部：回到府衙。白：回报。府君：指太守。

〔93〕视历、开书：为互文，即打开历书查看。《隋书·经籍志》载有《六合婚嫁历》《阴阳婚嫁书》等目，大约即是古人结婚择吉所用的历书。

〔94〕利：适宜。

〔95〕六合：月建与日辰相合，即子与丑合，寅与亥合，卯与戌合，辰与酉合，巳与申合，午与未合。相应：相对应，相合。古人迷信，认为结婚必须选择六合相应的吉日。

〔96〕“良吉”三句：三十日是好日子，今天已是二十七日了，你赶快去准备婚事吧。这是太守吩咐县丞的话。良吉，良辰吉日。

〔97〕交语：传语。装束：指筹办婚礼所用的东西。

〔98〕“络绎”句：言为娶亲做准备的人络绎不绝，多如浮云。以下六句是对此句的演绎。

〔99〕青雀白鹄（hú）舫：青雀舫和白鹄舫，船头绘有青雀或白鹄，是达官贵人们所乘坐的画舫。龙子幡（fān）：绣有龙形图纹的旗帜，挂在船舱的四角。此两句写准备婚娶过程中舟船往来的情况。

〔100〕婀娜：柔弱轻飘的样子。金车、玉轮：极写车舆之精美。此两句写络绎人流之中的车行情况。

〔101〕踯躅（zhí zhú）：缓步前进。青骢马：毛色青白相杂的马。流苏：用五彩羽毛或丝线制成的穗子。金镂鞍：金雕鞍，雕镂成花的马鞍。此两句写人流中的鞍马往来。

〔102〕“赍（jī）钱”句：指太守致送刘家的聘礼。赍，赠送。

〔103〕交：同“教”。广市：广泛购买。鲑（xié）珍：泛指山珍海味。鲑，鱼类菜肴的总称。

〔104〕郁郁：盛貌。登郡门：聚集于府郡门前。

〔105〕不举：办不成。

〔106〕琉璃榻：镶嵌琉璃的榻。琉璃，玻璃或青金石之类。榻，低矮的坐卧之具，犹今之躺椅。

〔107〕晻（yǎn）晻：日落皆暗貌。暝：暮。

〔108〕摧藏：摧折肝肠。藏，同“脏”。马悲哀：指马悲鸣。

〔109〕逢迎：迎上前去。

〔110〕“果不”二句：言事情的发展果然不遂我们先前的意愿，而个中详情又不是你所了解的了。

〔111〕“磐石”四句：仲卿的怨艾之辞。上文中兰芝曾以磐石之坚喻仲卿，以蒲苇之纫（韧）比自己，此是回应上文，言“我这磐石仍然方正厚实，可以千年不变，你那蒲苇的韧性却是旦夕之间就改变了”。旦夕间，朝夕之间，喻时间短暂。

〔112〕日胜贵：一日比一日富贵。

〔113〕尔：如此，指府吏所言之“向黄泉”。此句意思是：你要是死的话我也跟着死。

〔114〕“千万”句：言纵有千思万虑，也不想再保全自己了。（以上第八段，写兰芝含悲准备嫁妆，仲卿闻变前来，两人相约同死。）

〔115〕“今日”三句：仲卿以寒风摧折树木、严霜凝结于庭兰比喻他和兰芝所受到的摧残。

〔116〕日冥冥：黄昏日落，比喻自己的生命即将结束。

〔117〕“故作”二句：言是我自己故意要寻短见，并非鬼神相招，因此请不要怨恨他们。

〔118〕“命如”二句：是仲卿与母诀别时祝母康健之语。命如南山石，犹言“寿比南山”。四体，四肢，指身体。直，顺适。

〔119〕台阁：尚书台。尚书是朝中掌管机要文书的官，其官署在东汉末称为尚书台。此两句是说：你是大家子弟，先辈在台阁做过官。

〔120〕“贵贱”句：言你贵兰芝贱，休弃她并不算薄情。

〔121〕艳城郭：全城数她最艳。

〔122〕作计乃尔立：打定了这样的主意。与下文的上吊自杀相照应。

〔123〕“转头”二句：写仲卿自杀前顾念阿母。（以上第九段，写仲卿还家后与阿母诀别。）

〔124〕青庐：一种用青布搭成的帐篷，行婚礼用。据唐段成式《酉阳杂俎》载：“北朝婚礼，青布幔为屋，在内门外，谓之青庐，于此交拜迎妇。”

〔125〕奄奄：同“晻晻”。

〔126〕魂去尸留：古时认为人的躯体和灵魂是可以分开的。此两句是兰芝绝命时的独白。

〔127〕揽裙：撩起裙子。

〔128〕举身：犹“纵身一跳”。

〔129〕“自挂”句：言仲卿上吊而死。（以上第十段，写兰芝、仲卿双双殉情。）

〔130〕华山：当是庐江郡的一座小山。

〔131〕多谢：再三告诉。谢，作“告”解。（以上第十一段，叙二人的身后之事。以墓树结连理、双鸟成鸳鸯的传说，表达出人们对兰芝、仲卿爱情悲剧的同情和追思。）

【解说】

本诗并序最早见于《玉台新咏》，题为《古诗为焦仲卿妻作》，本题从《乐府诗集》。后来人们常取诗之首句，名之为《孔雀东南飞》。诗中叙述了汉代末年发生的一幕爱情悲剧：下层小吏焦仲卿和妻子刘兰芝在封建礼教的逼迫下忍痛分离，并为不能重聚而先后殉情。诗歌脉络清楚，情节生动，人物行为和语言颇见个性，表现出作者的鲜明爱憎和很高的艺术表现能力。此诗大约初成于汉代，流传中不断受到文人的加工润饰，至南朝陈代徐陵编纂《玉台新咏》之前最终写定。

枯鱼过河泣

枯鱼过河泣，何时悔复及。[1]
作书与鲂鱮[2]，相教慎出入。

【注释】

〔1〕“枯鱼”二句：言枯鱼在被人携带过河时痛哭流涕，后悔当初一时疏忽而被捕捉。枯鱼，干鱼。

〔2〕鲂（fáng）：鲤鱼科，体形与鳊鱼近似。鱮（yú）：鲢鱼，细鳞肥腹而色白。

【解说】

这是一首寓言体歌诗，意在教伙伴慎避灾祸。其中枯鱼过河而泣，并寄书河中同类的构思鲜活奇特，与《庄子》寓言的笔法颇相近似。

古歌

上金殿[1]，著玉樽[2]。
延贵客[3]，入金门。
入金门，上金堂。
东厨具肴膳[4]，椎牛烹猪羊[5]。

主人前进酒[6]，弹瑟为清商[7]。
投壶对弹棋，博弈并复行[8]。
朱火飏烟雾，博山吐微香[9]。
清樽发朱颜[10]，四坐乐且康。
今日乐相乐，延年寿千霜[11]。

【注释】

〔1〕金殿：极言宴饮场所之豪华。

〔2〕玉樽：玉制盛酒器，相当于后世的酒坛，亦借以称酒杯。

〔3〕延：请。

〔4〕东厨：厨房。古时多设于堂东，故称。肴膳：菜肴和饮食。

〔5〕椎牛：宰牛。古人宰牛以椎击杀，故云。近年发现的内蒙古和林格尔汉墓壁画有“打牛图”，画面上庖丁二人，一人拉牛，一人高举大槌猛打牛头，此为古代“椎牛”之物证。

〔6〕进酒：敬酒。

〔7〕“弹瑟”句：言奏乐侑酒。清商，古以宫、商、角、徵、羽五音表示音阶，相当于简谱中的1、2、3、5、6；又以五音配四季，商音与秋对应，秋多称作“清秋”，故称商音为“清商”。

〔8〕投壶：即“博”，宴饮时的游戏。特设一壶，宾主依次投矢其中，中者胜，负者罚酒。河南省南阳地区出土的汉画像石中即有投壶场面。画面中的壶，形似细颈大腹的花瓶，壶中已有两矢；壶边是一酒樽，樽上有木勺，大约供舀酒之用。左端一人似为输酒而醉，正被人搀扶离席。弹棋：即“弈”，下围棋。

〔9〕“朱火”二句：言博山炉中正熏着香料，散发着轻香。朱火，指炉中燃香之火。飏（yáng），飘散。烟雾，指香烟。博山，指博山炉，汉魏时流行的熏香器具。多为青铜制，贮香的炉体铸成山形，上有羽人、奇兽等形象。底座是个大圆盘，盘中注水，可调节空气湿度。

〔10〕清樽：指樽中清酒。 发朱颜：言酒力使人脸色晕红。

〔11〕千霜：犹言“千秋”“千岁”。

【解说】

本诗描绘了汉代贵族的宴饮场面，也反映出他们的生活风貌。 全诗情绪昂扬，音韵铿锵，错综行文之处，颇具民歌风味。

古歌

秋风萧萧愁杀人，出亦愁，入亦愁。

座中何人，谁不怀忧？令我白头。

胡地多飙风〔1〕，树木何修修〔2〕。

离家日趋远，衣带日趋缓〔3〕。

心思不能言，肠中车轮转。〔4〕

【注释】

〔1〕飙（biāo）风：疾风。

〔2〕修修：拟声词，形容树木在疾风中发出的声音。《太平御览》卷二五引作“萧萧”，可为参证。

〔3〕“衣带”句：言人日渐消瘦。 古诗《行行重行行》有“相去日已远，衣带日已缓”的诗句，可知此为汉时熟句。

〔4〕“心思”二句：又见于《悲歌》。 有人因此以为本篇是《悲歌》的同篇残文，恐怕证据不足。民间文学，特别是口头文学中，常有相互袭用的情况。

【解说】

这是一位客居北方边地者作的思家之诗。《乐府诗集》未收，张玉穀《古诗赏析》收入“汉杂曲歌辞”，丁福保《全汉诗》收入“杂歌谣辞”。此从张玉穀。

古艳歌

茕茕白兔，东走西顾〔1〕。
衣不如新，人不如故。〔2〕

【注释】

〔1〕茕（qióng）茕：孤立无依。《太平御览》卷六八九引作“荧荧”。此两句为起兴之语。

〔2〕“衣不”二句：《艺文类聚》卷三十载东汉窦玄妻与玄作别书有“衣不厌新，人不厌故”之说。余详解说。

【解说】

这是一首言及夫妻感情的短歌。歌者以为夫妻间应当顾念旧情，不能如穿衣一样喜新厌旧。东汉光武帝时名臣宋弘曾引“贫贱之交不可忘，糟糠之妻不下堂”的谣谚，拒绝与皇亲通婚。

本篇与宋弘引谚意思相同。宋《太平御览》卷六八九、九〇七两载此诗，均标为无名氏《古艳歌》，但明冯惟讷《古诗纪》则载此诗为“窦玄妻《古怨歌》”，并叙本事曰：“窦玄状貌绝异，天子使出其妻，妻以公主。妻悲怨寄书及歌与玄，时人怜而传之。亦名艳歌。”唐《艺文类聚》卷三十载东汉窦玄妻别玄书曰：“弃妻斥女敬白窦生：卑贱鄙陋，不如贵人。妾日已远，彼日已亲，何所告诉，仰呼苍天（天，有本引作“旻”，入韵）。悲哉窦生，衣不厌新，人不厌故。悲不可忍，怨不自去。彼独何人，而居我处。”清冯舒《诗纪匡谬》认为不应据窦玄妻别玄书中有“衣不厌新，人不厌故”之句而认定此诗为窦玄妻作，又改诗题为“怨歌”。

杂歌谣辞二首

秋风辞

秋风起兮白云飞[1]，草木黄落兮雁南归。
兰有秀兮菊有芳，怀佳人兮不能忘[2]。
泛楼船兮济汾河[3]，横中流兮扬素波[4]。
箫鼓鸣兮发棹歌[5]，欢乐极兮哀情多。
少壮几时兮奈老何！

【注释】

〔1〕“秋风”句：与《大风歌》起句相类。据考，汉武帝五幸河东，只有一次是在秋天，因此诗的写作时间大约可订在元鼎四年（前113）秋。

〔2〕秀：草本植物开花。此两句咏香草美人，具有楚辞格调。

〔3〕济：渡，这里是泛舟之意。汾（fén）河：黄河第二大支流。源出山西省宁武县管涔山，西南流贯太原盆地，在河津市西入黄河。

〔4〕扬素波：激起白色浪花。

〔5〕棹歌：划船时唱的歌。

【解说】

本篇见于《汉武帝故事》。《乐府诗集》收入“杂歌谣辞”，并引《汉武帝故事》曰："帝行幸河东，祠后土（土地神）。顾视帝京，忻然中流，与群臣饮宴。帝欢甚，乃自作《秋风辞》。"汉武帝刘彻（前156—前87），是汉朝的第五位帝王，他实行了一系列政治、经济改革，对内完成了真正的统一，对外解除了匈奴的威胁，经营五十多年，终于使西汉王朝的文治武功达到鼎盛的程度。刘彻还效仿古代的采诗制度，创立乐府机构，使之掌管宫廷音乐，并兼采民间歌谣和乐曲，对汉代乐府诗的发展起了重要作用。从这篇作品看，诗音韵流转、情调饱满，一定极便于歌唱。而句中带"兮"字的调式，又极易使人联想起乃祖刘邦的《大风歌》："大风起兮云飞扬，威加海内兮归故乡，安得猛士兮守四方！"这种"兮"字调与楚辞颇多相通之处，其原因或许和刘汉起家于楚地有关。

箜篌谣

结交在相知，骨肉何必亲。[1]
甘言无忠实[2]，世薄多苏秦[3]。
从风暂靡草，富贵上升天。[4]
不见山巅树，摧杌下为薪。[5]
岂甘井中泥，上出作埃尘。[6]

【注释】

〔1〕"结交"二句：言挚友之情有时可以胜过骨肉之情。

〔2〕"甘言"句：言甜言蜜语、顺情好话中必多虚伪。

〔3〕苏秦：战国时纵横家。初说合纵不成功，便与张仪约定，一主连横（秦分别联合六国），一主合纵（六国联合抗秦）。由于有了对立

面，齐、楚、燕、韩、赵、魏六国终于同意合纵之说。苏秦为纵约长，身佩六国相印，风光一时。这里以苏秦代指摇唇鼓舌的小人。

〔4〕“从风”二句：谓见风使舵的人可以飞黄腾达。靡（mǐ），倒。草性柔软，风行草偃。

〔5〕“不见”二句：比喻飞黄腾达的人会从很高的位置上掉下来。摧杌（wù），谓山巅树木都被砍伐精光。

〔6〕“岂甘”二句：比喻身处下层的人也有出头之日。

【解说】

本篇意在奉劝世人不要听信“甘言”，亦不要为一时的利害依从别人。箜篌，古拨弦乐器，分卧式、立式两种。卧式相传为汉武帝时乐人侯调所造；立式箜篌乃东汉时由西域传入中原。这首歌谣在汉时大约是以箜篌为主要伴奏乐器而歌唱的。

五言古诗·文人诗

五言古诗是全篇由五字句构成的诗，是中国古典诗歌的重要形式之一，也是孕育唐代格律诗（五绝、五律、七绝、七律及排律）的直接母体。五言诗的形式是在两汉民谣和乐府民歌的长期积淀中逐步形成的。从本书所选的两汉乐府中可以看出：西汉乐府基本上是杂言体，至东汉，乐府诗中五言句的出现率不断提高，并出现了《陌上桑》《长歌行》等一系列完整的五言作品。五言诗虽只较四言诗增加一字，但打破了千年一贯制的双音诗节。一个游离的单音使原来单一的双音停顿变化出多种停顿节奏（引诗具见选篇）：

红罗　复　斗帐（2　1　2）

动摇　微风　发（2　2　1）

儿　今日　冥冥（1　2　2）

黄泉下　相见（3　2）

日出　东南隅（2　3）

其中上二下三的句式最为普遍，这种句式连贯起来，使诗歌在节奏上形成了颇具跃动感的长短律。南朝梁钟嵘在比较四言诗与五言诗之不同时说四言诗“每苦文繁而意少”，而“五言居文词之要”，“指事造形，穷情写物，最为详切”（《诗品·序》）。

五言乐府诗成熟的艺术技巧逐渐为文人所认识，东汉乐府诗中便出现了有主名的文人创作，如辛延年的《羽林郎》、宋子侯的《董娇饶》。从《羽林郎》中，还可明显地看到摹仿《陌上桑》的痕迹，这也是作家文学学习民间文学的一个例证。此后，文人创作的五言诗逐渐增多，并脱离乐府曲调，成为独立的五言古诗。五言古诗大多并无主名，致使有些诗很难确定是乐府还是古诗。如本书所选《上山采蘼芜》一篇，在古人那里即有争议，但这正说明五言古诗有一个与乐府相剥离的过程。

五言古诗的代表作品是《古诗十九首》。这十九首诗并非一人一时之作，因共载于《文选》并统标为《古诗十九首》而被人笼统看待。今人认为“十九首”大致产生在东汉后期安、顺、桓、灵帝的数十年间，是中下层文人的创作。作者通过对游子思乡、闺人怨别、宦游无成、追求享乐等内容的描写，表现了浓厚的感伤情绪，这也是知识阶层对政治动荡、社会混乱的“世纪末”气氛的敏感反应。抒情性，便是古诗十九首不同于汉乐府的最大特点。诗歌继承了《诗经》的赋、比、兴传统和楚辞的寄托手法，并大量吸收了汉乐府中双关、谐音、重叠、复沓等语言技巧，使事与情、情与景、景与理、形式与内容的结合达到天衣无缝的境地，以至被六朝人推崇为“五言之冠冕”（南朝梁刘勰《文心雕龙》）。

除大量无主名作品外，本书也悉心选入了一些有主名的诗作。这些文人的作品虽不能代表汉文学的主流，但在文学史上也有重要的意义。他们如同夜空中最早露出光亮的几颗小星，昭示着文坛上即将出现的群星灿烂的局面。

无名氏二十八首

上山采蘼芜

上山采蘼芜，下山逢故夫[1]。
长跪问故夫："新人复何如[2]？"
"新人虽言好，未若故人姝[3]。
颜色类相似，手爪不相如。[4]"
"新人从门入，故人从阁去。[5]"
"新人工织缣[6]，故人工织素[7]。
织缣日一匹[8]，织素五丈余。
将缣来比素[9]，新人不如故。"

【注释】

〔1〕蘼芜：香草名。见《离骚》注〔8〕。故夫：过去的丈夫。两句写与前夫偶遇。

〔2〕新人：指故夫新娶之妻。

〔3〕姝：好。

〔4〕"颜色"二句：言新妇容貌与旧人差不多，手上的活计却不能同旧人相比。

〔5〕"新人"二句：是弃妇的感叹。阁(gé)，旁门，小门。

〔6〕缣：黄绢。

〔7〕素：白绢。

〔8〕一匹：汉以四丈为一匹。

〔9〕将缣来比素：《艺文类聚》卷三十二引作“持缣将比素”。

【解说】

本篇《玉台新咏》作“古诗”，《太平御览》引作“古乐府”。但在乐府音乐已经亡佚的今天，它是不是乐府诗已经不那么重要了。全诗除首三句为叙述语外，其余全是弃妇与前夫路途偶遇时的问答之辞。作品通过对话，反映出妇女的不幸遭遇和“故夫”喜新厌旧，又怨新不如旧的市侩嘴脸。

穆穆清风至

穆穆清风至，吹我罗裳裾。〔1〕
青袍似春草，长条随风舒。〔2〕
朝登津梁山〔3〕，褰裳望所思〔4〕。
安得抱柱信〔5〕，皎日以为期〔6〕？

【注释】

〔1〕穆穆：柔和。裾（jū）：衣服的前后襟。

〔2〕“青袍”二句：袍与草双写。一方面写出草色之袍在清风的吹拂下褶纹随风舒展变化，另一方面也写出风行草偃的田野景象。长条，指袍上的褶纹，亦指春草的长叶。“青袍如草”的诗思，多为后代诗人所袭用，如北周庾信《哀江南赋》曰“青袍如草，白马如练”；唐杜甫《渡

江》曰“渚花张素锦，汀草乱青袍”；五代牛希济《生查子》曰“记得绿罗裙，处处怜芳草”。

〔3〕津梁山：研究者以为当是“津梁上”，因登津梁才会产生下面“抱柱信”的联想。津梁，渡桥。

〔4〕褰裳：提起裙子。参见《诗经·郑风·褰裳》。

〔5〕抱柱信：《庄子·盗跖》篇载，一个叫尾生的男子与情人相约在桥下会面，女子未到，河水却暴涨起来，他守信不肯离去，抱着桥柱被淹死。后称坚守信约为抱柱。这里是指像尾生那样坚守信约的人。

〔6〕“皎日”句：指着太阳订下誓约。古人常指日为誓，可参见《诗经·王风·大车》注〔8〕。

【解说】

这是一首女子怀春的诗。在风清草绿的春天，她希望能得到一位忠厚的、可以真诚相爱的恋人。

橘柚垂华实

橘柚垂华实，乃在深山侧。
闻君好我甘〔1〕，窃独自雕饰。
委身玉盘中，历年冀见食〔2〕。
芳菲不相投〔3〕，青黄忽改色〔4〕。
人傥欲我知，因君为羽翼。〔5〕

【注释】

〔1〕君：代指统治者。

〔2〕历年：经年。 冀见食：希望被君所食。 实际意思是希望被统治者所用。

〔3〕“芳菲”句：言自己的芳菲、气质与统治者的嗜好不相投合。

〔4〕青黄忽改色：言弃置日久。 屈原《橘颂》曾以“青黄杂糅，文章烂兮”形容橘的颜色。

〔5〕“人傥”二句：假若想让人知道我，只要成为君主的党羽就行了。 言外之意是不必“自雕饰（自我完善）”。 此是愤激之词。 傥，通“倘”，倘若。 羽翼，党羽，爪牙。

【解说】

此诗托于橘柚，抒发了诗人不为世用的怨愤。 唐张九龄《感遇》十二首中有一首即与此篇诗意相同，诗曰：“江南有丹橘，经冬犹绿林。岂伊地气暖，自有岁寒心。 可以荐嘉客，奈何阻重深。 运命唯所遇，循环不可寻。 徒言树桃李，此木岂无阴？”两诗可以参读。 华实，《艺文类聚》卷八十六引作“嘉实”。

十五从军征

十五从军征，八十始得归。
道逢乡里人：“家中有阿谁〔1〕？”
“遥望是君家，松柏冢累累。〔2〕”
兔从狗窦入，雉从梁上飞。〔3〕
中庭生旅谷，井上生旅葵〔4〕。
舂谷持作饭〔5〕，采葵持作羹。
羹饭一时熟，不知贻阿谁。〔6〕
出门东向望，泪落沾我衣。

【注释】

〔1〕“家中”句：家中还有什么人啊？ 阿，语助词。

〔2〕“遥望”二句：此为所遇乡人的回答。 意谓：远远望去，长着松柏、有一座座坟丘的地方，就是你故家的所在了。

〔3〕兔：野兔。 狗窦：留给狗出入的墙洞。 雉：野鸡。 此两句写家室已久无人迹。

〔4〕旅谷：未经播种而生出的谷子。 葵：葵菜。 参见《长歌行》注〔1〕。 此两句写庭园荒芜。

〔5〕舂谷：《古诗纪》作“烹谷”，此从《乐府诗集》。

〔6〕“羹饭”二句：言葵菜汤和小米饭都做好了，却不知拿给谁去吃。

【解说】

这是一首叙事诗。 诗通过一位老兵少小离家、垂暮生还后的见闻和经历，揭露了战争的残酷和不合理的兵役制度给人民带来的苦难。 诗中写老兵垂暮还家时眼中所见家园荒芜的景象，与《诗经·豳风·东山》里戍卒还家途中对家园荒芜情景的想象颇有相通之处，可以参读。 唐代大诗人杜甫所作反战长诗《无家别》《垂老别》或受益于本篇。

步出城东门

步出城东门，遥望江南路。
前日风雪中，故人从此去。
我欲渡河水，河水深无梁〔1〕。
愿为双黄鹄，高飞还故乡。〔2〕

【注释】

〔1〕梁：桥。

〔2〕黄鹄（hú）：善飞的大鸟。此二句与《西北有高楼》末二句相似，可参读。

【解说】

这是一首游子思归的诗。上半部写雪中送客，下半部写欲归不能。

刺巴郡守诗

狗吠何喧喧，有吏来在门。
披衣出门应，府记欲得钱〔1〕。
语穷乞请期〔2〕，吏怒反见尤〔3〕。
旋步顾家中〔4〕，家中无可与。
思往从邻贷，邻人以言遗〔5〕。
钱钱何难得，令我独憔悴！

【注释】

〔1〕府记：当是郡府中所设记事官，“主录记书，催期会”。

〔2〕语穷：犹今之所谓“好话说尽”。请期：请另定交款日期。

〔3〕见尤：施加罪名。

〔4〕旋步：来回踱步，形容焦急的样子，犹今老百姓所谓“急得团

团转”。

〔5〕以言遗（wèi）：空以言语支应。遗，给与。

【解说】

这是一首人民控诉重赋、讥刺太守的诗，见于《华阳国志·巴志》。书中说：“孝桓帝时，河南李盛仲和为郡守，贪财重赋，国人刺之。”可知此诗出现于东汉桓帝（147—167）时期。巴郡，治所在江州，即今重庆市江北区。宋代范成大的《催租行》里也描写了催租官吏的无赖嘴脸，不妨录以对读：“输租得钞官更催，踉跄里正敲门来。手持文书杂嗔喜：‘我亦来营醉归耳！’床头悭囊大如拳，扑破正有三百钱。‘不堪与君成一醉，聊复偿君草鞋费。’”

结发为夫妻

结发为夫妻，恩爱两不疑。〔1〕
欢娱在今夕，燕婉及良时。〔2〕
征夫怀往路，起视夜何其？〔3〕
参辰皆已没〔4〕，去去从此辞〔5〕。
行役在战场，相见未有期。
握手一长叹，泪为生别滋〔6〕。
“努力爱春华，莫忘欢乐时。〔7〕
生当复来归，死当长相思。〔8〕”

【注释】

〔1〕“结发”二句：言他们自结婚之日起，一直恩恩爱爱，感情笃厚。

结发，束发，指年轻之时。古制男年二十、女年十五结发，以示成年。自此诗之后，人们也径称结婚为“结发”。参见《焦仲卿妻》注〔15〕。

〔2〕“欢娱”二句：言夫妻二人共度临行前的最后一个良宵。燕婉，指夫妇之情。燕，同“嬿”。

〔3〕“征夫”二句：丈夫想着要出发，所以起来察看天色。夜何其，语出《诗经·小雅·庭燎》：“夜如何其？”犹言“夜晚几时”。其，语助词。

〔4〕参辰：参星和辰星。二星在黎明前隐没。

〔5〕去去：有“走了一程又一程”的意思。宋柳永《雨霖铃》“念去去，千里烟波”，即是此意。

〔6〕“泪为”句：泪为生别而涌出。生别，活生生地被分开。参见下文《行行重行行》解说。

〔7〕“努力”二句：劝妻之辞。春华，青春年华。

〔8〕“生当”二句：此为告别之辞。意谓：我活着就一定回来，死了也不会忘记我们的夫妻恩爱。此两句话刻画出一个堂堂男子汉的形象。

【解说】

本篇《文选》作苏武诗，近人经研究判定此诗为东汉末年无名氏的作品。诗中描写丈夫应征赴役前与妻子话别的场面，感情深挚，催人泪下。

甘瓜抱苦蒂

甘瓜抱苦蒂，美枣生荆棘〔1〕。

利傍有倚刀〔2〕，贪人还自贼〔3〕。

【注释】

〔1〕荆棘：指枣树枝上生长的直立或钩状尖刺。

〔2〕利：好处，利润。倚刀：指“利”字的“刂”偏旁。此句借“利”字的字形，说明取利会有危险。

〔3〕自贼：自我伤害，自找倒霉。

【解说】

此诗告诫人们，世间事美恶相倚、利弊相倚，不可偏执一端。

两头纤纤诗

两头纤纤月初生，半白半黑眼中睛[1]。
腷腷膊膊鸡初鸣[2]，磊磊落落向曙星[3]。

【注释】

〔1〕“半白”句：写月中阴影，以人的眼睛比月亮。

〔2〕腷（bì）腷膊膊：象声词，形容鸡鼓翅的声音。

〔3〕磊磊落落：零落稀疏。

【解说】

此诗写夜间景象，形象生动。两头纤纤，形容细而弯的月牙儿。

后代诗人多取此诗句首四字，添以别辞，写成类似酒令的游戏文字。如南朝齐王融《代两头纤纤诗》：“两头纤纤绮上文，半白半黑燕翔群。腷腷膊膊鸟迷曛，磊磊落落玉石分。”梁沈约：“两头纤纤弓欲持，半白半黑乌工衣。腷腷膊膊带戈飞，磊磊落落行人稀。”唐王建：“两头纤纤青玉玦，半白半黑头上发。偪偪仆仆春冰裂，磊磊落落桃花（一作初）结。”宋张舜民：“两头纤纤织女梭，半白半黑右军鹅。腷腷膊膊石子坡，磊磊落落大风歌。”范成大《两头纤纤》二首其二：“两头纤纤小秤衡，半白半黑月未明。腷腷膊膊扣户声，磊磊落落金盘冰。”元马祖常《两头纤纤》五首曰：“两头纤纤杪椤子，半白半黑辽东豕。腷腷剥剥琢玉几，磊磊落落舞剑士。”“两头纤纤小儿绷，半白半黑目中睛。腷腷剥剥海岳兄，磊磊落落将军营。”“两头纤纤千亩栀，半白半黑大纛旗。腷腷剥剥解角麋，磊磊落落磨崖碑。”“两头纤纤北斗杓，半白半黑千金貂。腷腷剥剥山中樵，磊磊落落云间雕。”“两头纤纤蝟上毛，半白半黑笔中毫。腷腷剥剥击云璈，磊磊落落斩马刀。”明清以后有借前两句句首或前一句句首者，不赘录。

行行重行行

行行重行行，与君生别离。[1]
相去万余里，各在天一涯。
道路阻且长[2]，会面安可知。
胡马依北风，越鸟巢南枝。[3]
相去日已远，衣带日已缓[4]。
浮云蔽白日[5]，游子不顾反。
思君令人老，岁月忽已晚[6]。
弃捐勿复道，努力加餐饭[7]。

【注释】

〔1〕行行重行行：走了一程又一程，有渐行渐远的意思。生别离：生离死别。用《楚辞·九歌·少司命》“悲莫悲兮生别离”语意。

〔2〕“道路”句：用《诗经·秦风·蒹葭》“溯洄从之，道阻且长”句意。

〔3〕“胡马”二句：胡马南来后仍依恋北风，越鸟北飞后仍筑巢于南向的树枝。此二句系当时成语。《文选》李善注引《韩诗外传》：“《诗》云‘代马依北风，飞鸟栖故巢’，皆不忘本之谓也。”

〔4〕“相去”二句：言离别愈久衣带愈宽松，喻人因相思而愈来愈消瘦。乐府古辞中已出现“离家日趋远，衣带日趋缓”的诗句，参见《古歌》“秋风萧萧”。此后，“带宽”作为“人瘦”的代词，常常在文学作品中出现。如唐东方虬《昭君怨》：“自然衣带缓，非是为腰身。”骆宾王《从军中行路难》：“雁门迢递尺书稀，鸳被相思双带缓。”宋柳永《蝶恋花》：“衣带渐宽终不悔，为伊消得人憔悴。”朱淑真《问春古律》：“粉泪洗干清瘦面，带围宽尽小腰身。”

〔5〕“浮云”句：道出丈夫远行难归的理由，具体内容已难详明。

〔6〕岁月晚：一年将尽，也暗指年华老去。言自己因相思而容颜憔悴。

〔7〕“弃捐”二句：是劝君与自勉之辞。意谓：什么都不必再说了，还是多多保重吧。弃捐，抛弃。加餐饭，当时熟语，参见《饮马长城窟行》注〔11〕。

【解说】

本篇为《古诗十九首》中的第一首，写一女子与丈夫别离时的痛苦及别离后的相思，情辞深切，生动感人。

青青河畔草

青青河畔草，郁郁园中柳[1]。
盈盈楼上女[2]，皎皎当窗牖[3]。
娥娥红粉妆[4]，纤纤出素手[5]。
昔为倡家女，今为荡子妇。[6]
荡子行不归，空床难独守。[7]

【注释】

〔1〕郁郁：浓密茂盛的样子。汉代已有折柳赠别的习俗，因为“柳”与“留”语音相近，看到园中浓郁的柳色，便容易引起离愁。

〔2〕盈盈：形容女子仪态美好。

〔3〕皎皎：明亮貌。这里是形容女子皮肤白皙，容貌漂亮。

〔4〕娥娥：娇美貌。红粉妆：指用脂粉盛妆起来。

〔5〕纤纤：形容女子的手指细而柔长。

〔6〕“昔为”二句：写女子身世。倡家女，即“女乐”，歌姬舞女。这些人只侑酒宴，不荐枕席。荡子，意即“游子”，在外乡飘荡的人。

〔7〕“荡子”二句：表现出诗人对这位青春少妇的同情。

【解说】

本篇为《古诗十九首》中第二首，写一位思妇的孤独和寂寞。诗的前六句，句句以叠字形容词开头，这既增加了诗的韵律感，又为写景写人增彩添色，收到很好的效果。唐代王昌龄的《闺怨》，与此篇叙事格局颇多近似，录以对读：“闺中少妇不知愁，春日凝妆上翠楼。忽见陌头杨柳色，悔教夫婿觅封侯。”

青青陵上柏

青青陵上柏，磊磊涧中石。[1]
人生天地间，忽如远行客。[2]
斗酒相娱乐，聊厚不为薄。
驱车策驽马，游戏宛与洛。[3]
洛中何郁郁[4]，冠带自相索[5]。
长衢罗夹巷[6]，王侯多第宅。
两宫遥相望[7]，双阙百余尺[8]。
极宴娱心意，戚戚何所迫[9]。

【注释】

〔1〕陵：高丘，这里指坟墓。磊磊：众石累积貌。涧：山涧，山沟。此两句以墓柏之常青、涧石之久在喻人生之短暂。

〔2〕“人生”二句：言人生在世，如远行过客，稍驻便去。忽，短暂。

〔3〕“斗酒”四句：言斗酒虽少，也可相娱为乐；驽马虽劣，也可驾之出游。聊厚，姑且以之为厚。驽马，能力低下的马。游戏，悠游嬉戏。宛与洛，均为繁华的都市。宛，南阳郡宛县，东汉时有南都之称，即今河南省南阳市。洛，洛阳，东汉京城。“游戏宛与洛”的言外之意是：身游名利地，不生名利心。

〔4〕郁郁：这里是形容都市繁华热闹。

〔5〕冠带：戴冠束带的做官之人。相索：相连。此句谓京都里达官贵人众多。东汉张衡《西京赋》曾以“冠带交错，方辕接轸”形容京城的缙绅之多、车马之盛，与此笔法相同。

〔6〕长衢（qú）：长街，四通八达的大路。罗：罗列。此句言大街两旁排列着小巷。

〔7〕两宫：洛阳城内的南北二宫，据说两宫之间相距七里。

〔8〕双阙：宫廷外的阙门，由两座上圆下方的楼观组成。张衡《东京赋》中“建象魏之两观，旌六典之旧章”二句，即咏此阙。

〔9〕“极宴”二句：言这些住在宫阙里的王公贵族本应尽情宴享欢乐，为什么反倒忧戚惶恐，那样压抑呢？

【解说】

本篇为《古诗十九首》中第三首。诗言人生短促，所以应该适意行乐；并以为王侯贵族忧戚中的富贵，不如平民百姓快乐中的贫贱。

今日良宴会

今日良宴会，欢乐难具陈〔1〕。
弹筝奋逸响〔2〕，新声妙入神〔3〕。
令德唱高言〔4〕，识曲听其真〔5〕。
齐心同所愿，含意俱未申。〔6〕
人生寄一世，奄忽若飙尘〔7〕。
何不策高足，先据要路津。〔8〕
无为守贫贱，轗轲长苦辛〔9〕。

【注释】

〔1〕具陈：一一诉说。

〔2〕筝：弦乐器。秦汉时的筝为木身十二弦。逸响：不同凡俗的声调。

〔3〕新声：指当时流行的音乐。

〔4〕令德：指有美德的人。高言：高妙之论。

〔5〕“识曲”句：言知音者领会歌中的真意。

〔6〕“齐心”二句：言人人心同理同，只是不把真意表达出来。

〔7〕寄一世：一生托身于尘世。奄忽：迅疾，短暂。飙尘：被狂风卷起来的尘土。此两句言人生短促，且不由自主。

〔8〕“何不”二句：犹言“捷足先登”。策，马鞭，此作动词解，犹言“挥鞭打马”。高足，快马。据，占据。要路津，行人必经的渡口，喻指高官显位，此为愤激之语。

〔9〕无为：何必。轗轲：即“坎坷”，不平貌，喻遇境不顺。末二句有自嘲、调侃之意。

【解说】

本篇为《古诗十九首》第四首。诗从宴会起笔，表达出愤世嫉俗、感慨自嘲的情绪。钟嵘《诗品》评曰：“文温以丽，意悲而远，惊心动魄，可谓几乎一字千金。”

西北有高楼

西北有高楼，上与浮云齐。
交疏结绮窗〔1〕，阿阁三重阶〔2〕。

上有弦歌声，音响一何悲！
谁能为此曲，无乃杞梁妻。[3]
清商随风发[4]，中曲正徘徊[5]。
一弹再三叹，慷慨有余哀。
不惜歌者苦，但伤知音稀。[6]
愿为双鸿鹄，奋翅起高飞[7]。

【注释】

〔1〕交疏：交错镂刻。疏，镂刻。结绮窗：言窗格连结，花纹如绮。绮，有花纹的丝织品。

〔2〕阿阁：四周有檐的楼阁。三重阶：言其高。阶，阶梯。

〔3〕杞梁妻：杞梁名殖，春秋时齐国大夫，出征莒国时战死。其妻痛哭十日后自杀。此两句言楼上奏曲的一定是杞梁妻那样的寡妇，因此曲调才那样悲凉。

〔4〕清商：乐曲的调式。

〔5〕中曲：曲子的中段，中间部分。徘徊：萦绕。

〔6〕“不惜”二句：言我所痛惜的还不是歌者内心的痛苦，而是没有能理解歌者痛苦的人。知音，识曲者，这里可进一步理解为“知己”“知心人”。

〔7〕“愿为”二句：表现出对歌者的同情。鸿鹄，能一举千里的大鸟，《史记·陈涉世家》有“燕雀安知鸿鹄之志”的说法。

【解说】

本篇为《古诗十九首》中第五首，由听歌起兴，感叹知己难遇。

涉江采芙蓉

涉江采芙蓉，兰泽多芳草[1]。
采之欲遗谁？所思在远道。[2]
还顾望旧乡，长路漫浩浩。
同心而离居[3]，忧伤以终老。

【注释】

〔1〕芳草：指“兰泽”之“兰”。

〔2〕遗（wèi）：赠送。所思：所思念的人。此两句谓采兰草以赠远方的故人。古有以香草传情的风习，已屡见于《诗经》和《楚辞》。《易·系辞》曰：“二人同心，其利断金；同心之言，其臭（xiù）如兰。”此言赠兰，已暗寓所思者是个“同心”之人，与下文相关合。

〔3〕同心：谓两人心心相印。离居：分居两地。

【解说】

本篇为《古诗十九首》中第六首，诗中抒发了游子思念故乡亲人的抑郁情怀。涉江，本为楚辞中篇名，是屈原晚年渡江南下，准备终老深山时所作。诗歌感情沉重，暗含着对故国的思念。这里诗人有意借此成辞，以表达自己的漂泊流离和乡思。采芙蓉，亦是楚辞的抒情格调。

明月皎夜光

明月皎夜光，促织鸣东壁[1]。
玉衡指孟冬[2]，众星何历历[3]。
白露沾野草，时节忽复易？[4]
秋蝉鸣树间，玄鸟逝安适？[5]
昔我同门友[6]，高举振六翮[7]；
不念携手好，弃我如遗迹[8]。
南箕北有斗[9]，牵牛不负轭[10]。
良无磐石固[11]，虚名复何益！

【注释】

〔1〕促织：蟋蟀。 东壁：东墙。

〔2〕玉衡：指北斗七星中五、六、七三星所组成的斗柄。 指孟冬：以斗柄所指方位称时间。 古人把天分为十二宫，以十二地支为标称，如正月指寅、二月指卯等。 此言玉衡指在孟冬方位，当是指在亥宫。 孟冬，冬季第一个月，农历十月。

〔3〕历历：分明。 星月并明是下半月的夜空景象。

〔4〕“白露”二句：写季节由秋入冬。 起初还是白露沾湿野草的秋天，转眼之间便有了变化。

〔5〕“秋蝉”二句：写秋景。 秋蝉在树间悲鸣，玄鸟不知将向何处飞去。 玄鸟，燕子，是春北秋南的候鸟。 逝，飞去。 安适，何往。 此两句以蝉、燕暗喻自身处境。

〔6〕同门友：在同一师门受业的朋友，犹今所谓“同学”。

〔7〕翮（hé）：指鸟翅上劲健的长羽。据说善飞的鸟都有六根长羽。此句是以鸟的振翅喻旧友的飞黄腾达。

〔8〕“弃我”句：像行人抛弃脚印那样抛弃了我。

〔9〕南箕：箕星，位在斗星之南，由四星联成梯形，状极像簸箕。北有斗：指箕星北边的南斗，由六星聚成斗形。此句化用《诗经·小雅·大东》：“维南有箕，不可以簸扬。维北有斗，不可以挹酒浆。”谓旧友已徒有朋友的虚名。

〔10〕牵牛：指牵牛星。参见下文《迢迢牵牛星》注释〔1〕。负轭：拉车。轭，车前横木。拉车则需负轭。此句仍由《诗经·小雅·大东》“睆彼牵牛，不以服箱”化出，意同上句。

〔11〕“良无”句：言朋友之交不能像磐石那样稳固。磐石，见《焦仲卿妻》注〔62〕。

【解说】

本篇为《古诗十九首》第七首。前半部悲秋，后半部伤怀，怨朋友新贵，不相援引。

冉冉孤生竹

冉冉孤生竹，结根泰山阿。〔1〕
与君为新婚，菟丝附女萝。〔2〕
菟丝生有时，夫妇会有宜〔3〕。
千里远结婚，悠悠隔山陂〔4〕。
思君令人老，轩车来何迟〔5〕！
伤彼蕙兰花，含英扬光辉。
过时而不采，将随秋草萎。〔6〕

君亮执高节，贱妾亦何为？[7]

【注释】

〔1〕冉冉：柔弱貌。泰山：大山。此两句中，诗的抒情女主人公把自己比作柔弱孤竹，即没有兄弟姐妹的独生女，未嫁时只有依靠父母，有如孤竹托根于大山。

〔2〕“与君”二句：言结婚后，便将依靠丈夫。菟丝，旋花科，一年生缠绕寄生草本植物，茎细柔如丝，随处生吸盘附着寄主。叶退化或无，夏秋开白色小花。此处是女子自比。女萝，即松萝，地衣门蔓生植物。此处喻女子之夫。菟丝附女萝，也有夫妻交好、情意缠绵的意思。唐李白《古意》“君为女萝草，妾作菟丝花”，即由此句化出。

〔3〕菟丝生有时：菟丝一年生，故曰“有时”。宜：指适当的时间。此两句谓夫妻婚合当趁女子的青春盛年。

〔4〕悠悠：远貌。山陂：山坡。此两句谓与自己结下姻缘的男子远在千里之外，其间还有山陂相隔。

〔5〕轩车：有屏障的车。古时大夫以上乘轩车，此以轩车代指乘轩之人——女子的丈夫。此句是说丈夫怎么还不前来迎娶自己。

〔6〕“伤彼”四句：比兴之辞。自比蕙兰，盼能在最鲜艳、最美丽时被采撷。唐代无名氏的《金缕歌》表达了与此相同的意思，歌曰：“劝君莫惜金缕衣，劝君须惜少年时。花开堪折直须折，莫待无花空折枝。”

〔7〕亮：同“谅”，想必。高节：高尚的节操。两句言：你有着高尚的节操，定会守约而来，我又何必如此感伤呢？

【解说】

本篇为《古诗十九首》中第八首，写一订婚女子盼望尽早完婚的焦急心情。

庭中有奇树

庭中有奇树，绿叶发华滋。[1]
攀条折其荣[2]，将以遗所思[3]。
馨香盈怀袖，路远莫致之[4]。
此物何足贵，但感别经时。[5]

【注释】

〔1〕奇树：佳美之树。发华滋：开出繁盛的花朵。滋，作“茂”解。此两句写庭树开花。

〔2〕条：枝条。荣：花。

〔3〕遗所思：见《涉江采芙蓉》注〔2〕。

〔4〕莫致之：难送到。

〔5〕“此物”二句：言“此花并没有什么可珍贵的，但庭树开花，更使我感到分别的久长”。诗人欲以此花相寄，正为转达别后的相思。

【解说】

本篇为《古诗十九首》中第九首。与《涉江采芙蓉》相似，本篇也写采芳寄远的内容。所不同者，不是在外人思念在家之人，而是在家之人思念在外之人。

迢迢牵牛星

迢迢牵牛星，皎皎河汉女。〔1〕
纤纤擢素手〔2〕，札札弄机杼〔3〕。
终日不成章〔4〕，泣涕零如雨。
河汉清且浅，相去复几许？〔5〕
盈盈一水间，脉脉不得语。〔6〕

【注释】

〔1〕迢迢：形容遥远。 牵牛星：天鹰星座之星，在银河南。 皎皎：明亮皎洁。 河汉女：织女星，天琴星座主星，在银河北，与牵牛星隔银河相对。 此两句将二星并举，以引出织女的情思。

〔2〕擢：抬起。

〔3〕札札：织布声。 机杼：织机上的梭子。

〔4〕“终日”句：化用《诗经·小雅·大东》句“跂彼织女，终日七襄。 虽则七襄，不成报章”。 原意谓织女星徒有其名，却织不出布来；这里将织女星拟人化，说她因相思而无心织布。 章，织物的纹理。

〔5〕“河汉”二句：银河水既清又浅，相距又能有多远呢？ 诗句是说河汉之隔并不遥远。 现代科学测定，牵牛、织女二星的距离是 16.39 光年，即 154.95 万亿千米。 言相距不远，是思念之切。

〔6〕“盈盈”二句：咫尺天涯之意。 盈盈，水清浅貌。 脉脉，含情相视的样子。

【解说】

牛郎织女的故事，初成于汉代，写两星相恋；六朝时增添了一年一度七夕相会的情节；唐以后与“两兄弟”故事相结合，才形成丰满的人神恋爱故事。本篇为《古诗十九首》中第十首，是最早歌咏牛郎织女故事的诗篇，所反映的是牛郎织女故事的初始形态。诗借织女对牵牛的思念，写人间有情男女咫尺天涯的相思之苦。

回车驾言迈

回车驾言迈〔1〕，悠悠涉长道〔2〕。
四顾何茫茫〔3〕，东风摇百草〔4〕。
所遇无故物，焉得不速老。〔5〕
盛衰各有时，立身苦不早。〔6〕
人生非金石，岂能长寿考〔7〕。
奄忽随物化，荣名以为宝。〔8〕

【注释】

〔1〕回车：掉转车头。联系下文来看，此似指还乡。驾言迈：驾车远行。言，语助词，无实意。

〔2〕涉：经历，跋涉。长道：远途。

〔3〕茫茫：广阔无边。

〔4〕东风：春风。摇：吹拂，也带有使“百草”摇落而复生、新旧相更始的意思。

〔5〕“所遇”二句：言一路眼中所见，皆非旧时景物，自然界变化如此之大，人怎能不老呢？

〔6〕“盛衰”二句：言诸物盛衰都有各自的时限，人生盛年也是如此，所以必须及早建功立业，否则后悔莫及。立身，功名建树。

〔7〕长寿考：即长寿。考，老。

〔8〕“奄忽”二句：言人的躯体会很快逝去，而荣名却可传诸身后，所以荣名更可宝贵。随物化，随物消散。后世径以“物化”指死亡。荣名，荣誉和声名。

【解说】

本篇为《古诗十九首》的第十一首。这是一首述怀诗。诗人由自然界的盛衰变化联想到人生的短促，并意识到人的躯体与声名相比，声名才是可宝贵的。驰名中外的百年老字号“荣宝斋”，即得名于本篇“荣名以为宝”的诗句。

东城高且长

东城高且长，逶迤自相属〔1〕。
回风动地起〔2〕，秋草萋已绿〔3〕。
四时更变化〔4〕，岁暮一何速。
晨风怀苦心〔5〕，蟋蟀伤局促〔6〕。
荡涤放情志，何为自结束〔7〕！
燕赵多佳人〔8〕，美者颜如玉〔9〕。
被服罗裳衣，当户理清曲〔10〕。
音响一何悲，弦急知柱促〔11〕。
驰情整中带〔12〕，沉吟聊踯躅〔13〕。
思为双飞燕，衔泥巢君屋。〔14〕

【注释】

〔1〕逶迤：曲折绵长貌。相属：相连不断。

〔2〕回风：旋风。动地起：卷地而起。

〔3〕萋：草茂盛貌。《楚辞·招隐士》："春草生兮萋萋。"绿：黄绿相间之色。此句言秋风中草已由茂盛葱倩转向黄萎。

〔4〕更变化：更替，变化。

〔5〕晨风：《诗经·秦风》中篇名，是女子怀人之作，其中有"未见君子，忧心钦钦"的句子，情调哀苦。

〔6〕蟋蟀：《诗经·唐风》中篇名，诗因岁暮感到时光易逝，因而生出及时行乐的想法，但又认为应该"好乐无荒"、效法"良士"。伤局促：指《蟋蟀》一诗的抒情主人公失于局促，不能放开性情。

〔7〕"荡涤"二句：言为人当活得潇洒，任情率直，不必瞻前顾后、自我束缚。结束，约束，拘束，束缚。

〔8〕燕赵：战国时二国名。燕国都蓟（今属北京城西南），赵国都邯郸（今河北邯郸市）。此指其故地。

〔9〕颜如玉：出于《诗经·召南·野有死麕》"有女如玉"，可参见。

〔10〕当户：临窗。清曲：清商曲。

〔11〕弦急：指奏出的曲调高亢激越。柱促：指琴上弦柱把弦绷得很紧。弦紧则音调高。促，促迫。

〔12〕驰情：心驰神往。整中带：《文选》李善注："中带，中衣带。整带将欲从之。"中，《文选》六臣注作"巾"，当以巾为是。其意如《陌上桑》的"少年见罗敷，脱帽著帩头"，参见《陌上桑》注〔8〕。《仪礼·既夕》曰："妇人则设中带。"中带，一种贴身单衫。这里的整带者显然是因听曲而神往的男士，故当作"巾带"。

〔13〕沉吟：心中在斟酌犹豫。

〔14〕"思为"二句：以燕为喻，表示想和奏曲女子双宿双飞，成为佳偶。

【解说】

本篇为《古诗十九首》中第十二首。作者因秋风动地起，引出对节序变化、光阴流逝的感伤，表达在短暂的人生中当荡情放志，尽情欢乐的感情。

驱车上东门

驱车上东门，遥望郭北墓。[1]
白杨何萧萧，松柏夹广路。
下有陈死人[2]，杳杳即长暮[3]。
潜寐黄泉下[4]，千载永不寤[5]。
浩浩阴阳移[6]，年命如朝露[7]。
人生忽如寄，寿无金石固[8]。
万岁更相迭，圣贤莫能度[9]。
服食求神仙，多为药所误。
不如饮美酒，被服纨与素。[10]

【注释】

〔1〕上东门：洛阳城东面三门中最靠北的门。郭北：城郭以北。洛阳城北有北邙山，山多陵墓。此两句写出东门而北望。

〔2〕陈死人：久死之人。

〔3〕杳杳：幽暗貌。即：就，这里是进入、身临的意思。长暮：长夜。此句言人死后葬入坟墓，就如同永远置身于黑夜中。

〔4〕潜：深藏。寐：眠。

〔5〕寤：睡醒。

〔6〕浩浩：水流貌。阴阳移：时间推移。古人以春夏为阳，以秋冬为阴。

〔7〕年命：寿命。

〔8〕忽：迅疾。寄：旅居。此两句言生命短促，是汉末人的普遍认识。

〔9〕万岁：犹言“自古”。更相迭：即更迭。度：超越。此两句言自古至今，生死更迭，一代送走一代，是圣贤也无法超越的自然规律。

〔10〕服食：吃丹药，起源于道家的养生术，其药名曰寒食散，以服后体内发热，宜吃冷食得名。配剂中有紫石英、白石英、赤石脂、钟乳石、硫黄等五种矿物质，故又称五石散。其方始于汉代，以为服之可以益寿延年。但药有毒性，也有因服药后未能“发散”或吃热食而丧命的，故下句曰“多为药所误”。这四句是说：服药求仙，也难长生不死，不如饮美酒、穿绸缎，图个眼前快活。

【解说】

本篇为《古诗十九首》中第十三首，诗中宣扬人生如寄，应当及时行乐的思想。在动荡的社会环境中，人们极易产生快意当前的享乐思想。

去者日已疏

去者日已疏，来者日以亲。〔1〕
出郭门直视〔2〕，但见丘与坟。
古墓犁为田，松柏摧为薪。〔3〕
白杨多悲风，萧萧愁杀人。〔4〕
思还故里闾，欲归道无因。

【注释】

〔1〕“去者”二句：言死去的人逐渐为人所淡忘，新结交的人因往来渐多而日亲一日。

〔2〕郭门：外城城门。

〔3〕古墓：指年代久远的无主荒坟。松柏：坟前所植冢木。此两句言人死愈久，身后愈凄凉，最后连丘坟和坟前冢木都未留下。东晋陶渊明变化此意写《挽歌辞》曰：“亲戚或余悲，他人亦已歌。死去何所道，托体同山阿。”

〔4〕“白杨”二句：东晋陶渊明《挽歌辞》“荒草何茫茫，白杨亦萧萧”当由此二句化出。

【解说】

本篇为《古诗十九首》的第十四首，叙述客中经过坟丘而生归思的内容。

生年不满百

生年不满百，常怀千岁忧。〔1〕
昼短苦夜长，何不秉烛游？〔2〕
为乐当及时，何能待来兹〔3〕？
愚者爱惜费，但为后世嗤。
仙人王子乔，难可与等期。〔4〕

【注释】

〔1〕“生年”二句：言人生不过百年，却常为身后之事而忧虑。千岁忧，指对身后之事的种种考虑。

〔2〕“昼短”二句：言既然为昼短夜长而愁苦，何不秉烛夜游，夜以继日地恣情寻乐呢？秉，持。“秉烛游”的诗思，为后代诗人所首肯和袭用。魏曹丕《与吴质书》曰：“古人思秉烛夜游，良有以也。”唐李峤《饯骆四》曰：“甲第驱车入，良宵秉烛游。”宋苏轼《海棠》更翻进一层曰：“只恐夜深花睡去，故烧高烛照红妆。”

〔3〕来兹：来年，未来的岁月。

〔4〕“愚者”四句：言惜财徒劳、求仙无望，言外之意仍是及时行乐。王子乔，仙人名。据《列仙传》载，他是周灵王太子，名晋。好吹笙作凤鸣，后被道人浮丘公接引至嵩高山成了仙。等期，同等的希望。末二句的意思是：不可能人人都能成为王子乔。

【解说】

本篇为《古诗十九首》的第十五首。诗主张及时行乐，并讽刺了守财、求仙的愚蠢之人。

凛凛岁云暮

凛凛岁云暮，蝼蛄夕鸣悲〔1〕。
凉风率已厉〔2〕，游子寒无衣。
锦衾遗洛浦，同袍与我违。〔3〕
独宿累长夜〔4〕，梦想见容辉〔5〕。

良人惟古欢[6]，枉驾惠前绥[7]。
“愿得常巧笑，携手同车归[8]。”
既来不须臾，又不处重闱。[9]
亮无晨风翼，焉能凌风飞[10]？
眄睐以适意，引领遥相睎[11]。
徙倚怀感伤[12]，垂涕沾双扉[13]。

【注释】

〔1〕蝼蛄：一种土虫，又名拉拉蛄，拟其鸣声之称谓。

〔2〕率：疾速。 厉：猛烈。

〔3〕“锦衾”二句：是女子担心丈夫在外另有所欢。 锦衾，用鄂君子皙“绣被覆舟女”的典故，详见《越人歌》解说。 洛浦，洛水之滨，指洛水女神宓妃。 这里是借喻丈夫的艳遇。 同袍与我违，不能与我同袍。《诗经·秦风·无衣》有句云“与子同袍”，是军士间表示同甘共苦的话。 袍，见《诗经·秦风·无衣》注〔1〕。 这里取袍可为卧具的意思，以“同袍”代“同衾”，喻夫妻之欢。

〔4〕累长夜：谓不知过了多少个长夜。

〔5〕容辉：容颜风采。

〔6〕良人：女子对丈夫的称呼。 惟古欢：犹“思旧欢”。 言丈夫还是想着我的。

〔7〕枉驾：屈尊驾车前来。 惠：授予。 绥：挽人上车的绳索。《礼记·昏义》：“出御妇车，而婿授绥，御轮三周。”此及下二句是梦中所见初婚时的情景。

〔8〕巧笑：形容女子笑容的可爱。 暗用《诗经·卫风·硕人》“巧笑倩兮”诗意，可参见《诗经·卫风·硕人》注〔9〕。 携手同车归，兼用《诗经·郑风·有女同车》“有女同车”和《诗经·邶风·北风》“惠而好我，携手同归”诗意。 此两句是女子梦中忆起初婚时丈夫对她所说的

话：“希望得到你永恒的美丽笑容，让我们拉着手同车回家吧！”

〔9〕“既来”二句：描写了女子半梦半醒时的思维状态——丈夫刚来没一会儿就走了，也没有和我在闺闱中同宿。

〔10〕亮：同“谅”。晨风：鸟名，见《有所思》注〔10〕。此两句说：我实在没有晨风鸟那样善飞的翅膀，哪能乘风飞翔，去追随丈夫呢？

〔11〕眄睐（miǎn lài）：原意为斜视，这里是指纵目四望。睎：眺望。此两句言以远望来宽解自心，与汉乐府《悲歌》中“远望可以当归”一句诗意相同。

〔12〕徙（xǐ）倚：站立，此言倚门而立。

〔13〕扉：门扇。

【解说】

本篇为《古诗十九首》中第十六首，写一女子对丈夫的思念。其中因思入梦、梦后伤怀的文字最为真切感人。

孟冬寒气至

孟冬寒气至，北风何惨栗。〔1〕
愁多知夜长，仰观众星列。
三五明月满，四五蟾兔缺。〔2〕
客从远方来，遗我一书札。〔3〕
上言长相思，下言久离别。〔4〕
置书怀袖中，三岁字不灭〔5〕。
一心抱区区〔6〕，惧君不识察。

【注释】

〔1〕孟冬：初冬，指农历十月。惨栗：形容寒冷。一本作“栗冽”，即《诗经·豳风·七月》“二之日栗烈”诗意，参见《诗经·豳风·七月》注〔4〕。从用韵的角度说，韵字为“冽”似更合适。此两句写时序。

〔2〕三五：指农历每月的十五日。四五：指农历每月的二十日。蟾兔：指月亮。相传月中有蟾蜍和玉兔，故以为代称。此两句道出女子时常望月怀远。

〔3〕“客从”二句：言有客从远方来，捎来丈夫的一封书信。参见《饮马长城窟行》注〔8〕。从下文可知，此是回述三年前事。

〔4〕“上言”二句：参见《饮马长城窟行》注〔11〕。

〔5〕字不灭：以信上文字的不曾磨灭，喻情思之不曾磨灭。

〔6〕区区：忠爱。

【解说】

本篇为《古诗十九首》中第十七首，是思妇寒夜怀人之作。

客从远方来

客从远方来，遗我一端绮〔1〕。
相去万余里，故人心尚尔〔2〕。
文采双鸳鸯〔3〕，裁为合欢被〔4〕。
著以长相思〔5〕，缘以结不解〔6〕。
以胶投漆中，谁能别离此〔7〕。

【注释】

〔1〕端：对织物长度的称谓。晋杜预注释《左传·昭公二十六年》“币锦二两”一词曰：“二丈为一端，二端为一两，所谓匹也。”由此，“端”当为半匹。绮：见《陌上桑》注〔6〕。

〔2〕尚尔：尚且如此，指如此的相恋相亲。

〔3〕“文采”句：言绮上绣有双鸳图案。鸳鸯雌雄偶居不离，故以之比喻夫妻恩爱。

〔4〕合欢被：联幅大被。合欢本是一种有象征意义的花纹图案，见《羽林郎》注〔5〕。这里是承“双鸳鸯”的图案而来，也暗寓夫妻的同床欢好。

〔5〕著：絮之以绵。长相思：指丝绵。长，关合“绵长”之“绵”；思，与“丝”谐音。此句的双关写法非常巧妙。

〔6〕缘：沿边装饰。结不解：以丝缕结穗，取其结而不解之意，以象征永恒的爱情。与同心结有相类之处。

〔7〕别：分开。离：离间。此两句谓彼此的爱情如胶、漆之黏结，任何力量都无法将其分开。后世因有“如胶似漆”的成语，形容感情深厚，难舍难分。

【解说】

本篇为《古诗十九首》中第十八首，写思妇在接到丈夫赠物时，内心所荡起的感激与欢悦之情。

明月何皎皎

明月何皎皎，照我罗床帏。

忧愁不能寐，揽衣起徘徊。
客行虽云乐，不如早旋归[1]。
出户独彷徨，愁思当告谁。
引领还入房，泪下沾裳衣。

【注释】

〔1〕旋：同“还”，回转。唐李白《蜀道难》“锦城虽云乐，不如早还家”之句，与“客行”二句句式相同。

【解说】

本篇为《古诗十九首》最后一首，是闺中女子望月思夫之作。女主人公因望月而相思，因相思而徘徊，因徘徊而“出户”“入房”，终因愁思无告而泪下沾衣。唐张九龄《望月怀远》所写情景与此篇相同，不妨录下，以供参读：“海上生明月，天涯共此时。情人怨遥夜，竟夕起相思。灭烛怜光满，披衣觉露滋。不堪盈手赠，还寝梦佳期。”

梁鸿

梁鸿，字伯鸾，东汉初隐士，扶风平陵（陕西省咸阳市西北）人。家贫好学，与妻子孟光耕织于霸陵山中。因事出关过洛阳，由帝宫之奢侈，思及百姓之劳苦，作《五噫歌》以讽，因为朝廷所忌。他更名换姓，东逃齐鲁，又往吴（苏州）依附皋伯通，居廊下，与人佣工舂米。与妻子相敬如宾，留下“举案齐眉”的传说。

五噫歌

陟彼北芒兮〔1〕，噫！
顾瞻帝京兮〔2〕，噫！
宫阙崔巍兮〔3〕，噫！
民之劬劳兮〔4〕，噫！
辽辽未央兮〔5〕，噫！

【注释】

〔1〕北芒：一作“北邙”，又称芒山或北山，在洛阳城北。

〔2〕顾瞻：看，观览。

〔3〕宫阙：宫殿和门阙。崔巍：高大貌。

〔4〕劬劳：劳苦。

〔5〕辽辽：远貌。未央：未尽。此句言人民的苦难漫长没有尽头。

【解说】

本篇因诗中有五个“噫”字而得名。噫，感叹之词。据说汉章帝对此诗极为不满，下令搜捕梁鸿。他只得改姓运期，更名耀，字侯光，四处避难。

班固 （32—92）

班固，字孟坚，扶风安陵（今陕西省咸阳市东北）人。东汉著名史学家、文学家。以史学巨著《汉书》开创断代史体例，又以《两都赋》称名一时。尝随大将军窦宪出征匈奴，为作《封燕然山铭》，后因窦宪弄权被诛而受牵连，死于狱中。

咏史

三王德弥薄，惟后用肉刑〔1〕。
太仓令有罪〔2〕，就递长安城〔3〕。
自恨身无子，困急独茕茕。〔4〕
小女痛父言，死者不可生。
上书诣阙下〔5〕，思古歌鸡鸣〔6〕。
忧心摧折裂，晨风扬激声〔7〕。
圣汉孝文帝〔8〕，恻然感至情〔9〕。
百男何愦愦，不如一缇萦〔10〕！

【注释】

〔1〕三王：指夏禹、商汤、周文王。 肉刑：残害犯罪人身体的刑罚，如《汉书·刑法志》所称“断支体、刻肌肤”等。 此两句言在君王的德政日益衰落的时候，肉刑便产生了。

〔2〕太仓令：汉大司农属下的官员，主管收受郡国漕粮，秩六百石。 太仓，政府的食粮大仓。 据《史记·扁鹊仓公列传》称，齐太仓令复姓淳于，名意，临菑（今山东淄博市东北）人，喜医术。

〔3〕递：押解。 长安：西汉国都，今陕西省西安市。

〔4〕“自恨”二句：写淳于意因事急无助而生无子之叹。《史记·扁鹊仓公列传》曰：“文帝四年（前 176）中，人上书言意，以刑罪当传西之长安。 意有五女，随而泣。 意怒，骂曰：‘生子不生男，缓急无可使者！’于是小女缇萦伤父之言，乃随父西。”此两句意当本此。

〔5〕上书诣阙下：到阙下向天子上书。 诣，到。 阙下，宫阙之

下，指天子所居。据《汉书·刑法志》载，缇萦上汉文帝书曰：“妾父为吏，齐中皆称其廉平。今坐法当刑，妾伤夫死者不可复生，刑者不可复属，虽后欲改过自新，其道亡繇也。妾愿没入为官婢，以赎父刑罪，使得自新。”

〔6〕鸡鸣：《诗经·齐风》中篇名。诗曰：“鸡既鸣矣，朝既盈矣；匪鸡则鸣，苍蝇之声。”歌《鸡鸣》，是借“苍蝇之声”一句暗寓其父获罪是被人冤枉，其中也有作者为自己辩诬的成分。

〔7〕晨风：《诗经·秦风》中篇名。据西汉刘向《列女传》称，“缇萦歌《鸡鸣》《晨风》之诗”。《晨风》诗曰：“鴥彼晨风，郁彼北林。未见君子，忧心钦钦。”这里是借以言冤情未能上述天子，故满怀忧虑，心情沉重。言外之意是盼望天子能关注此事。

〔8〕汉孝文帝：汉文帝刘恒（前202—前157）。他是高祖之子，在位二十三年中提倡农耕，轻徭薄赋，扭转了汉初经济凋敝的局面，使国家出现了多年未有的富裕景象。史家常把他和其子景帝统治的时代并称为“文景之治”。

〔9〕“恻然”句：据《汉书·刑法志》载，缇萦上书文帝，文帝“怜悲其意”，遂下令废除肉刑。恻然，哀悯之貌。

〔10〕愦愦（kuì）：糊涂，愚笨。此两句言昏聩的儿子再多，也不如一个能为父申冤的缇萦式的女儿。此中流露出没有儿女能为自己申冤的哀叹。

【解说】

本篇是我国文学史上出现的第一首咏史诗，咏西汉时少女淳于缇（tí）萦为父申冤事，诗中暗寓自家身世和感慨。

崔骃（？—92）

崔骃，字亭伯，涿郡（治所即今河北省涿州市）人。少游太学，与班固、傅毅齐名。和帝初，车骑将军窦宪辟为府掾。后出为长岑长，不到任而归。

安封侯诗

戎马鸣兮金鼓震[1]，壮士激兮忘身命[2]。
被兕甲兮跨良马[3]，挥长戟兮彀强弩[4]。

【注释】

〔1〕金鼓震：鸣鼓进军。

〔2〕激：激昂。忘身命：忘却身家性命。

〔3〕兕甲：即犀甲，见《国殇》注〔1〕。

〔4〕戟：见《诗经·秦风·无衣》注〔6〕。彀：张满弓弩。《汉书·张陈王周传》："军士吏被甲，锐兵刃，彀弓弩，持满。"

【解说】

本篇描写武将形象和激烈的战斗场面，但似有未卒篇之感，诗载于《艺文类聚》，《太平御览》引作《安平侯诗》。今人逯钦立《先秦汉魏晋南北朝诗》以为"《续汉志》有安丰，无安封，则作'安丰'为是"。但作"安封"亦可解，即"安得封侯"之意，此从《艺文类聚》。

张衡（78—139）

张衡，字平子，东汉南阳西鄂（今河南省南阳市石桥镇）人，曾任太史令、侍中、尚书等职。他是伟大的科学家、浑天仪和候风地动仪的发明者，又是位文学家，写过著名的《二京赋》。诗存三首，以《四愁诗》为最佳。

四愁诗

我所思兮在太山[1],欲往从之梁父艰[2],
侧身东望涕沾翰[3]。
美人赠我金错刀[4],何以报之英琼瑶[5]。
路远莫致倚逍遥[6],何为怀忧心烦劳[7]?

我所思兮在桂林[8],欲往从之湘水深[9],
侧身南望涕沾襟。
美人赠我金琅玕[10],何以报之双玉盘。
路远莫致倚惆怅,何为怀忧心烦伤?

我所思兮在汉阳[11],欲往从之陇阪长[12],
侧身西望涕沾裳。
美人赠我貂襜褕[13],何以报之明月珠[14]。
路远莫致倚踟蹰[15],何为怀忧心烦纡[16]?

我所思兮在雁门[17],欲往从之雪雰雰,
侧身北望涕沾巾。
美人赠我锦绣段[18],何以报之青玉案[19]。
路远莫致倚增叹,何为怀忧心烦惋[20]?

【注释】

〔1〕太山：即泰山，在今山东省泰安县。

〔2〕梁父：亦作“梁甫”，是泰山南面的一座小山。李善注《文选》把泰山解释为君王，把梁甫解释为小人。

〔3〕东望：泰山在东，故曰“东望”。下面的“南望”“西望”“北望”意与此同。翰：指毛笔或信札。

〔4〕金错刀：指钱财。

〔5〕英琼瑶：发光的美玉。英，同“瑛”，玉的光泽。琼、瑶，美玉。

〔6〕莫致：言回报之物无法送达。倚：通“猗”，语助词。逍遥：徘徊不安的样子。

〔7〕劳：忧伤。

〔8〕桂林：汉地名，在今广西壮族自治区东北部。

〔9〕湘水：源出广西兴安县海阳山，东北流入湖南省，经长沙入洞庭湖。

〔10〕金琅玕：镶金的玉石。琅玕，似玉的美石。

〔11〕汉阳：东汉郡名，汉明帝改天水郡置。故城在今甘肃省甘谷县南。

〔12〕陇阪：即陇山，地处今宁夏和甘肃南部、陕西西部。《太平御览》卷五十六引《三秦记》曰：“陇西关其坂九回，不知高几里，欲上者七日乃越。”

〔13〕貂襜褕（chān yú）：貂皮制直襟短大衣。

〔14〕明月珠：宝珠名。据《后汉书·西域传》载，大秦国（罗马帝国）产明月珠。

〔15〕踟蹰：意同首章的“逍遥”。

〔16〕纡：思绪纷乱。

〔17〕雁门：当指东汉的雁门郡，治所在阴馆，即今山西代县西北。

〔18〕段：同“缎”。

〔19〕青玉案：青玉制放食物的小几，形如有脚的托盘。

〔20〕惋：同“怨”。

【解说】

诗写怀念远方美人而又难以相见的愁绪，言下很可能另有寄托。据《文选》所载诗前小序曰：张衡因“时天下渐弊，郁郁不得志，为《四愁诗》。依屈原以美人为君子，以珍宝为仁义，以水深雪雰为小人。思以道术相报，贻于时君，而惧谗邪不得以通”。此说值得参考。从文辞上看，首句的“兮”字调和“东”“南”“西”“北”四“望”的安排颇有辞赋韵味，而全篇整齐的七言句式又为后来七言诗的形成做了铺垫。

鲁迅先生 1924 年仿张衡《四愁诗》做《我的失恋》，讽刺当时文坛中人。录以对读：

我的所爱在山腰，想去寻她山太高，
低头无法泪沾袍。
爱人赠我百蝶巾；回她什么：猫头鹰。
从此翻脸不理我，不知何故兮使我心惊。

我的所爱在闹市，想去寻她人拥挤，
仰头无法泪沾耳。
爱人赠我双燕图；回她什么：冰糖葫芦。
从此翻脸不理我，不知何故兮使我胡涂。

我的所爱在河滨，想去寻她河水深，
歪头无法泪沾襟。
爱人赠我金表索；回她什么：发汗药。
从此翻脸不理我，不知何故兮使我神经衰弱。

我的所爱在豪家，想去寻她兮没有汽车，
摇头无法泪如麻。
爱人赠我玫瑰花；回她什么：赤炼蛇。
从此翻脸不理我，不知何故兮——由她去罢。

郦炎（150—177）

郦炎，字文胜，东汉范阳（今河北省定兴县）人。曾为郡吏，州郡察举孝廉，征召为右北平从事祭酒，皆不就。后因丧母而发狂疾，将正在生产的妻子惊死。为妻家诉讼入狱，死于狱中，年二十八岁。

灵芝生河洲

灵芝生河洲，动摇因洪波[1]。
兰荣一何晚，严霜瘁其柯[2]。
哀哉二芳草，不植太山阿。
文质道所贵[3]，遭时用有嘉[4]。
绛灌临衡宰，谓谊崇浮华。[5]
贤才抑不用，远投荆南沙。[6]
抱玉乘龙骥，不逢乐与和。[7]
安得孔仲尼，为世陈四科[8]。

【注释】

〔1〕灵芝：菌类植物。古以芝为瑞草，故名“灵芝”。芝草本应长于深山，此两句以其生于河洲，喻己之处不得位。

〔2〕兰：兰草。荣：指兰草开花。瘁：摧毁。柯：指兰株。兰花应开在早春，此以其开于霜季，喻己之生不逢时。

〔3〕文质：指美好的外表和内质。《论语·雍也》：“文质彬彬，然后君子。”道：天理。

〔4〕“遭时”句：言美质只有遇到好时代，在一个良好的环境里才能受到重用和欣赏。嘉，嘉许。

〔5〕绛：指绛侯周勃。沛人，从高祖起兵打天下，封绛侯，文帝时拜为右丞相。灌：灌婴。汉初睢阳人，从高祖定天下，封颍阴侯。协同周勃、陈平共诛诸吕，立文帝。进太尉，旋代勃为丞相。衡宰：指宰相的位置。殷汤时伊尹为阿衡，周初周公为太宰，后因以衡宰代指相

位。谊：贾谊。汉文帝时洛阳人，少年有才辩，年二十余超迁至太中大夫。上书请改正朔、易服色、制法度、兴礼乐，遭绛、灌等人反对，后被贬为长沙王太傅。据《汉书·贾谊传》记载，绛、灌等人谗毁他“洛阳人年少初学，专欲擅权，纷乱诸事”。

〔6〕“贤才”二句：对贾谊遭贬深表同情。荆南沙，长沙国位于荆州东南部。

〔7〕“抱玉”二句，愤世之言，你就是怀揣宝玉、身跨宝马，也不会遇上伯乐和卞和的。龙骥，日行千里的骏马。乐，伯乐，春秋时能识骏马的人。据《战国策·楚策》称，骥服盐车上太行，“蹄申膝折，尾湛胕溃，漉汁洒地，白汗交流”，伯乐见状，“下车攀而哭之，解纻衣以幂之。骥于是俯而喷、仰而鸣，声达于天，若出金石之声”，以感伯乐之知己。和，卞和。春秋时楚人，善于识玉。相传他发现一块璞玉，先后献给楚厉王、武王，都被认为是欺诈，先后截去两脚。及楚文王继位，卞和抱璞玉哭于荆山之下。楚王使人琢之，终得宝玉，称为和氏璧。此两句是感叹自己空有才学，不能为世所识。

〔8〕四科：指德行、言语、政事、文学。见《论语·先进》。

【解说】

本诗写胸怀大志而遭时不遇的愤慨，气势凌厉，语言流畅，形象鲜明。钟嵘《诗品》把郦炎和班固、赵壹相并列，称其诗“托咏灵芝，怀寄不浅”。明王世贞惜作者早逝，取本诗中“兰荣”“抱玉”之句，叹为“兰摧玉折”（《艺苑卮言》）。

赵壹

赵壹，字元叔，东汉汉阳郡西县（今甘肃省天水市西南）人。他恃才傲物，不受征召，在汉灵帝朝曾名动京师。因不为世俗所容，他屡次受到诬陷，蒙友人救助才得免死。其作品以《刺世疾邪赋》最为著名。

刺世疾邪诗（二首）

其一

河清不可恃，人寿不可延。[1]
顺风激靡草，富贵者称贤。[2]
文籍虽满腹，不如一囊钱。[3]
伊优北堂上，抗脏倚门边。[4]

其二

势家多所宜[5]，咳唾自成珠[6]。
被褐怀金玉，兰蕙化为刍。[7]
贤者虽独悟，所困在群愚。[8]
且各守尔分，勿复空驰驱。[9]
哀哉复哀哉，此是命矣夫！

【注释】

〔1〕“河清”二句：由《左传·襄公八年》所引逸诗“俟河之清，人寿几何”变化而出。黄河之水难有清时，故古人以为河清是太平祥瑞的象征。这里诗人是说人寿有限，自己已无望看到政治清明的局面了。

〔2〕“顺风”二句：言世人就像顺风而倒的小草一样，把富贵者都称为贤人。激，猛吹。靡，顺风而倒。富贵者称贤，化用古谚语：“孝廉不廉，富贵称贤。”

〔3〕“文籍”二句：诗人的愤激之语。唐代大诗人李白也发出了与

赵壹相同的感叹，其《答王十二寒夜独酌有怀》曰“吟诗作赋北窗里，万言不值一杯水”。

〔4〕伊优：即“伊优亚”，小儿学语声。后省作“伊优”，借以讽刺逢迎谄媚之人，谓其说话无定见，迎合人意。北堂：指正房靠内里的部分。参见《陇西行》“请客北堂上，坐客毡氍毹”句正文及注释。抗脏：刚直。两句言谄媚之人受到欢迎，刚直之人遭到排斥。抗脏：刚直。此两句言谄媚之人受到欢迎，刚直之人遭到排斥。

〔5〕势家：权势之家。

〔6〕咳唾自成珠：语本《庄子·秋水》“子不见夫唾者乎？喷则大者如珠，小者如雾”。后用“咳唾成珠”作恭维之辞，比喻言辞精当。此用为贬义，犹今百姓语“放个屁都是香的”。

〔7〕被褐：指贫贱之人。褐，麻衣粗服，穷人所穿。金玉：指美好的才德。兰蕙：香草。刍：饲草。此两句言贫贱之人有才德也不被人重视，你是兰蕙也被世人看作饲草。

〔8〕“贤者”二句：意同《楚辞·渔父》“众人皆醉我独醒”。

〔9〕“且各”二句：贤贫之人安守本分吧，奔走奋争也是徒劳的。此是愤激之辞。尔分，你的本分。

【解说】

这里所选的两首诗不是独立作品，而是附于《刺世疾邪赋》的篇末。前首作者托为秦客所歌，后首托为鲁生所歌。刺世疾邪，顾名思义，即讽刺社会、疾恨邪恶。诗中指斥小人居高位、英俊沉下僚，充满愤世嫉俗之情。

秦嘉

秦嘉，字士会，东汉陇西郡（今甘肃省临洮县南）人，生卒年未详。桓帝时为郡吏，为郡上计（年终时到京城汇报本地区人口、钱粮、盗贼、狱讼等情况）入京，留为黄门郎。数年后卒于官。

赠妇诗（三首选二）

其一

人生譬朝露[1]，居世多屯蹇[2]。
忧艰常早至，欢会常苦晚[3]。
念当奉时役[4]，去尔日遥远[5]。
遣车迎子还，空往复空返。[6]
省书倍凄怆[7]，临食不能饭。
独坐空房中，谁与相劝勉[8]？
长夜不能眠，伏枕独辗转[9]。
忧来如循环[10]，匪席不可卷[11]。

其二

肃肃仆夫征[12]，锵锵扬和铃[13]。
清晨当引迈[14]，束带待鸡鸣[15]。
顾看空室中，仿佛想姿形。
一别怀万恨，起坐为不宁。
何用叙我心，遗思致款诚[16]。
宝钗好耀首，明镜可鉴形。
芳香去垢秽，素琴有清声。[17]
诗人感木瓜，乃欲答瑶琼。
愧彼赠我厚，惭此往物轻。[18]
虽知未足报，贵用叙我情。[19]

【注释】

〔1〕譬朝露：言人生如朝露般短暂。三国魏曹操的《短歌行》“对酒当歌，人生几何。譬如朝露，去日苦多”，即此之谓。

〔2〕屯蹇（jiǎn）：《周易》二卦名，谓艰难困苦，不顺利。

〔3〕欢会：指夫妻相聚。

〔4〕时役：应时的差事，指为郡上计事。

〔5〕去尔：离你而去。

〔6〕“遣车”二句：言派车接妻而妻未还之事。

〔7〕省书：展读妻的来信。凄怆（chuàng）：凄惨，悲痛。

〔8〕劝勉：劝慰，勉励。

〔9〕辗转：翻来覆去，形容不能成眠。参见《诗经·周南·关雎》注〔10〕。

〔10〕循环：循环往复，比喻忧思不可断绝。

〔11〕“匪席”句：用《诗经·邶风·柏舟》成句：“我心匪席，不可卷也。”喻愁思之不可收拾。

〔12〕肃肃：行色匆匆的样子。仆夫：车夫。

〔13〕锵锵：指铃声。和铃：系于车前横木，随车马的颠簸而发声。

〔14〕引迈：出发，启程。

〔15〕束带：穿好衣服。

〔16〕“遗（wèi）思”句：言写信表达自己的至诚之心。款诚，恳挚，忠诚。

〔17〕“宝钗”四句：言将宝钗、明镜、芳香、素琴四物留给妻子。秦嘉《重报妻书》曰：“间得此镜，既明且好，形观文采，世所希有，意甚爱之，故以相与。并致宝钗一双，价值千金。龙虎组履一緉（双）。好香四种各一斤。素琴一张，常所自弹也。明镜可以鉴形，宝钗可以耀首，芳香可以馥身去秽，麝香可以辟恶气，素琴可以娱耳。”诗中所云，乃撮述其意。其妻徐淑有书还报曰：“既惠音令，兼赐诸物，厚顾殷

勤，出于非望。镜有文采之丽，钗有殊异之观，芳香既珍，素琴益好。惠异物于鄙陋，割所珍以相赐，非丰恩之厚，孰肯若斯？览镜执钗，情想仿佛；操琴咏诗，思心成结。敕以芳香馥身，喻以明镜鉴形，此言过矣，未获我心也。昔诗人有飞蓬之感，班婕妤有谁荣之叹。素琴之作，当须君归；明镜之鉴，当待君还。未奉光仪，则宝钗不设也；未侍帷帐，则芳香不发也。”（二人书信见《全后汉文》）从中可知秦嘉夫妇之情深意笃。

〔18〕“诗人”四句：用《诗经·卫风·木瓜》诗意，谓应用更珍贵的礼物回报对方。《木瓜》诗曰：“投我以木瓜，报之以琼琚。匪报也，永以为好也。”诗人，指《木瓜》诗作者。往物，指上列宝钗等物。此言自己的赠物抵不上妻子待自己的深情厚谊，有愧于古诗人美玉报木瓜的精神。

〔19〕“虽知”二句：即《木瓜》“匪报也，永以为好也”句意。

【解说】

本篇是秦嘉上计京城时写给妻子徐淑的寄情之作，原诗三首，此选第一、三两首。其妻徐淑也答诗一首（见下篇）。这是我国古代最早的有主名的夫妻赠答诗。明胡应麟在《诗薮》中评论说：“秦嘉夫妇往还曲折，具载诗中。真事真情，千秋如在，非他托兴可以比肩。”第一首写他临行之前派车去接在娘家养病的妻子，但妻子并没有坐车回来，只捎来一封书信。他看信之后，心情很悲伤。第二首写他上路之前回顾空房，满怀惆怅，只能留赠几件东西，以表达对妻子的深切情思。

徐淑

徐淑为秦嘉之妻，东汉桓帝时人。

答秦嘉诗

妾身兮不令，婴疾兮来归[1]。
沉滞兮家门[2]，历时兮不差[3]。
旷废兮侍觐[4]，情敬兮有违[5]。
君今兮奉命，远适兮京师[6]。
悠悠兮离别，无因兮叙怀[7]。
瞻望兮踊跃，伫立兮徘徊。
思君兮感结[8]，梦想兮容辉[9]。
君发兮引迈，去我兮日乖[10]。
恨无兮羽翼，高飞兮相追。
长吟兮永叹，泪下兮沾衣。

【注释】

〔1〕不令：不好。 婴疾：疑即“瘿（yǐng）疾”指生于脖颈上的囊肿。 中医上分气瘿、肉瘿、石瘿等。 气瘿包括单纯性甲状腺肿；肉瘿包括甲状腺肿瘤或囊肿；石瘿包括甲状腺癌。 来归：回到娘家。《左传·庄公二十七年》“出曰来归”句注曰：“出者，见弃于夫家，来而不再返回。”《大戴礼记·本命》载有“七出之条”，女子犯此七条之一者即可被逐出夫家。 七条中最后一项是“恶疾”。 徐淑大约便是因“瘿疾”而被遣回娘家的，因此秦嘉派人去接时，她才执意不肯回来。 徐淑另有给秦嘉的复信曰：“自初承问，心愿东还。 迫疾惟宜，抱叹而已。”可知她感情上很希望回去，但为夫家考虑，她理智上又认为不能回去。

〔2〕沉滞：指长久地停留。

〔3〕不差：病不见好转。差，通“瘥”（chài），病愈。

〔4〕旷废：荒废。侍觐：当面侍奉。觐，见面。

〔5〕情敬：相爱相敬。有违：没有做到。

〔6〕适：往。京师：洛阳。

〔7〕“无因”句：言无法当面诉说对你的思念之情。

〔8〕感结：百感交集。

〔9〕容辉：仪容风采。

〔10〕去我：离我而去。日乖：一日远似一日。乖，背离，引申为距离的扩大。

【解说】

秦嘉派人接徐淑还家，徐淑因病未能从命，仅寄诗表达相思之苦和同心而离居的隐痛。语言质朴，情意缠绵，饶有风致。余见前篇解说。

孔融 （153—208）

孔融，字文举，东汉末文学家，鲁国（今山东省曲阜市）人，孔子的二十世孙。曾任北海相，时称孔北海。又任少府、太中大夫等职。他自幼机敏，长成颇有文名，广结天下名士，但恃才傲物，不谙权术，多次忤逆曹操，终被构罪处死。

临终诗

言多令事败，器漏苦不密。[1]
河溃蚁孔端，山坏由猿穴[2]。
涓涓江汉流，天窗通冥室[3]。
谗邪害公正，浮云翳白日。
靡辞无忠诚，华繁竟不实[4]。
人有两三心，安能合为一。
三人成市虎[5]，浸渍解胶漆[6]。
生存多所虑，长寝万事毕。[7]

【注释】

〔1〕“言多”二句：谓言多取祸，因任何器物都不可能绝对严密。据《后汉书·郑孔荀列传》载：“曹操既积嫌忌，而郗虑复构成其罪，遂令丞相军谋祭酒路粹枉状奏融”，其中指斥他“与白衣祢衡跌荡于言，云‘父之于子，当有何亲？论其本意，实为情欲发耳。子之于母，亦复奚为？譬如寄物瓶中，出则离矣。’既而与衡更相赞扬。衡谓融曰：‘仲尼不死。’融答曰：‘颜回复生。’大逆不道，宜极重诛”。

〔2〕“河溃”二句：言细微小事酿成祸端。据《后汉书·郑孔荀列传》载，路粹在置孔融于死地的奏状中还言及他“不遵朝仪、秃巾微行、唐突宫掖”等事。

〔3〕天窗：通往天界的窗口，犹今所言“天堂之门”。冥室：指阴间。

〔4〕靡：无。华：能结果实的花。华繁竟不实，即今所言“华而

不实”的本意。此两句谴责那些虚情假意、花言巧语的朋友。

〔5〕三人成市虎：比喻以无为有的流言蜚语。典出《战国策·魏策》：“庞葱与太子质于邯郸，谓魏王曰：‘今一人言市有虎，王信之乎？’王曰：‘否。’‘二人言市有虎，王信之乎？’王曰：‘寡人疑之矣。’‘三人言市有虎，王信之乎？’王曰：‘寡人信之矣。’庞葱曰：‘夫市之无虎明矣，然三人言而成虎。今邯郸去大梁也远于市，而议臣者过于三人矣，愿王察之矣。’”路粹诬告孔融的奏本中有“昔在北海，见王室不静，而招合徒众，欲规不轨”的话，孔融此句实为辩诬。

〔6〕“浸渍”句：言以胶粘漆封之固，长久浸泡，也会为水所解。意与上句“三人成虎”相近。

〔7〕“生存”二句：这是自我宽解的话。意谓：既然活着有这么多烦恼，还是一死了之吧。

【解说】

本篇当是诗人的绝笔，诗中流露出对平日疏狂行为的叹悔和对冷漠人情的绝望。

蔡邕（132—192）

蔡邕，字伯喈，陈留圉（今河南省杞县）人，东汉文学家、书法家。通经史、音律、天文，散文长于碑记，骈俪典雅，旧时颇受推重。书法尤以隶书著称，结构严整，体法多变，有“骨气洞达，爽爽有神”之评（《法书要录》）。灵帝时为议郎。因上书论朝政阙失而获罪，流落江南十余年。董卓专权时，被任为侍御史，官左中郎将。卓被诛后，受牵累系狱，死于狱中。

翠鸟诗

庭陬有若榴[1]，绿叶含丹荣。
翠鸟时来集[2]，振翼修形容[3]。
回顾生碧色，动摇扬缥青[4]。
幸脱虞人机，得亲君子庭。[5]
驯心托君素[6]，雌雄保百龄。

【注释】

〔1〕陬（zōu）：角落。若榴：小石榴树。

〔2〕集：鸟聚集于树。

〔3〕修：美好。此句是说翠鸟的形貌体态很漂亮。

〔4〕缥（piǎo）青：淡青色。此两句写翠鸟的毛色。

〔5〕虞人：古官名，西周始置，掌管山泽。金文中亦写作“吴”。机：机弩，一种带有发射机关的弩箭。《书·太甲》有“若虞张机”之说。联系蔡邕生平，此诗当是他获罪遇赦后，为避祸而流落江南时所作。此两句似言他躲过灾祸，并为朋友所收留。

〔6〕驯心：作“静心”“安心”解。驯，顺服。素：通“愫”，本心，真情。

【解说】

本诗咏一对集于庭院石榴树上的翠鸟，似是以鸟自托，以求庇护。

图书在版编目（CIP）数据

中国古典诗词曲选粹．先秦两汉诗卷 / 卢盛江，卢燕新主编；宋红选注．-- 合肥：黄山书社，2017.5

ISBN 978-7-5461-6366-6

Ⅰ．①中… Ⅱ．①卢… ②卢… ③宋… Ⅲ．①中国文学－古典文学－作品综合集②古典诗歌－诗集－中国－先秦时代③古典诗歌－诗集－中国－汉代 Ⅳ．① I212.01 ② I222.72

中国版本图书馆 CIP 数据核字 (2017) 第 105835 号

中国古典诗词曲选粹·先秦两汉诗卷

ZHONGGUO GUDIAN SHICIQU XUANCUI · XIANQINLIANGHANSHI JUAN

出 品 人　王晓光
选题策划　汤吟菲
编辑统筹　朱莉莉
责任编辑　熊裕娟
责任印制　戚　帅　李　磊
装帧设计　观止堂_未　氓
出版发行　时代出版传媒股份有限公司（http：//www.press-mart.com）
　　　　　黄山书社（http：//www.hspress.cn）
地址邮编　安徽省合肥市蜀山区翡翠路 1118 号出版传媒广场 7 层 230071
印　　刷　安徽联众印刷有限公司
版　　次　2018 年 7 月第 1 版
印　　次　2018 年 7 月第 1 次印刷
开　　本　700mm × 1000mm　1/16
字　　数　260 千
印　　张　23.5
书　　号　ISBN 978-7-5461-6366-6
定　　价　45.00 元

服务热线　0551-63533706

销售热线　0551-63533761

官方直营书店（http://hsss.tmall.com）